梧叶秋声

李秋生 ◎ 著

哈尔滨出版社
HARBIN PUBLISHING HOUSE

图书在版编目（CIP）数据

梧叶秋声 / 李秋生著 . — 哈尔滨：哈尔滨出版社，
2022.12
ISBN 978-7-5484-6860-8

Ⅰ.①梧… Ⅱ.①李… Ⅲ.①散文集－中国－当代
Ⅳ.① I267

中国版本图书馆 CIP 数据核字 (2022) 第 202531 号

书　　名：**梧叶秋声**
　　　　　WU YE QIU SHENG

作　　者：李秋生　著
责任编辑：孙　迪　尉晓敏
特约编辑：翟玉梅
装帧设计：刘昌凤

出版发行：哈尔滨出版社（Harbin Publishing House）
社　　址：哈尔滨市香坊区泰山路 82-9 号　　邮编：150090
经　　销：全国新华书店
印　　刷：三河市元兴印务有限公司
网　　址：www.hrbcbs.com
E-m a i l：hrbcbs@yeah.net
编辑版权热线：（0451）87900271　87900272
销售热线：（0451）87900202　87900203

开　　本：660mm×960mm　1/16　　印张：20.75　字数：260 千字
版　　次：2022 年 12 月第 1 版
印　　次：2022 年 12 月第 1 次印刷
书　　号：ISBN 978-7-5484-6860-8
定　　价：59.80 元

凡购本社图书发现印装错误，请与本社印制部联系调换。
服务热线：（0451）87900279

不去批影响和改变，只为着记录和证明。一个人，几十年，半世纪生命的形态，朴素如一棵梧桐，荣自花叶，落自飘零，不攀不附，独为宁静。

林生
2022年于东营

◎ 第一辑

老家印象

◎ 第二辑

往事可堪

• 目录 •

◎ 第三辑

岁月留痕

◎ 第四辑 风景有约

◎ 第五辑

且行且思

第一辑

老家印象

东井里的水总是清清亮亮的。
它就像一面大镜子，
倒映着明晃晃的蓝天，
映照出打水人生动的剪影，
折射出乡亲们百态的生活。

蓝花嗉子东井水

奶奶管茶壶叫"嗉子"。

一把老嗉子，白底蓝花，盘口般上下一样粗细，身上爬满细碎的裂纹，两根细铜条提把儿——它可是奶奶的宝贝。

每天早饭后，洗把手，奶奶便在方桌右手边紫黑色的椅子上坐定，干瘦的手从方桌靠墙的茶盘里摸过嗉子，再从抽屉里的铁盒子里抓一把茶叶沫子慢慢撒进去。母亲早已把灌满开水的竹篾皮暖瓶放到方桌腿边上。奶奶弯腰提起暖瓶，拔下瓶塞，将开水哗哗地倒进嗉子里，热气一缕缕冒出，茶的香便袅袅地弥散开来。这时你看奶奶，一脸的幸福。

于是一上午的光阴就全装在这把嗉子里了——从酽到浓，从浓到淡，直到茶水像头顶那白亮亮的太阳，没有了一点颜色。

沏茶的水是从东井挑来的。奶奶说："东井通着龙宫，水旺，甘甜。"

东井在村子的东头，西向冲着中心大街。井就在大街的东延长线端，像栈桥。只不过，这"栈桥"是伸进碧绿的庄稼地里的。全村李蒋司张汪齐诸姓氏四百多口子人，沿大街南北聚族而居，远的近的全都喝着东井里的水。

清晨公鸡的打鸣声拉开村子沸腾的一天的序幕，光亮就慢慢晕染在窗棂发乌的"猫头纸"（麻纸）上，屋里的黑影渐渐向犄角旮旯处躲藏，门后的大水缸便显出轮廓，方桌上的嗉子也蓝白分明起来。"吱呀——哐当"，左邻右舍的街门陆续打开。不多时，街上便有"吱咛吱咛"空桶摇摆的声音从西向东响过来。

"挑水啊？"

"挑水。"

"大叔早啊！"

"早！早！"

一会儿，熟悉的寒暄声伴着"嘎吱嘎吱"扁担负重的低哑声和"咚咚咚"沉重的脚步声从东向西响过去……来来回回，你呼我应中，天空现出道道红霞，早起挑水人家的水缸里便一漾一漾地泛上清清冽冽的光。

上午喝足了茶水，起晌后，奶奶精神头十足，拿把撑子坐在胡同口西屋山的阴凉里，静静地看风景：街北庆利家墙外的柴火垛根，一群黄的黑的花的母鸡正在认真地低头刨食，不时咕咕咕地叫几声；颖颖家的那只黑狗，总是会在半下午时，跑到八子家门口的那棵洋槐树根下撒泡尿，然后颠颠地向西找顺成家小花狗玩儿去。奔跑玩耍的孩子、拎着衣物青菜的媳妇们，东来的，西去的，知道奶奶耳背，老远就高声招呼，奶奶也扬起胳膊大声地回应着……

太阳西斜，屋山角的影子在街上越拉越长，直到把昏黄的阳光赶上对面的土墙头……下地的人们陆续回来，一天里挑水的另一番场景便开始了。

在奶奶眼里，论挑水的功夫，西头柳子是最好的。柳子二十一二岁，长得也像柳树桩子般壮。挑水不用手不说，还能换肩。他用右肩挑水走着走着，到人多的地方，猛地将腰一挺，肩膀把扁担往上一送，顺势一弓腰，头和身子向右一闪，扁担便稳稳地落在左肩上。大伙还没明白过来，他已经挺直身子，挓挲着手，大步流星地去了。奶奶一竖大拇指："好小子！"

二叔家的枣花儿，个不高，十八岁。常常挽着裤腿脚儿，露着一截儿雪白壮实的小腿，两条又黑又粗的大辫子。她挑着水一走起来，腰就扭；腰扭，辫子就扭；辫子扭，桶也跟着扭。奶奶见了嘬一下嘴："真俊，这闺女！一定找个好主儿！"

奶奶一看见小祥出来就叹气："苦孩子啊！"小祥个小、瘦，虚岁十四。两只大桶刚能拖离地儿。挑水时，得双手用力向上撑着扁担，步子总是踩不到点上，慌慌乱乱的。人晃，桶晃，水也晃。小祥爹前两年得病没了，母亲拉扯着他们三兄妹。他老大，水就得他挑。

一来二去中，天色便发青、发暗。这时才出门的一定是明儒。五十出头，走路有点瘸——年轻时苫屋，不留心从屋顶上摔下，右腿落下了毛病。这么多年，他从来不急，都是等人家挑完了才慢悠悠地出门。他往东井走的时候，正好母亲隔墙喊奶奶吃饭，奶奶朝明儒摆摆手，便拾起撑子往家走。不多时，夜幕从远处笼过来，不急不躁地跟在明儒蹒跚的身后，罩过东井，罩上大街，随着明儒家大门"哐当"一声响，被关在门外大街上。

"沧浪之水清兮，可以濯我缨；沧浪之水浊兮，可以濯我足。"东井里的水总是清清亮亮的。它就像一面大镜子，倒映着明晃晃的蓝天，映照出打水人生动的剪影，折射出乡亲们百态的生活。

一担担井水，从井沿儿湿黑的青砖开始，在街中心滴成一溜溜黑线，然后散进街南街北的胡同、大门里。于是，家家户户就有了茶香，有了粥甜，有了夏面的凉爽；有了虽旧但干净的衣衫，有了大姑娘小媳妇们俊俏的脸庞；有了鸡鸣鸭叫，有了婴儿们咯咯的欢笑声；还有那墙里墙外一畦畦的生菜、芫荽、一架架的扁豆、丝瓜……

孩子们永远是忙碌的，他们连等一碗热水变凉的耐心都没有。无论冬夏，蹿得满头大汗、敞怀露胸的孩子，跑回家一头扎进饭屋，一瓢凉水一扬脖儿，一口气咕咚咕咚就下了肚。抹一把嘴，捋一捋圆鼓鼓的小肚子，一溜烟地又飞上了大街。东井水养出来的孩子没病没痞，个个皮实得很。

南邻的维俊大爷，犯痨病，隔着三间宅子都咳得人睡不着，独生闺女更是被他咳到去大姑家住。在赤脚医生那里不知道吃过多少药丸子，后来，他干脆不吃了。睡前，就让老伴儿舀一碗凉水蹾在炕头，晚上咳得厉害，他就端过来喝上两口。清凉的水顺着干痛的喉咙下去，滋心润肺，反而把咳嗽压住了。于是，白里夜里维俊大爷总装瓶凉水带在身边，一咳就喝。时间一长，咳得轻了，人也精神了，好些年不能下地的他居然也扛上铁锨了。有人好奇问他，他就拍拍瓶子："咱有神水！"

那次新春家失火该是夏天的一个十五前后。记得那晚的月亮很圆，月光如同在院子里洒下的一地水银。乘凉到很晚的人们刚刚进入梦乡，忽然大街上传来急促的"救火"声。男人们匆忙披上衣服提桶端盆往外跑，忽明忽暗的火光照着街上纷乱的脚步。新春家离东井不远，很快火被扑灭了。火是从饭屋烟囱处着起的，新春娘见好在没蔓上大屋，自是千恩万谢。第二天天一亮，她就来到东井，在井台上点燃一炷香，跪在井台下的泥泞里，重重地磕了三个响头。

第二年春天出奇的旱。年前一冬不见雪，过了年到清明也没记得下一滴雨，眼见地瓜秧子都没水栽。邻村的井干了，吃水也成了困难。只有东井安然无恙，依然是明晃晃的半井筒子水。奶奶说："东井通着龙宫呢。"北边村里几个姑娘就隔三岔五地来东井推水，调皮的大娃子就闹她们："推水，是要收费的。"姑娘们也不说话，只顾低头忙活。三年后，那"被收费的"里面最俊的姑娘就做了大娃子的媳妇儿。据说，洞房夜，大娃子问新娘子相中他啥，新娘子脸一红："你村水甜。"

天旱也罢涝也罢，东井里有水，奶奶的白底蓝花嗦子就永远是温热的。有时奶奶和后邻的大奶奶（个高，脚大）喝足茶拉完呱，就踱到院子里看花儿——奶奶喜欢花儿，院子边角旮旯里种上步步高、光光花、臭芙蓉、马榨菜。靠西墙根有一个很大的石头槽子，足足能盛下三担水。我和弟弟每天或挑或抬，把它灌得满满的。奶奶就拿个水瓢，浇浇这，浇浇那。高的矮的，大的小的，红的黄的花儿，倒也开得活泼鲜艳，两个奶奶堆满皱纹的脸上挂满笑意。

东井滋养着一村人，人们自然把它看得比眼珠子都重要。

每年人们都将井台四周培土夯实，把井台上的碎砖换掉、坑洼填平。井台周围的杂草秸秆都清得干干净净，以免被大风或雨水带到井里。

"不能往井里扔杂七杂八"也成了约定俗成的规矩。那年，月鸣家小山子往井里撒了一泡尿。他爷爷听说后，把他狠揍一顿。尽管大伙都劝说"童子尿，不骚"，可他爷爷硬是雇人用"195"（抽水机）把井水抽干、把泥淘净，彻底清洗一遍才完事。

老川媳妇跳井是当年一起很轰动的事件。

老川媳妇三十五六岁，人老实，少言语。那天傍晚，她馏好干粮、做好汤，一小铁锅白菜粉条炖到六七成熟。她起身去拿盐，脚蹬到了烧火棍，烧火棍别倒了支锅的砖，小铁锅一歪，白菜就全扣在火堆上。正不知所措，老川下地回来，一步跨进屋门，见此情景，不等媳妇解释，劈头盖脸地骂起来。媳妇呜呜地哭，老川一头攮到炕上生闷气。

等老川迷迷糊糊醒来，屋里漆黑一团，没一点动静。他喊几声，无人应，便起身来到父母家。只有两个孩子在，不见媳妇，便气呼呼地到大街上喊，依然没有回应。他就有些慌，便张罗本家兄弟子侄十几号人出村四下里去找。老川几个人来到东井，手电筒照见井口边有一只方口蓝条绒鞋。老川一看，大叫不好，急忙趴在井口向下照着看。却见井水平静如镜，没一丝波动。竹竿扛来，绑上抓钩，插到井底，贴帮靠沿来来回回地捞，却无一点碍挡。老川的汗和眼泪就一起下来了。嘴角一咧，正待号啕，突然北边远处玉米地里传来吆喝声："找着啦——找着啦——"多亏邻村的那口土井水不深，老川媳妇儿头部只是一点擦伤，歇息数日后也就好了。

后来年轻媳妇们聚到一块就当玩笑地逗老川媳妇："你那时玩的是声东击西的战术吧？"老川媳妇低着头笑着说："俺是怕染了东井里的水。"

到晚年，奶奶有些懒得动，上街就少了。于是大奶奶和邻居的几个老人就常聚到家来，喝茶抽烟，扯东道西，说古聊今。

一次，茶喝得正酣，蒋家胡同的矬二奶奶就说起一件蹊跷事，前日，村东头建林家媳妇晚饭后去三嫂家借筹，路上听见"咕啊——咕啊"的叫声。她停下来仔细听，是从东井方向传过来的，像婴儿梦里断续地哭，很细很远。她顿觉头皮发麻，便快步回家，告诉建林。建林拿个手电来到东井，四下里照照，没发现什么。往井里照照，也没有动静。那"咕啊——咕啊"的声音，白天没有，一到天擦黑安静的时候就有，吓得孩子和媳妇们不敢从那走呢。

"号猫子！"大奶奶笑笑，茶碗一蹾，肯定地说。

"不会是蛤蟆吧？"大伯母提着嗉子边续水边疑惑地问。

一直侧耳听着的奶奶吐口烟，幽幽地说："怕是龙王哭呢！"

"噢。"大家便不再搭话。继续喝着水，换个话题，聊起学堂家养的老母猪下了十一个小猪仔的事儿……

"东井是该淘了！"村会计老齐的父亲齐老掐着手指头算着。齐老是村里的宿儒，熟读孔孟，能写会算，通事明理。说话时，眼睛就从花镜框上边看着你。

土井每隔三四年是需要淘一次的。近段时间，人们确实感觉东井的水靠下了，打水时井绳得多续下半庹；水的回涨也没原来快了，半天上不了一砖；打上的水也不似先前清亮……

淘井是老齐带着四个男劳力干的。那时玉米刚刚窜出穗子，放眼望去，村外一片绿色的海洋。他们先用地排车将"195"（抽水机）拉过来在井口旁架好，把井里的水排进四周的玉米地里。井水抽干，将两个梯子首尾相接捆到一块，放到井底。两个年龄稍大、办事细致的青年，就轮流换上水鞋沿木梯下到井底清理淤泥杂物；另外两个身强力壮的年轻人，就在井口把盛了淤泥杂物的水桶拔上来倒掉。

井底的淤泥杂物并不多，每次也就小半桶：

第一桶上来，紫黑的淤泥里有一小截井绳头；

第二桶上来，紫黑的淤泥里有两块砖头、三块瓦片；

第三桶上来，紫黑的淤泥里有一个担杖钩（大艳儿家的）和一个桶提把（凤来家的）；

······

"哎，一个活的，小心！"忽然，粗重的声音从井底冒上来。

上面的人一听，麻大利地往上拔。水桶轻飘飘的，两把三把提上来。定睛一看，是一只蛤蟆，趴在桶底，头尾四爪紧卡着桶壁，跟淤泥一个颜色，只有两只眼睛亮亮的一眨一眨。老齐提过桶，瞅一瞅："这就是东井的神啊！"边说边撩起井台边凹处还没渗掉的清水，将蛤蟆清洗两遍，然后小心地倒进玉米地里。"哇，这么大！"蛤蟆眨巴眨巴眼睛，在周围孩子们的惊叫声里缓缓地爬进玉米棵子里。

淤泥清理完，用清水冲刷井底时，还在泉眼处的砖缝里，意外地找到了司大婶三年前掉进去的那枚铜簪子。

——这是东井的最后一次淘洗。

淘洗过后，东井并没有太大变化。泉眼似乎没有了以前汩汩的气势，细细弱弱的。浅浅的井水隐隐约约地能看见井底的砖。再后来，井水发浑不说，好像还有了一种说不出的味道。

"东井的水有味儿呢。"奶奶抿一口茶皱着眉说。

"东井的水有味儿呢。"齐老从眼镜框上边瞪着眼疑惑地说。

"东井的水有味儿呢。"枣花甩一甩大辫子说。

"东井的水有味儿呢！"一街人纷纷说。

······

第一个从"三号站"（给输油管道加温的）往家带水的，是在化工厂上班的八子。每天一下班，他脱下工装，换上干净衣衫，骑上新"永久"自行车就去"三号站"。车后座一边一个白塑料桶在铁架子里"咚咚"地跳着，就像两面欢快的鼓。不消两刻钟，"丁零丁零"一阵清脆的车铃声，八子满载而归，沉甸甸的两桶水把自行车后座都坠得吱嘎吱嘎响。

渐渐地，村里的青壮年都像八子一样去"三号站"倒腾水了。

有自行车的用自行车，没自行车的用小推车。用水多的人家干脆用地排车拉个大铁桶，虽然慢，却以一顶三、顶四，甚至五六。

早早晚晚，男男女女，大小车辆，来来回回，外出弄水吃倒也成了一道风景。

但风景再大，总也有罩不住的人。像明儒、维俊，他们去不了"三号站"，就继续上东井。明儒也不再分早晚，跛着脚，担着水，一路晃一路叹息。维俊则走一段，就放下扁担，歇歇脚，喘喘气，然后骂一句："王八蛋！"骂谁呢？不知道。

村长柳子决定异址打井，是在环保局来人从东井取走了两瓶水之后一个多月时。西乡来的打井队在村西头扎下盘子，机器一开，钻杆呼呼地转，仅三天，一口深水井就蹿出清凉的水。井打成，上面盖上水楼，井里下水泵，一推电把子，水便呼呼地跑进水楼里。水楼下边靠路一面安着水龙头，定时放水。负责放水的是柳子的老丈人维俊。

从此，人们不再去"三号站"，村西的水楼子便热闹起来，而东井则渐渐荒芜在一片杂草中。可时间一长，村里人都说"水楼子的水不如东井的甜"。

这时候，奶奶已经去世快五年了。那把蓝花嗓子一直静静地摆在方桌靠墙处，再没动过。

——这都是三十年前的事了。

油管儿高来油管儿长

"油管儿高来，油管儿长，翻过了油管儿，就看见娘……"

——题记

杨家村是县城北五华里处的一个小村庄，在辛河路与广码路交会的东南角上——她是我的老家。

明朝洪武年间建村以来，六百年寻寻常常，也平平安安，没经历过大灾大难，也没出现过达官贵人。一村乡亲生生死死至村子拆迁繁衍至四百来口，大多世代耕织，自给自足，安稳度日。没有深宅大院，更用不着围墙碉楼。地势村东稍高，村西稍低，下雨后水就往西淌，然后汇入村口的湾里。湾里满了，水漫过湾沿儿，流到西边的低洼处，被一条土岭子截住，形成一片阔大的水面。这条南北走向的土岭子很长，不见首尾。从我记事起，它就静静地卧在那里，村里人都喊它"油管儿"。

油管儿，是胜利油田（起初叫"九二三厂"）的一条原油输送管道，具体的修建年代说不清，猜想该与我同龄或略晚。因为胜利油田第一口油井"华八井"是 1961 年 4 月 16 日打成出油的，早我出世两年半。记得前街二娃家的东屋后墙上曾有一条用黑墨写成的大字标语："向英雄的××××（数字记不清了）钻井队学习！"据村里人说是我父亲写的，那该是油田大会战时的印记。那时人们思想简单，加上施工技术落后，输油管就平铺在拾掇平整的地面上，待一节一节焊接完毕、涂刷缠裹好后，就从两旁掘土将管道埋上、夯实，加以保护。工程完工，输油管线也就变成一条下宽上窄、高粱秸秆一般高的梯状土岭子，远远望去就像一条蛰伏不动的苍龙。

因为一样的地气，一样的日月雨露，入乡随俗的油管儿两面斜坡上也就有了草荣草枯、花开花谢，有了蚂蚱飞、蛐蛐叫。一年四季随了老家的颜色和性格，成了与老家气脉相通的一部分。几十年，油管儿横亘在村子和辛河路之间，如同一道屏障护佑着小村庄，使村庄宁静、安详，从未遭遇过大的变故和灾祸；它又像母亲慈爱的臂弯，每次人们出门、下地、放学归来，只要一跨过它，立刻就像踏进家门一般，感到别样的踏实与温馨。"油管儿高来，油管儿长，翻过了油管儿，就看见娘……"老太太们常教小孙儿们这样唱。

油管儿是村子四周唯一的制高点。虽然只有高粱秸秆一般高，但在天性喜欢登高的孩子眼里那就是一座山。空闲里，油管儿是最好的去处。只要一登上它，便生出巨人之感：天低了，山近了（青州的山），公路上的汽车看得清楚了……因此，占据山顶便成了孩子们常玩的一项游戏，乐此不疲。几番拉扯、推搡，筋疲力尽后，胜负昭然：胜利者叉腿掐腰，仰头向天，得意扬扬，尽显王者风范；失败者则浑身苍耳草屑，衣衫凌乱，垂头丧气，臣服于坡底。

夏天里，降临的夜幕是孩子们最美妙的舞台……捉过迷藏，攻战结束，游戏的尾声必定是在油管儿处。他们幽灵一样从四下的黑暗中冒出来，聚过来，每人在油管儿顶上捡干净光滑的一处，仰躺其上。凉风掠过庄稼稍从四面吹来，带走了他们身上头上的汗珠；青蛙、蝼蛄、蛐蛐们或远或近或高或低地鸣唱，让他们突突乱跳的心沉静下来。青黑的穹庐笼盖着大地，茫茫夜空缀着万千颗闪烁的星星扑面地压下来。他们找北斗星的勺柄，看牛郎挑着的孩子，惊叹一颗颗飞逝的流星，幻想银河奇丽的景象……看着想着，身体似乎轻轻地飘起，慢慢飞进了神奇的星河之中，化成了一颗颗很小很小的星星。

老太太们也喜欢上油管儿。小脚又年迈的她们不能下地干活，待太阳偏西炽热退去，便提着撑子，挽着孙儿，从"十字路"大槐树下转移到油管儿上。一松手，孩子们便小猫小狗一样撒起欢儿来。两面缓坡上生着厚厚的草，就如同一张大大的地毯，任凭跌爬滚打，都不会有受伤之虞。老太太们就放心地凑在一起，继续着东家长西家短的话题。那些个虚虚实实、真真假假、神神道道的老旧故事，在这里一次一次地被重复着。微风吹拂着她们银白的发丝，鼓荡着她们或黑或青的大襟罩衣。太阳懒懒地坠上公路两侧大杨树的梢头，把橘红的光铺满大地。四野里渐渐有白纱似的雾气升起，与村子里飘过来的缕缕炊烟慢慢融为一体……玩累了的小孙儿蜷伏在老太太膝头，瞅着西边田野里探出的小路。老太太们拍着小孙儿们的背轻轻哼唱着："油管儿高来，油管儿长，翻过了油管儿，就看见娘……"不久，从夕阳余晖的光晕里，从缭绕的烟雾中，渐渐有下地的人们三三两两扛锨提锄缓缓走来。牲口们心急，走在前头，缰绳搭在宽厚的背上，脚步急促，铃儿叮当……孩子们终于等来了自个的娘，飞跑下油管儿，一头扎进她们湿漉漉的怀里。

油管儿是一个点。因为其高，似乎便有了几分庄严和神圣，许多的仪式就在这里进行：有尊贵的客人要来，主人便沿大街早早地来到油管上，翘首以盼；酒足饭饱以后，再亲自送过油管儿，寒暄道别，目送远去。有当兵、读大学的青年人，临行前，一族人提包扛箱簇拥到油管儿，千叮咛，万嘱咐，依依不舍地送他们上车。迎亲的锣鼓是以油管儿为界的：娶媳妇的队伍往东一过油管儿，锣鼓便咚咚锵锵欢快地敲起，喜主们听见了笑逐颜开，忙让二嫂三婶子们从屋里端出一簸箩一簸箩红艳艳的糖果、火烧儿，喜事主管听到了，便吩咐点谷草、放鞭炮的小青年赶紧找火、点烟；嫁闺女的，闺女一上车，锣鼓响起，当娘的还能说说笑笑，等锣鼓一停，知道闺女过了油管儿，眼泪便再也忍不住了。

油管儿是生者离散悲欢的见证。村子中心大街过油管儿由一座蓝砖拱桥连接到辛河路上，路西边是一望无际的广袤田野——马坡和闫李洼，一马平川，毫无障碍阻隔。因此，半个世纪，两百多位先人的魂灵，就在那一个个悲伤的黑夜里，在孝子的指引下，在孙男娣女的号啕中，从油管儿出发，伴着"楼马车轿"燃烧升腾的火焰，化作点点火星，飞向邈邈夜空。

油管儿是一条线，一条经线，与广码路这条纬线交叉，清晰地标志出老家的精准位置。它更是一条路，一条以老家为原点，通向南北，通向远方的路。

油管儿的顶端有半米来宽，平整，硬实，是一条小路。夏季里，两旁疯长的蔓草爬上路面，将小路遮掩成窄窄的一溜儿，像一条两岸苇草低拂的小溪。平日里，人们就沿这条小路北上南下，赶集串亲，悠然自在。油管儿养护人骑着自行车、带着锹，来回巡查，细心认真。农忙时，它又是运输的要道。油管儿两边庄稼蔬果收下来，堆在地里，要运回家。路窄，大车上不去，小推车（独轮车）便大显身手。那些个膀扎腰圆的壮劳力将装得满满的一捆捆小麦、谷子，一袋袋玉米，一篓篓紫红的地瓜、金黄的萝卜、绿油油的大白菜，一车车推回家。来来往往，不担心有跌坑，更不担心会翻车，你只要踏稳脚步、把握好平衡就行了。这一辆辆装载着心血汗水、喜悦与希望的小推车，把田野点缀成一幅流动的立体风景画。

有油管儿在，孩子们也多了一条路。走上这条路，就不会迷失方向。天明也罢、黑也罢，远也罢、近也罢，只要掉头顺着它往回走，就一定能看到老家袅袅的炊烟，听到母亲急切的呼唤。于是，他们胆子一天天大起来，心也野起来。他们不再满足于只是看谁站得高，也不满足于只是夜晚数星星。他们想体验一下一双小脚到底能走多远，他们想看看油管儿的尽头究竟在哪里。向北，过邵家、吴家，到加温站；再向北，他们被隔在了一条河的南岸，而油管儿依然伸过河对岸。向南，过宋王、綦许，到县城、烈士陵园；再向南，它消隐在无边的麦田里……最终，落山的太阳喊住了他们的脚步。"好长的油管儿！没尽头的路啊！"孩子们惊叹着。更令他们惊讶的是在村庄和庄稼之外，他们发现了高大的烟囱、宽阔的厂房和隆隆鸣响的机器。

南邻的福根儿家弟兄六个，日子穷，到三十好几才说了一个傻媳妇儿，娘家是北边村里的。农闲时，福根儿骑一辆旧的大金鹿载着媳妇走娘家。福根儿在前颤巍巍地骑，傻媳妇坐在后面嘻嘻嘻地笑。农忙时，福根儿去不了，傻媳妇便自己顺油管儿回家，边走边笑边嘟囔。直到十年后死掉，居然也没迷过路。

尽管油管儿里奔涌的原油日夜不息，可村子里乡亲的灶台还得靠柴草维持。俗话说"一把柴火愁死当家人"。柴草紧缺的时候，人们就把目光投向了油管儿。

油管儿两面土坡上的野草，和周围的庄稼地一同在四季中变幻着颜色。待到秋风吹起，草儿枯黄的时候，孩子们便拿上镢头、耙子，背上柴火筐来到这里。他们自觉地隔开一段距离，然后便各自拎着小镢头爬上坡顶，叉开腿，倒退着，挥动镢头将身下的枯草破根砍下。边砍边退，边退边砍。不一会儿，便砍到了坡底，然后再爬上坡顶，继续往下砍。这样循环十几趟，估摸着能够装满筐了，就放下镢头，抄起耙子，将坡底砍下的草搂到一块儿，抖掉土后，盛到筐里，沉甸甸地背回家去。背回的草稍加晾晒，即可烧火做饭。在那柴草青黄不接的季节里，这些草也能解燃眉之急：将水烧开，将窝头蒸熟。袅袅炊烟里，弥漫着粗茶淡饭的清香。

砍去枯草的油管平滑干净，而这时恰是地瓜下来的时候。地瓜从坡里运回家，除留出一冬吃的，大部分便切成片，趁着太阳好晒成地瓜干，以便储藏。院子里地方小，地瓜片晒不开，于是人们又想起了油管儿。那里地势宽敞，没遮挡，光线好，也没有鸡狗鹅鸭的糟践。因此，大人们便把地瓜片用小车推、用扁担挑，往油管儿斜坡上一倒，剩下的活儿就是孩子们的了。那时孩子多，每户少则二三，多则五六，更有八九者。兄弟姊妹，大大小小齐上阵，每人抓一大把，一片一片地摆在油管的斜坡上。刚摆上的地瓜片是需要及时翻动的，否则挨地的一面就会发霉。发霉的地瓜干有一股辣味，很难吃。因此，开始的几天是很辛苦的。一双双小手要把满地的地瓜片一片儿一片儿地来回翻动好几遍，直到半干、发白。晒好的地瓜干，白白的，边缘翘起，远远看去，就像一群落在海滩上的白沙鸥。遇上好天气，不消五六天，地瓜干便晒干了。孩子们再一片片捡起，装筐、装口袋、装车，然后和大人们一块把它们运回家。从此，一日三餐里，便有了地瓜干甜丝丝的滋味。

就这样，油管儿陪伴着小村庄，陪伴着乡亲，陪伴着孩子一同慢悠悠地度过那些平静的岁月……

记得是我刚上小学不久的一天（该是春天），吃过早饭，母亲拎着铁锨边往外走边对奶奶说"要去油管儿东刨沟"。上午一放学，我和一帮孩子就蹿出校门向西穿过司家胡同，再南拐顺着湾沿儿一口气跑到油管儿。只见村里的男女劳力南北一条线地排开，一人一段，正挥动铁锨从沟里往外掘土。母亲也在其中，沟已齐肩深，只露着湿漉漉的头发和红通通的脸。听旁边上年纪的老人说，这是要铺设新油管儿了。经过哪村的地哪村负责，生产队记工分，油田给发补贴。孩子们这才明白，原来新油管儿是要埋到地下的。于是孩子们有事没事就跑到油管儿上看热闹：渐渐地看着沟沿儿没过了人头，渐渐地只看见扬起的铁锨头，渐渐地看见沟里扔上来的湿土离沟沿儿越来越近……沟终于刨成了。沟壁陡直，沟底平整，有两个大人摞起来那么深。孩子们好奇，就去沟边玩儿，看沟的三爷看见了便大声吆喝："走开，走开，别把土跐沟里！"沟边不让去，孩子们很失望，就盼着下油管儿了……

下油管儿该是秋后的事儿了。那时玉米收完，地瓜萝卜运回家，麦子也已经钻出嫩黄的尖尖儿。拖拉机是从北边邵家方向开过来的，高大威猛的大马力链轨车（苏联进口的）后面拖着一节节又粗又长的钢管儿，冒着黑烟轰隆隆地奔过来，震得大地都在发抖。小村庄从此又热闹起来。每天卡车来来往往，拖拉机、发电机轰轰作响，油管儿坡上插满了红旗，红旗四周坐着闲来无事看新奇的老人和孩子。

钢管儿在沟东侧被首尾相连摆成南北一溜儿。那些穿着蓝色工装浑身油渍斑斑的工人们，一手举着黑玻璃面罩，一手握着拖着长线的电焊枪，在焊条燃烧的呲呲声里，在一闪一闪的蓝盈盈的光弧里，钢管们便被连成一串儿。孩子们那看惯了昏黄的煤油灯的眼睛，从没见过这样亮的光，觉得妙不可言，就蹲在一旁盯着看，却不知这光的厉害。第二天醒来，便一个个得了红眼病：眼珠通红，像揉进了沙子，疼，还不停地流泪。母亲们又气又急，就跑东家蹿西家地忙着找粗盐、菊花儿，淘换奶水、童子尿……

　　同样让孩子受伤不浅的还有"玻璃丝"。"玻璃丝"是缠裹钢管儿的防腐材料。钢管儿焊接完成后，工人们就戴上厚手套，用钢丝刷子将油管上的锈迹打磨得干干净净，然后搬来一捆捆的"玻璃丝"，斜着一道道一层层地缠得严丝合缝，最后再一遍一遍地涂刷上黏糊糊的沥青——给钢管儿穿上了一件儿厚实的棉衣。"玻璃丝"这种"布料"很奇特，雪白、光滑、结实，像白色的"哈达"，这也激发起成年累月穿着母亲做的粗布衣裳的孩子们的极大兴趣。他们捡拾起工地上剩下的"玻璃丝"边角料，摸摸、扯扯、甩甩，想"研究"一番……兴奋劲儿还没过，就觉手臂、脖子火辣辣的疼，如同有万千根细针扎着。赶紧扔掉，却已来不及了。听说邻村有个财迷偷偷将成捆的"玻璃丝"揣回家，还准备染染做衣服呢。

　　工地离基地远，工人们午饭就在工地吃。每天中午时分，一辆白色小卡车准时从辛河路上拐下桥来，缓缓地开到油管儿边。把盛着白面蒸包的大箱子和盛着热腾腾稀饭的保温桶从车上抬下来。早已饿了的工人们就一手掐着大包子一手端着搪瓷碗大口大口地吃起来喝起来。旁边围观的孩子不住地咽口水，暗暗地想：长大了，也要吃大包子，穿翻毛牛皮鞋。

　　地面上工作完成后，在推土机、大吊车的吊挂牵引下，长长的黑色油管被缓缓放入沟中。填平土，红色的"东方红"来来回回地碾压结实后，一条新的输油管道就算铺设完成了。新油管儿的上方依然是平整的土地，疏松施肥后，继续植树、种菜、种庄稼。比起老油管儿，确实是节省了很多土地。

以后，老油管儿的两侧又铺设过新的管道。那时，大型挖掘机等现代化设备开始投入使用，大大加快了工程进度。有了这些个弟弟妹妹们的陪伴，虽不能谋面，但老油管儿从此也不再寂寞。

土地承包的时候，我家就在南坡的老油管儿西"分"得一块地，有六七分。马坡的大田分配是采用抓阄儿的方法，结果对土地寄予厚望的母亲手气极差，拾了一块填沟拆桥后改造的土地，土质差，又不平整。母亲急了眼，就去生产队长家哭诉。队长多是街坊叔伯，看看也是实情，商量后就把紧靠老油管儿西侧的那一溜儿地"分"给我家，作为补偿。

这块地东傍着老油管儿，下边垫着新油管儿，就像睡在了热炕头上。每年不出正月，厚厚的雪便早早化开，露出绿油油的麦苗。麦苗叶宽色墨黑，噌噌地往上蹿，羡煞四邻。虽然成熟晚一些，但麦子穗儿大、粒儿实，能多打很多粮食。夏季玉米也是如此，秸秆高出邻地儿一头多，结的棒槌又粗又长，很是喜人。母亲高兴地说："这真是一块宝地啊！"亏了这块"宝地"，从小吃玉米、地瓜度日的岁月终于成了回忆。

温饱了的村里人渐渐变得不安分起来，脑子灵性的就开始琢磨起赚钱的门路。这方面第一个吃螃蟹者，非健强莫属。健强三十出头，小个，瘦削，却精干。他看中了老油管儿西到辛河路间的一片地，要建水泥预制厂。这片地平整，离公路近，交通方便。东边有老油管儿这道天然屏障，相对独立，便于管理。不久，在村委会的协调下，这片地就被健强承包下来，当然也包括我家的那块"宝地"。从此，搅拌机没日没夜地转起来，拉檐板、水泥管儿的拖拉机不停地进进出出起来，哗啦啦、突突突的声音打破了村子数百年的宁静，更惊醒了祖祖辈辈土里来土里去的乡亲们的安稳梦。

后来，和着公路西闫李洼、马坡里县经济技术开发区的建设节拍，预制厂南邻的土地被承包建起了花木苗圃，北首靠近广码路口桥盖起了一家饭店，村北老油管儿东则是一家正骨医院和一家汽修厂。乡亲们正从一辈辈耕耘过的土地上抬起头来，享受着自由经济的曙光。

时光进入二十世纪九十年代中期……

一个周末，我回老家看父母。一下桥头，便见高高的老油管儿不见了！走近了，才发现老油管儿的那条土岭子已经被推平了，黑乎乎的油管儿暴露在光天化日之下。这是我第一次亲眼看见了被埋在土里、相依相伴了老家三十年的油管儿的真容！望着油管儿两边一堆堆的黄土，心中升起缕缕忧伤："啊，老油管儿，我没能见到你的生，却见到了你的死！"

老油管儿从此消失……

2013 年，老家拆迁……

现在，曾经是老家和老油管儿所在的地方，早已成了一片高楼、别墅。

老家虽不再有，但那一条土岭子却永远横亘在心头，沉沉的，长长的。同时不忘的还有那首熟悉的歌谣："油管儿高来，油管儿长，翻过了油管儿，就看见娘……"

"十字路"的念想

没规划前的村子保持着百年来的原始风貌，纵横交错的大街小巷犬牙差互，自然就形成了许多大大小小的十字路口。而我们住在后街（村子北半部）的人们口中的所谓"十字路"，其实是一个大的"丁"字路口，因为大伙习惯叫它"十字路"，所以也就是"十字路"了。

十字路由贯穿后街的一条最大的东西大街与村子西部的一条最大的南北大街交叉而成。东西大街东头到村头的东井，西头被那条南北向的油管截住，中间串联起李姓、司姓、蒋姓等几十户人家。而那条南北大街则从北头的蒋其昌和德平家的南院墙外的东西大街起，向南经过几户司姓人家、一个水湾，横穿村子的中心大街后，再从蒋其礼、孙学文两家和知青院、顺利家之间穿过，终止在我们生产队的菜园子门前。

十字路口地势平坦而宽阔，中间一棵大洋槐树，侧着身子生长着，一口大铁钟挂在它朝西的树杈上——这里俨然是我们后街的政治经济文化中心与休闲胜地。

后街属于第二生产队。那时候，早上或午后，上工的钟声（后来是哨声）响过以后，全队的劳力半劳力们就陆陆续续地汇集到这里。他们先将工具一摞，或坐或站，以各自的方式等待队长分派任务。大姑娘小媳妇聚到一块说着悄悄话，小伙子们有的蹲在地上"走顶"（一种游戏），有的则摔跤、撞拐、掰腕子，烟民们卷起纸烟吞云吐雾，岁数大点的干脆借就崖头、柴火垛一躺，枕着胳膊、盖着苇笠眯起小觉……生产队队长分配劳动任务之前往往会传达一下大队和公社

020

的通知，讲一点革命和生产的形势，总结一下前一天劳动的情况，捎带着对那些劳动不积极或干活质量差的落后分子批评一番（当然，个别落后分子听不进批评顶撞吵架的事情也是常有的），然后才将今天需要做的活计按性别体格分派给不同的人。于是，领到活计的人们就说说笑笑地向着村外的田野四下走散了。

上工的人们一走，一天里最庄重最严肃的仪式也就结束了，十字路口便成了老太太和孩子们的天下。说是"老太太"，其实年龄大多五六十岁，因用不着她们再下地劳动，于是便在家操持家务——看孩子、做饭。当然这群人里也有少数体弱多病不能劳动的中年妇女，还有极个别好逸恶劳从年轻就没下过地的"光棍"。她们待上工的人们散去，洗刷完锅碗瓢盆，喂上鸡狗鹅鸭，大门一带或不带，捎着针线、拎个马扎、牵着孩子便陆续踱到十字路口。她们在司士成家的屋山头背阴处一坐，手一松，孩子们就飞奔出去，聚到路口中央追逐打闹扬土和泥，不亦乐乎。大人们边纳鞋底、缝衣服、择菜，边村里村外、前街后街、左邻右舍，吃喝拉撒、锅碗瓢盆、婚丧嫁娶，飞短流长地聊起来。老故事重复千遍，新鲜事道听途说，津津乐道。私密事，交头接耳，叽叽喳喳。高兴处，开怀大笑，声震云霄。猫狗跑累了卧在老太太们的脚边酣酣地睡去，鸡鸭就躲在草垛墙根下忙着低头跑食……

十字路地势高、开阔，人又多，也是小商小贩、手艺人喜欢停留的地方。他们往往从村西村北进村，一路吆喝着来到十字路，然后将车子停好，将家什、货物卸下摆开："赊小鸡来——""拿破烂来——换针使了——""锔盆子——锔碗——锔大缸——""磨剪子来——锵菜刀——"……这带着外乡口音的吆喝声在后街的上空飘荡，很快就把老太太和孩子们唤出家门，聚拢过来。他们掂量着自己手头的零钱或破烂儿，端详着针头线脑、糖豆头绳，计较着手艺好孬、质量高低，与商贩匠人们讨价还价细细盘算。百般纠缠后，方才依依不舍又满心欢喜地完成交易。每有商贩匠人来村里，便高兴了孩子们。死乞白赖地哭着闹着能让大人掏钱给买点东西的固然喜不自胜，就是围着看看货郎那铁笼子里的"琳琅"的货物也兴奋得不得了。有时候，坐在磨剪子的老头旁边，目不转睛地看他骑坐在长凳上，把一把把剪子菜刀沾了水，在一块中间已经深深凹陷下去的石头上来回噌噌地磨着。老头干活很细心，磨一会儿，他就用拇指试一试锋刃，感觉不行就接着磨，直至满意。有些剪刀用的时间长了，有些松动，磨刀师傅就用小锤子在转轴处轻轻地敲一敲，然后再拿一块碎布铰一铰，试一试咬合度。最后在顾客的挑剔声中接过那辛苦的两毛钱……孩子们就这样陪着磨刀人直至夕阳落山，那份享受无以言表。

说到十字路，就想起那个叫老吕的。老吕是公社里的一个邮递员，四五十岁的年纪，矮矮胖胖。骑一辆绿色的自行车，带两只绿色的大袋子，往各村里送报纸信件。老吕是一个很乐呵的人，逢人说说笑笑无拘无束，京剧唱得尤其好。要是他来村里的时候正赶上路口上坡的人们还没有走，只要他老远的一露面，大伙便一起喊"老吕，唱两段！"平日里老吕也不推辞，来到路口，把车子一支，上衣扣子一解，一个亮相便唱起来："临行喝妈一碗酒，浑身是胆雄赳赳……"边唱边表演，韵味十足。一曲唱罢，大伙不过瘾，便喊"再来一首！再来一首！"于是，老吕便接着唱："共产党员时刻听从党召唤，专拣重担挑在肩……"没有个三五首，人们是不会放他走的。有时，老吕事忙，放下报刊信件就去推车子，但大伙拽着后座不让走，他也只好下车唱上两曲，方才作罢。那时，农村的文化生活相对贫乏，说评书（大鼓书）、放电影对农民来说就是相当高雅和难得的精神大餐。每有演出，十字路口便热闹非凡，如同过年一样。

总之，十字路是后街人的重地、圣地、乐土。农忙时，上坡送饭的在这里攒干粮；夏夜里，大人孩子在这里拉呱乘凉；年根底儿，家家户户的工分情况在这里张贴；过年了，二踢脚、土烟花在这里燃放；甚至两口子、街坊吵架也跑到十字路让大伙评理儿……

十字路是后街的见证。一辈辈的人从这里出发又从这里回家，在这里生活又在这里老去。动荡与平静，贫穷与富足，风霜雨雪，悲欢离合，无数的故事承载着不尽的喜怒哀乐。

　　十字路已经深深印在后街人的脑海，成为一代代人永久的念想。

老家村西有条沟

老家村西两百米是一条南北走向的柏油公路——东辛路（现在叫孙武路）。那时平原修路大都掘沟取土以筑路基，于是公路修成，两侧也就各有一条沟相陪伴：西边的那条略窄，东边的那条稍宽，大概有十来米长，深三米左右。虽然只是窄窄浅浅一条土沟，但对于从未见过大江大湖的孩子们来说，其魅力绝不亚于那条"波浪宽"的大河。也正是这条土沟给童年的时光带来无限的欢乐。

一年的大部分时光里这条沟是有水流淌的。听说水的源头是淄川的水库，一路迢迢北上，潺湲百里，最终在石村汇入预备河。春天天旱，沟里是极少有水的，但沟底湿润的土壤饱吸了温暖的阳光，便早早地催生出各种野菜、野草：车前子、麦穗花（水蓼）、骨节草、稗草、牛筋草、茅子草、谷莠子，还有拉拉蔓（勒草）、夫子苗（打碗花）、灰菜、青青菜、曲曲芽、苦菜子、苍耳、蒺藜、野蒿子、马兰菊、天葡萄……许许多多叫上名叫不上名字的，高的、矮的，成片的、独生的，给整条沟铺上一层绿油油的毯子，就像一个温馨舒适的大摇篮。嫩芽青青，野花点点，引得蝶飞蜂舞，天然的植物园自然吸引了那些剜猪草的孩子们的目光。

每天放学后和星期天，孩子们三五成群，挎着筐子，带着镰刀，便涌进这沟的怀抱。大伙往往先将镰筐一撂，便沟上沟下地追逐起来，翻，滚，摔，跳，有厚厚的毯子垫着，磕不着骨头、碰不着肉。待嬉闹够了，气喘匀了，方才各自散开剜菜割草去了。他们知道自家的家禽牲畜的食性，于是，或弯腰，或蹲跪，极仔细地挑选它们最爱吃的美味——鸡呀鹅呀吃的婆婆丁、青青菜、曲曲芽、苦菜子；

猪呀兔呀吃的灰菜、稗草、谷莠子、嫩的拉拉蔓……当夕阳落山，炊烟袅袅，大人的呼唤声远远响起时，孩子们才恋恋不舍地满载而归。那时的孩子能认识很多的野菜野草，了解它们的习性，知道它们的用途。如牛筋草太韧，牲畜不爱吃；茅草根很甜，可以嚼着吃；夫子苗的根白白的，可以煮熟了吃；曲曲芽、苦菜子的嫩芽可以拌着吃；老了的拉拉蔓、蒺藜棵是动不得的，因为有许多刺；刚长出的青青菜可以做菜豆腐，它的汁还有止血的功能。

春末夏初，沟里便开始有水流来，细细地，在沟底的中央，如同一条蜿蜒的游蛇，然后便越流越大，渐渐漫过沟底，将各种草啊菜啊大部没入水下，只剩下茎梢儿随水流抖动——水便成了主角。除了上游水库泄洪和暴雨天气，夏季里沟里多是深不及膝温润清澈的溪水，缓缓地流着。随着伏天的到来，似火的骄阳把一沟水晒得热乎乎的，正是孩子们戏水的好时候。

说到戏水，最好的去处无非村子北头的石拱桥下和村南的沙坑里。从村西沿公路沟向南二里来路，由于周围百姓取沙去用，沙地便逐渐形成一个大坑，方圆百米，沟水在这里形成一个水潭。坑底细沙平铺，不沾不黏；潭水流缓清澈，不深不浅；阳光肆意地晒着，不凉不烫。孩子们急不可耐地甩掉背心短裤，一跃扑进沙坑。他们或打水仗，或潜泳狗跑，或坑边小憩，尽情享受那份自由和舒适。舒适归舒适，但不是可以常下的，因为家长和老师是不允许的。但是，沙坑的那份诱惑力又是难以抵挡的。所以，正午时候，大人们都睡午觉了，孩子们便偷偷前往，享受水中嬉戏的欢愉。忘乎所以时，被老师堵在坑里的情形也是常有的。有时，下午上学迟到了，老师便会先问一句："是不是下沙坑去了？"孩子们赶忙摇头道："没，没，没有！"老师也不作声，走上前来，用手指在这个孩子的胳膊上一挠，在那个的后背上一划，顿时真相大白，一道道白印子让孩子们哑口无言。

村北石拱桥下是可以随便去的。桥洞的底部多是修桥时剩余的石子和粗砂，水流至此显得格外的清澈，即便是追逐腾跳也不会搅浑。浅处刚漫过脚面，深处也就没到小腿肚。时不时会有小鱼小虾或顺流而下，或溯洄而上，或静止不动又倏尔远逝。所以桥下捉鱼，成了孩子们常玩的游戏。小白鲢，细细长长，机警敏捷；鲫鱼则身子扁圆，从容淡定；鲶鱼，一张大嘴，还生着胡子；狗杠鱼，头大身细，长着黑色的斑点；泥鳅，则隐身泥草之间，神龙见首不见尾……大鱼是很少的，顶多是巴掌大的鲫鱼。有一次，上坡干活回来的村民在石拱桥北的草丛里捉到一条黑鱼，回家放到直径尺半的瓦盆里露头露尾——那该是在沟里见过的最大的鱼啦！晚饭后的桥下是男人们的乐园。他们各自肩头搭条毛巾，穿条短裤，蹲坐在光滑的卵石上，借着温暖的流水，搓洗掉浑身的泥土与汗臭，也洗去一天的艰辛与疲劳。月光朗朗，水声哗哗，蛙唱悠扬，如同一首优美的小夜曲……

暴雨季节，沟里一改它温文尔雅的气度，变得粗犷而莽撞。水库泄下的洪水裹挟着泥沙犹如一条暴怒的蛟龙，呼啸着，翻腾着，气势汹汹而来，撞击着桥墩，挤过桥洞，飞奔而下。沟变窄了，变浅了，仿佛容不下那汹涌的水流，任它们溢过沟沿，漫过桥面，淹没了玉米，模糊了道路，肆意地暴虐着。这时的人们断不敢上前，只能远远地看着，感受着脚下大地的震颤。

当寒蝉凄切地拖着长音，黄叶飘飘落满大地，沟里又恢复了它往日的宁静。缓缓的水流静止了一般，若不是有树叶漂在上面，你是感觉不出它是在动的。整个水面如同一面长条的镜子，倒映着蓝天白云，倒映着两岸的杨柳榆槐。勇敢的孩子依然脱掉鞋子、挽起裤脚、蹚进水里，享受一年里戏水的最后时光——尽管脚丫被凉水泡得通红。而多数的孩子则沿着水边寻找着成熟的野果，边摘边吃，偶尔俯下身子，撩着清水洗去手上红的绿的果汁、草汁……

冬天，沟里也是结冰的，但它不像湾里的止水那样一冻便成一个冰疙瘩。由于水的流动，冰是从沟岸两边开始冻起，随着气温降低，慢慢向里边延伸。而水位的不断降低，则使冰面呈现越向里越低的阶梯状，直至水的枯竭。放眼望去，沟里的结冰层层叠叠，千姿百态，晶莹剔透，简直就是一个水晶般艺术的世界。它就那样安静地陈列着，供人们欣赏着，期待来年温暖的阳光把它们融化成催生春绿的活水。

世事茫茫，沧海桑田。而今，这条公路沟早已变成了暗沟，上面遍植花草树木。有时驾车行驶在孙武路上，每每经过老家村落遗址时还常常想起小时候的那条公路沟。

马车店

而今人们外出旅行、出差，住宿已经是很简单平常的事儿，随处可见的星级酒店、连锁宾馆、大众旅社、农家乐，国营的、集体的、个体的，五花八门，应有尽有。可以即到即住，也可以提前网上预订，满足着人们不同的食宿要求，便捷而舒适，让人们真真正正地体会到宾至如归的感觉。

因此便也常常想起小时老家的马车店（也叫"大车店"）来。

老家村子的中间有一条东西贯通的大街，把整个村子均匀地一分为二：南边的称前街，北边的称后街。这条街基本上也是两个生产队的自然分界线：南边是一队，北边是二队。大街西首由一座砖拱桥与南北大公路（当时叫东辛路，现在叫 S231）相接。

二十世纪七十年代初，记得有一段时间允许村里发展集体经济，缓解百姓生活的困窘。于是村里便先后办起了面条厂（权且叫厂）、木镟厂、鞭炮厂、马车店等，很是热闹了一阵子。

那个时候，交通运输很落后。县里就一家"运输公司"，国营的，几部老"解放"外加十几挂大马车就是全部家当（建国的姥爷就在那里赶过马车）。村子里，运输基本上靠人力（手拉肩扛）和畜力（马车、驴牛拉的地排车）。当时，有一部电影叫《青松岭》，很火，"长鞭呀——那个一呀甩呀——啪啪地响哎——"讲的就是赶马车的故事。东辛路属交通要道，每天南来北往的大小车辆络绎不绝。但这些马车、地排、手推车由于速度慢，人畜又辛苦，出门稍远的，当天赶不回家，晚上就得找地方歇脚儿。于是马车店应运而生，正所谓"有需求，就有商机"。

因为紧邻公路的地利之便，我村就开了两家马车店。马车店建在从公路一拐下桥的路南北两边，南边是一队的，北边是二队的。说是店，其实就是一个四周院墙围起的大场院。大门斜对着桥的方向，便于车进车出。进门靠西边是办公室兼财务、保卫、厨房的两间房。贴着北院墙向阳的一溜八九间平房是客房。马车等车辆停放在院子中央，骡马卸套后就栓进东墙边的马棚里，拌上草料慢慢咀嚼。

　　住店的客人大都自带干粮，烙饼、火烧、煎饼，拿到伙房让师傅们给馏一下。俭省的，就着自带的咸菜，倒碗开水，热乎乎地吃下去。想得开的，就花上一两毛钱让师傅给炒上一个菜（豆腐粉条炖白菜或肉丝炒芹菜），再咪上口自带的"老白干"，喷喷地吃。更有啥也不带的，干脆要一盆儿烩锅挂面，外加两个荷包蛋，不过几毛钱，稀里哗啦吃下去，满头大汗，热气腾腾。吃饱喝足了，客人们便一个个抹着汗水、捋着肚皮回客房休息去了。

　　客房简陋得很，既没桌凳也没有床或炕，客人们一律睡在地铺上。地铺就是在离墙两米多的地方用砖横着垒一道三十厘米左右高的沿儿，里面填上一层厚厚的麦穰，然后在上面铺几张席子了事（倒也松软、暖和）。客人们将铺盖卷在席子上铺开，然后盘坐在被子上借着昏黄的油灯，吸袋烟，拉拉呱，就倒头睡下了。被子一蒙头，一会儿，屋子里就响起沉重的鼾声。

　　马车店的生意有淡季和旺季。一般农闲时（比如秋后，开春前）是客人最多的时候，运输的东西也多以粮食为主（把稀缺的小麦、玉米换成地瓜干、高粱等以应对粮荒），还有芦苇、谷草、陶瓷缸盆等。人多的时候，店里住不下，有闲房的人家就把房子收拾一下，到店里去领几个客人来住一宿，每人收几毛钱。农忙时节（比如春耕、三夏、三秋），店里的客人就少了，"拉空"的现象也是常有的。由于车把式都习惯在马的左边（里手）驾车，左拐弯自然又顺妥，所以桥北的马车店占尽优势，生意就比南边的店好。于是，为争夺客源南店与北店也偶有纷争。

对穷极无聊的孩子们来说，马车店也是一个好去处：一来这里人来车往很是热闹。各式各样的骡马戴着叮叮当当的铃铛，河北的客人讲着南腔北调的方言；二来可以闻到大油炼锅、炒葱花、烩饼的香味，犒劳一下肚里的馋虫；三来可以淘得宝贝。店里的客房，有门无锁，因为里面实在没有值钱的东西。于是孩子们进进出出，大人也不屑去管。孩子们也并非来闲玩儿，而是有利可图。他们走东屋串西屋，掀席子、扒麦穰，冒着刺鼻的汗味儿、烟味儿、油渍味儿，就是为了看能不能捡到客人们落下的零钱：一分、两分、五分……如果能找到一角那简直阔气得如百万富翁一般。可知道，那时候一角钱是什么概念？一角钱能买一本小人书，一角钱能买两个写字本，一角钱能买四支带橡皮的铅笔，一角钱能买五支冰棍儿（没化的）……可是那样的好事儿是绝少有的。孩子们在一遍遍仔细地翻找后大都一无所获，只好捡几个空烟盒怏怏而去。

　　天上是不会掉馅饼的（其实那时天上也是没有馅饼的），要赚钱还得动脑筋想办法。于是有人打起那些抽烟客人们的主意——卖烟卷给他们以赚取薄利。当时，"勤俭"牌香烟九毛钱一条，从邻近的供销社买来，然后拆散了一毛、一毛一一盒卖给住店的客人们，赚那么一两分钱的差价。大人们一是忙，再则也羞于这种"勾当"，因此这活计便交给孩子们去做。小孩子没羞没臊，就在傍晚打完猪草或放学归来后，再拎上盛香烟的兜去与客人们纠缠。想想当时的样子，多像老电影里那些吆喝着"香烟洋火桂花糖"的孩子叫卖时的情景。

　　后来，随着大集体的解散，马车店这种时代的产物也被淘汰了。几十年匆匆一瞬，看今天，人们丰裕多元的衣食住行条件，怎不令人慨叹世事沧桑啊！

东窑的那些事儿

　　老家地处平原，一马平川，绝没有丘陵，更没有山峰。有时，夏天雨过天晴，站在村西的油管上眯着眼睛向南眺望，可以隐隐约约地看到天边那一抹浅灰色的起伏的曲线——青州的山的影子（现在是看不见的），但那又是可望而不可即的。而心中的高地、身边的"山峰"当属东窑了。

　　从村子南头顺着一队场院前的路往东走三百多米有一处旧砖窑遗址，村里人称它"东窑"。从我们小时记事起，它就是废弃的。由于当年烧砖取土的缘故，方圆五六百米的地方形成一片洼地，就使处在洼地中央的旧砖窑显得突兀而高大，也成了孩子们心目中最高的"山峰"。"山峰"主要由碎砖、炉渣和土堆积而成，浅红色，有两层楼高。经年累月，风雨的侵蚀使它变得坚实而稳固。它的西面、北面坡度稍缓，东面较陡（但还可以爬上），南面因为曾经是窑坑，所以直上直下，不能攀爬。紧挨着窑北面坡底是一条蜿蜒的小路，一直通到东南的宋王村，是大人们上坡种地、走亲访友和孩子们上学放学的必经之路。于是东窑便成了人们特别是孩子们每日碰面、朝夕相处的朋友。

　　春天里，窑上便生长出各种各样的野草野菜，从碎砖缝里，从渣砾堆里。多是生命力极旺盛的，其中又以苜蓿居多。苜蓿草开着豆瓣状紫色的小花，匍匐着铺满了整个窑顶与斜坡，直惹得蜜蜂嗡嗡，蝴蝶翩翩。草根处的小洞里蜘蛛进进出出，蚂蚁则沿着草茎上上下下地忙碌着。春末及夏日的傍晚，东窑上就会出现三五成群割草、剜菜的孩子。这里的野菜并非是长得最好的，这里的野草也并非是牲畜们最爱吃的，但孩子们舍近求远聚集到这里来，主要是为了体验登高的乐趣，体会"一览众山小"的感觉。坐在或站在窑顶的最高处，看夕阳西下，看四周村子里炊烟袅袅，看收工的人们扛锨抬耧跟在牛马的后面迤逦而归，古朴温馨的田园风景深深印在他们纯净的心灵。天色渐黑时，孩子们是绝不会在东窑上久待的，因为这里有蛇。

　　东窑凸出的地势和多碎砖渣砾的旧砖窑成了蛇类宜居的地方。然而活的蛇也是不常见的，偶有被打死后暴尸小路中央的，令人心惊肉跳。更多的则是挂在枯草丛里的白色蛇蜕，显示着蛇的存在。北方孩子是怕蛇的（尽管无毒），然而又想见到蛇。心理虽然矛盾，但刺激的情景还是怂恿着他们迈出勇敢的脚步，参加到找蛇的行列中来。仗着人多势众，又有大一点的孩子带头，于是一大群孩子便前呼后拥，紧张而又兴奋地奔赴东窑开始地毯式的搜寻蛇。倘若有所斩获，之后很长的一段时间里，蛇便成了闲暇时的谈资，个个说得绘声绘色，恐怖惊悚。记得有一次，一帮孩子搜完了东窑，又移师窑北的一处土崖边。那个叫群来的一句"这里保证有……""蛇"字还没说出口，果然见一条青蛇惊慌地从崖底向上逃窜。大伙一阵惊呼，连连喊打，而蛇也迅速地钻进了一个洞穴不见了踪迹。这时，正在不远处干活的"老眯"，提着锨飞奔过来，照着蛇藏身的地方用力刨起来。在大家紧张的注视中，一会儿洞穴见底，"蛇"形毕露，结果也可想而知了。

　　那些年战争片看得多，孩子们就常常模仿电影里的场景玩"顶（扮）中国顶（扮）美国""打鬼子"等游戏。因此，东窑便是天然的好战场。有利的地形，成了孩子们争夺的对象。上学放学路上，邻村的，甚至前后街的孩子会很自然地分成两帮，开始对"高地"的攻防战。平日里，土坷垃、砖头；冬天里，雪团、泥巴，都是有力的武器。杀声震天，"枪弹"横飞……胜利者欢呼雀跃占领高地，失败者丢盔卸甲落荒而逃。战斗很激烈，有时也很惨烈。脑袋被打个包、甚至头破血流的情景也时常出现。但游戏终归是游戏，结束后势不两立的双方便很快又融成一体，大家兴奋地点评着战斗的胜败得失，绝没有丝毫个人的恩怨（如同现在的拳击比赛）。

打靶，在有关东窑的众多故事里当属最难以忘怀的一个。东窑南面又高又陡的坑壁及四周空旷的田野，成了武装部训练民兵射击打靶的绝好场所。记得那时候，每个片区里最大的一个村子的民兵连是配备武器的（像宋王），一般就是老式的三八大盖，长长的枪身，沉甸甸地难以托举。后来又配发了一些国产最新的半自动步枪，可以连击连发。橘黄的枪托、三棱形的枪锥，很是帅气。农闲的时候，武装部就会组织民兵在东窑正南方向一百多米的地方摆开阵势，指导他们一个一个向着竖立在窑根处的纸靶射击。四周自然少不了围观的人，而多数是孩子。看得多了，耳濡目染，也学到了一些射击的常识：比如枪托要紧顶住肩膀，以防后坐力伤人；瞄准时要做到三点一线，枪口对准靶心略向上抬；更重要的是要屏气凝神，心不慌、手不抖……打靶间隙，趁大人们休息的时候，刚才还捂着耳朵躲在远处的孩子们就会围拢上来，如果不遇大人的呵责，就伸出手摸一摸枪托。大胆的干脆抱起枪学着大人的样子瞄准纸靶、扣扣扳机，过过枪瘾。当然，看打靶还有一个很重要的目的就是挖子弹头。弹壳是要回收的，所以不会轻易得到。如果哪个孩子得到大人赏赐的一枚子弹壳简直如获至宝、欢天喜地。子弹头会钻进窑壁的深处，需要用刀铲等工具挖。那种含铅的弹头挖出后大多不再完整，强烈的冲击力已经使它们面目全非：要么扭曲变形，要么撞裂开花……但不管怎样，每挖到一个都会高兴不已。

——这就是东窑的那些事儿。

一直到八十年代初，我考学离开家乡，也就与它告别了。现在，东窑注定是不复存在了，因为昔日那块空寂荒僻的土地早已成了新城区最繁华的一隅……

湾

自昨夜里下起的雨，到现在依然下着。这是入夏后的第一场雨。

已是上午十点多钟，不满足于室内听雨和凭窗观雨，我要到雨里去。于是穿一双旧皮鞋，打一把花雨伞，便走下楼来。

一开楼道门，巨大的雨声即灌入耳中，倾盆般哗哗作响。空中垂下密密的雨线，房檐上挂下一道道水帘，楼顶上喷涌下一股股水柱……

从楼西向南是一条小巷，窄窄的百米长。两侧十余户人家院门紧闭，只有院中的雨水从阳沟里汩汩涌出，在巷子里拧成一股，漫着路面向南流去。

来到巷口，我停住了脚步。巷子里的水与西边街上淌下来的水在这儿汇成了一条"河"。见无路可走，我索性挽起裤脚，踏进"河"中，随着没过脚踝的水向东蹚去。

水是温润、滑腻的，好多年没有这种感觉了。

向东大约一百米，越走水越深，到文安大街已没至膝盖。由于泄水口太小，应付不了四面滚滚而来的水流，整个大街已变成汪洋一片。

雨仍在下着，水一漾一漾地要挤上两旁的人行道。这么多的水将要流向何处呢？

我忽然想起了老家过去的湾。

那个时候，因为盖屋、垒墙、筑路用土的缘故，在村子的东南角便逐渐形成了一个大土坑。每到雨季，水便从家家户户流到胡同里，然后从一条条胡同聚到大街上，再从一条条大街弯弯曲曲地汇入土坑中——便成了湾。

逢着雨水多的年头，湾水是四季不干的。有了水，小村子就像生了一双明澈的眸子，有了许多的活泼和灵动。

当春风唤醒万物的时候，也释放了被禁锢一冬的湾水。几只黄黄的小鸭子率先扑入湾中，时而浮在水面，时而潜入水里，兴奋地嘎嘎叫个不停。湾附近住的老头老太太们，用瓦罐、脸盆盛来水，在房前屋后，路边沟旁，这儿种下几粒扁豆，那里栽上几棵辣椒，撒一畦芫荽，播几垄黄瓜……在湾水的滋润下，不久便花香幽幽，硕果满枝。

夏天是湾畔最欢乐的时候。一场接一场的电闪雷鸣之后，湾尽情接纳着滂沱大雨后的滚滚水流，直到决决地淹没了旁边的大道，溢进人家的小院……夏夜的湾畔，女人们是少去的，男人们就可以放肆地脱光衣服，泡在里面，接受湾水热乎乎温柔地按摩，将一天劳作的疲惫全部释放干净。孩子们则如同一条条泥鳅在水中钻来钻去，打水仗、捉迷藏。累了，就爬到崖上围在老人的身边，听他们讲那遥远的故事。夜半时分，人们纷纷离去，水面渐渐平静下来。刚才不知躲到哪儿去的青蛙们，一时全都露出头鸣唱起来，那悠扬的乐曲混合着苘麻沤熟的气息飞进人们酣酣的梦中。

秋来了，碧绿的湾水清亮见底，倒映着天上飘飘的白云，倒映着湾畔的桑树和垂柳，倒映着女人们洗衣时灵巧的身姿。顽皮的孩子偶尔会捡一块碎瓦片贴着水面奋力一掷，瓦片就如同一只疾跳的青蛙从东边直蹦到西边，留下一圈圈涟漪向四周慢慢荡漾开去……

冬季里，一汪浅浅的湾水就变成一面亮晶晶的镜子，照出孩子们欢快的身影。玩陀螺（俗称"懒老婆"）的，只需抽一鞭子，陀螺在冰上就会转一两分钟不停；滑冰的更是多姿多彩：有单人侧身的直立速滑，正面的蹲滑，有背人的追逐滑等。最有趣的是"花样滑"：坐一块木板，撑一副冰叉，或快或慢，或直或旋，随心所欲，自由自在。摔跟头是不可避免的，屁股墩最常见，有时没防备，后脑勺也会磕得嘣嘣响……一阵阵欢笑声，飘荡在寒冷的天空中。

几十年过去了，随着天气的逐渐变暖，雨水越来越少，老湾渐渐干涸、废弃，后来被一点点填平、夯实，在上面建起了一个篮球场。今天那些穿着"耐克""阿迪达斯"在上面飞奔的孩子们，是再也想象不出他们的祖辈父辈和那个曾经的湾的故事了。

雨依然下着，脚下的水在不停地淌着。

"要是有一个大湾把水储存起来该多好呢！毕竟这样白白地流走实在太可惜了！"

我思忖着，在雨里……

老宅的树

　　小时在农村家家户户都有一个大院子，院子的中央用来走路、打场、晒粮，周边及角落里就种上树，栽上蔬果，垒个鸡窝，砌个猪圈……鸡鸣猪叫，绿树婆娑，桃李芬芳，瓜架低垂，一副自给自足小农经济的自然画卷，贫穷却也闲适，充满古朴之风。

　　我家的老宅在村子的后街，一个四间土坯草屋的小院。街门在院子的东南角。街门东侧的墙旮旯里，长着一棵洋槐树，有一抱粗，亭亭的十几米高。春暖花开的时候，树上挂满一嘟噜一嘟噜雪白的花穗，甜丝丝的香气飘满大街小巷，引得成群的蜜蜂嘤嘤嗡嗡，不知名的鸟儿叽叽喳喳。树很高，爬是爬不上去的。每到这时，奶奶就找一根长长的杆子，在杆子顶端绑上一把镰刀，将那些开得最香艳、最饱满的槐花一朵一朵地削下来。我和弟弟就左一朵右一朵地捡起来，放在筐子里。槐花洗净后，奶奶就把它和上面，然后倒点油，放到鏊子上烙……不一会儿，一盘外焦里嫩甜滋滋香脆可口的槐花饼就摆到饭桌上。那种美味，是一辈子都难以忘怀的。

　　院子的东墙根一南一北有两棵枣树，也都有合抱粗细。黑褐色的树干，龟裂的树皮，尽显岁月的沧桑。枣树是发芽最晚又落叶很早的一种树。当其他树木都已葱茏婆娑时，它才从弯曲、坚硬的枝杈上钻出黄嫩的芽，然后在阳光的温暖中，慢慢舒展成对生的叶子。也许是自知生命的短暂，不久叶子就绽出密密的黄色小花，散发着淡淡的清香。并不是每朵花都能结果的，有时夜里一场风雨，第二天就见金黄满地。该去的都去了，枣树就把积蓄的力量全部释放出来，很快花萼里就冒出米粒般大小的青果，然后像绿豆，像青豆，像蚕豆，一天天长大。俗话说"七月十五点红，八月十五满红"。其实，孩子们是等不到"点红"的，在那个水果极其稀罕的年代，枣子成了孩子们唯一的奢侈品。从青枣点点时起，就天天踩着墙头，爬到树上，挑着、摘着、吃着、品着……中秋节前后，枣子熟了，红彤彤压弯枝头。揪一个放到嘴里冰凉、甘甜、嘎嘣脆，直爽到心坎里。打下的枣子包你吃个够，多余的，母亲就会让我们兄弟仨东家一碗、西家一瓢的分分。再剩下的，晒成干果，以备过年蒸年糕和"圣虫"用。

院里有一棵梧桐树，长在北屋门外左侧，是父亲栽下的。梧桐不像枣树、洋槐树，比较娇贵，体质柔嫩，喜欢水肥。于是，父亲就用碎砖将梧桐树四周围起，以防狗啊、兔子啊啃了皮，还嘱咐我和弟弟等他上班后按时浇水。就这样，梧桐树在一家人的呵护下，一天天长高、长粗，渐渐漫过屋檐，越过房顶，枝叶婆娑，郁郁葱葱。1981年高考前的一段时间，我在家里复习备考。正值炎夏，于是就拖一张草席到梧桐树下，捧一本书，或坐或卧，尽情享受着它馈赠的清凉……那一年，树已有一搂粗。

农家小院，一进大门是垒有影壁墙的。每年奶奶总是在墙前种上一架丝瓜，墙后再开一块小菜地，扎起篱笆，种些葱啊茄子啊什么的。奶奶很爱花，就在篱笆的四周种上步步高、芙蓉、鸡冠花等。这里自然也成了我们兄弟的"试验田"，常常在里面栽这栽那的。春天去坡里剜菜割草的时候，时常发现沟渠田垄间自生的小桃树苗、杏树苗，就小心翼翼地将它们连土挖起，放到筐子里带回家，栽到菜园里。大人也不阻拦，由着我们去掇弄。刨坑、施肥、培土、浇水，兄弟仨分工协作，一通忙活，终于将树苗栽好。栽下了树苗，也栽下了梦想。于是，上学前放学后，都跑过去看看：是不是发新芽、长新叶了？是不是要浇水、灭虫了？有时大人也帮着侍弄侍弄。"桃三杏四"，果然，第三年上，拇指般粗细的桃树就开花结果了。看着那粉色的桃花渐渐变成青色的小桃子，心里的那份喜悦是难以言表的。以后几个年头，桃花越开越艳，桃子也越结越多。成熟时，摘一个黑不溜秋的小笨桃嚼一嚼，那份甜美是什么美味都比不上的。因为它是自己亲手栽种的树上结的，是自己劳动的果实。

后来，因为盖房子需要木材，那棵洋槐树就做了房梁，梧桐树解成板做了门窗和橱子，也算是物尽其用了。再后来，老三翻盖老宅，盖起了四合院式的新瓦房。由于硬化天井，枣树也被砍掉，原来老宅的一切印记随之全都消失了……

树园子

早上到校停好车后，发现路边草坪里的花树已冒出粉红的骨朵。到办公室看看台历，知道明天是植树节了。

提到树，自然有一种亲切感和依附感，毕竟人类的进化史都是与树相生相伴的，它为人类遮风挡雨，供人类衣食栖息。在雾霾重重的日子里，树更是自强不息、甘于牺牲，为人类重现蓝天白云的梦想默默奉献着。

想起了老家的树园子。树园子其实就是散布在村里的一些闲置的旧宅基地。那时的宅基地不像现在这样金贵，有些老房子倒塌或拆除以后，人们不再在原地盖房，于是便空下来。空下来的地面就栽上一些树苗，经年累月便长满园子：高的矮的，粗的细的，郁郁葱葱，枝繁叶茂，一派生机。

记得当时比较大的树园子有三处：齐家的，汪家的，张家的。

村子的最东北角上是齐家的树园子，西边是齐兰春（村里的宿儒、明白人，毛笔字写得极好，红白公事的账房）的家，南面是李怀忠（本家长辈，擅长木工活，以镟床加工致富，首批万元户）的家，东面和北面临坡。园子里大多是臭椿树——这是一种靠根即可繁殖的树，笔直的树干，阔大的叶子。树如其名，因为有一种怪怪的味道，所以极少有虫害，鸟儿也少来。可是有一种蚕，极喜食它的叶子，长得胖胖的，豆虫一般，俗称椿蚕。臭椿树树干高，皮滑，枝脆，不好攀爬。倒是园子东边靠路一棵斜着生长的椿树，成了孩子们游戏的乐园。园子西边还生有一棵铃枣树，只是果子比不上齐家院里门楼边的那棵小枣树结的甜。

汪家的园子位于村子东边，紧邻着我们生产队的场院，北边是一条东西大道，西面是司富荣家，南面是汪清泉家。园子很大，记得村里开大会、放电影、说大鼓书、打铁的都在那里。院子里的树多是洋槐和榆树，多已成材，皲裂的树皮尽显园子的年龄，但依然生机蓬勃。每年春末夏初，便结出满树的榆钱、开出满树的槐花，甜丝丝的滋味飘散开来，引得大人孩子们或上树去折，或用杆子钩，以满足口腹之欲。园子东边靠生产队西墙的地方长着一棵杏树，碗口粗细。春天里一树杏花如雪，蜂爱蝶恋；夏日里青杏如豆，食之酸涩；秋天里被主人收取后遗漏的几颗半生不熟的杏子，或摇曳于树梢，或隐现于枝叶间，吸引着孩子们渴望的目光。榆树、槐树又是蝉喜欢栖息的嘉木，细脆的枝条便于它们产卵后折落，茂密的树冠遮蔽下潮湿的土地更为蝉卵进入地下提供了方便。因此一入夏，无数的知了龟便争先恐后地破土而出，借着夜色躲过人们的捕捉，爬到树的高处，迅速卸去一身的盔甲，换上轻纱般的演出服，开始了一个夏天的歌唱。而用带有面筋的杆子去粘这些歌唱家，也成了孩子们一夏最快乐的游戏。

　　张家园子在村子的南头。园子南面是张鹤皋家，东边隔着一条南北街与司长德家相对，北边从东到西是二娃家和鹤林的家。西边隔着一块农田不远就是油管儿。常到张家园子来玩的原因，主要是这里长着几棵不常见的树，能够看到一些叫不上名字的鸟。记得对着二娃家大门有一棵花椒树，不高，树冠很大，紫叶，紫花，结些紫色的果实（据说就是花椒）。因为这棵树在，就引来许多形态各异的鸟，有头上长冠子的，有长着金色翅膀的，还有个头极小的，你来我往，在花椒树浓密的枝叶间跳来跳去，唱着不同的曲子。有时孩子们玩高兴了，会弄出巨大的动静，引得二娃的老父亲发出愤怒的咳嗽声，一群孩子便一哄而散。

　　另外，在村子的西南角，还有孙学文家和顺利家的园子，也是孩子们经常去的。

◎ 第二辑

往事可堪

每年春风一吹，
紫穗槐就又从看似干枯的
根上生出簇簇新芽，
更密匝，更茁壮，也更坚韧，
开始又一个生命的轮回，
永无止息。

最是清白滋味长

一

大白菜就叫大白菜，既无雅号，也没别称，明明白白，简简单单，实实在在。在北方，冬季，它可以说是家家户户的常备蔬菜，老少皆宜，说不上最爱，却也是吃不厌的。你可能听说过有不吃鱼、不吃肉的，也见过不吃芫荽、不吃茴香的，还真没听说过有不吃大白菜的。

"立秋种，处暑栽，过了小雪收白菜。"这是老家十多年前的传统种法。一百来天，照晒着温暖的秋阳，沐浴着清凉的雨露，再经过寒霜与初冬的磨炼，白菜便从一棵棵纤弱的小苗，出落成一个个水灵灵圆活敦实的胖娃娃，看着就叫人喜欢。

小雪节气，万木枯黄凋零，蛐蛐们隐藏了踪迹，地里也不见了其他的庄稼蔬果。这时的白菜，经过霜冷初寒天气后旋得更结实，同时也把深秋的那份清爽与脆甜包裹得更紧密。将白菜铲出来，装筐填篓，用小推车、地排车一趟趟运回家，然后在北屋南墙根儿下摆成一溜儿一溜儿地晒太阳。过七八天，外面的一层老帮子就干萎了，这就像给白菜穿上一层防护衣，让它既不怕冻，又不会流失太多水分。这样再贮存起来，就能放好长时间。吃的时候，把外面的一层老帮子剥掉，里面仍然鲜亮水灵如新，口感一点不差。

现在有句流行语叫"好白菜都叫猪拱了"。那时晒白菜确实得提防着点猪拱鸡刨。这不，有一年，过日子极仔细的大脚三婶子赶集回来，见大门栅栏洞开，匆忙进院子一看，正有一头白底子黑花猪在吧唧吧唧吃自己家的白菜，几十棵白菜被拱得七零八落。三婶

045

子又疼又气，"嗨！"的大吼一声，抄起一把铁锨舍命地拍在猪腚上。猪惨叫一声，掉头就向大门外跑去。三婶子哪肯罢休，拖着铁锨在后面穷追不舍。猪"吱吱"地叫着窜出大门，向右一拐，顺墙根儿"噌噌噌"地跑进胡同北头福成家的院子里。三婶子气咻咻地赶过去，倚在门垛子上，用手拍着胸口，如泣如诉般地控诉起猪的罪行。等明白就里，憨厚的福成两口子忙不迭地边赔不是边骂猪，一胡同人也是好说歹说。最后福成媳妇架着三婶子在前面走，福成夹两棵大白菜跟在后面，才把她给劝回家。

　　白菜晾晒好，更得储存好——这可是一家人冬天的当家菜啊！那时也没有闲屋，有的人家就在卧室兼厨房的北屋旮旯或里间里铺块塑料布，垫上谷草，把白菜一棵棵摞起来，上面用麻袋、草苫子盖住，吃、取都方便。可是，屋里存放最大的问题是老鼠，它神出鬼没，一冬天都会糟蹋好些白菜。于是有的干脆用麻绳儿系住白菜根儿，栓到梁头上；或楔个木橛子，挂到墙上——确也是一景。

　　那时最通行的储存方法是窖藏。就是在院子的空闲处，挖一个两三米左右见方、一人多深的坑。坑口横竖拦上些棍棒，上面再密密地摊盖上一层玉米秸，然后用土压实，只在角上留一个供人出入的口，在对角留一个通气孔——地窖（我们叫"地窝子"）就建好了。地窖建好后，人们就把冬天吃的白菜呀、地瓜呀、萝卜呀，还有为过年早早备下的荸荠呀、土豆呀、芹菜呀，统统都倒腾进地窖里。地窖接地气，就是一个天然的恒温箱，加上湿度大，蔬菜瓜果在里面又暖和又滋润，整天是迷迷瞪瞪、似睡似醒。三九腊月天寒地冻、满院子白雪皑皑，而地窖里则暖烘烘的。因此地窖也成了孩子们的好去处，大人们要用白菜了，他们便自告奋勇："我去！我去！"边说便飞跑到地窖口，掀掉盖子，小猴子一般哧溜滑下，顺着木棍儿绑成的梯子（没梯子的就在窖壁上交错掏出一个个小坎儿，以便蹬着上下），"噔噔噔"下到窖底，一会儿便有一棵大白菜和一颗小脑袋相继从窖口冒出来，脸上挂满得意和自豪。没事时，几个孩子也会钻到地窖里玩耍——捉迷藏、打鬼子、过家家，其乐融融。

另外还有一种简便易行的储存方法：土埋。有的年份白菜多，屋里或地窖里盛不下，人们就估摸着日子、掐算着用量，把一时半会吃不着的先用土埋起来：在院子里选个朝阳的角落，刨五六十厘米深的一道沟或一个坑，然后将大白菜头朝下根朝上紧挨着摆好，填上土，拍实就行了。于是，这些白菜就在土里安静地睡上一冬天。等到开春，屋里、地窖里的白菜吃完了，人们就到院子里扒开土，把白菜提出来，晃一晃叶子上的土，剥掉外面一层带着冰凌花的老帮子接着吃。这样差不多能接上菠菜等春天的时令蔬菜。

立春以后，天气渐渐暖和起来，地窖里半睡半醒的瓜菜们最早感知地气的变化，一个激灵清醒过来，心便也活泛起来：萝卜生出白嫩的须，地瓜钻出紫红的芽，白菜看似不动声色，其实早已高兴得心花怒放了。这时就得赶紧把它们挪到地上来。重新回到阳光下，人们也发现有的白菜腰部明显鼓胀，像怀胎五月的孕妇。将叶子一片一片剥到最后，只见菜心处已经发芽、抽薹，上面长满了白玉般米粒大小的骨朵。那些爱花的人，就用刀把它剜出来，菜根处削平。然后，找一旧碗或空罐头瓶，倒点水，把它蹲到里面，摆在窗台或方桌上。不久，它便蹿出绿色的茎，茎上一层一层自下而上绽开着金黄色的小花……

二

大白菜很中性，素淡清爽，没有"邪"味儿。炒煮炖拌，可独自成菜，也可与其他食材搭配，荤素咸宜。

从前在老家，母亲都是做最普通的做法：白菜剥去老帮子，用刀竖着剖开，吃一半，留一半。将白菜横着切成一指宽的段儿，菜疙瘩随手丢进咸菜缸里。锅烧热，倒上油，放上葱花炒至焦黄。把白菜收进锅里，用铲子前后左右上下翻几遍，就盖上锅盖焖着。过会儿揭开盖再翻一翻、尝一尝，直到嚼着不再咯吱咯吱响时撒上盐就成了。装盘盛碗，一家人热热地就着干粮喝汤。有时放点肉啊、粉条啊、豆腐啊，一炖，那简直是上等的美味。

母亲怕我们整天吃白菜窝窝头单调起腻，也会隔十天半个月包一次大包子，换换口味。包包子最费功夫的是剁馅子。白菜尽量切碎，然后用刀在菜板上反反复复地剁。有时嫌一把刀慢，还会跑到大伯家借他家的来用。左右开弓，双刀齐下，效率倍增。为节省时间，母亲去和面，就招呼我和弟弟来剁菜。两把刀上上下下、左左右右，或急或慢、叮叮当当，居然也有几分打击乐的节奏。这声音飞出屋门，飘出巷口，闻着的邻居们就会说："某某家又吃包子呢！"白菜要剁到细腻如泥为止。母亲用笼布将剁好的白菜包成团，双手握紧，在菜板上使劲地揉压，白菜里的汁水就从笼布细密的缝里慢慢被挤出。压好的菜团放进盆里，掺和上剁碎的肉或油渣（猪大油熬炼后剩下的渣子），调上豆油、盐、味精，搅匀——馅就算掇弄好了。用掺着少许白面擀成的玉米面剂子一个个包好，摆进笼屉，盖盖儿，点火。玉米秸、棉花柴燃出的火焰在风箱的鼓动下兴奋地蹿动。有半小时功夫，锅盖上便腾起缕缕热气，屋子里溢满白菜与玉米面混合的清香。一大锅包子能吃三两天。上顿吃，下顿也吃。特别是放学剁菜时也一人扛一个边走边啃（当然，水饺也是包的，但那都是年节上的事了，因为白面稀缺）。

那时奶奶七十多岁，身体壮实，但牙口不好，平时喜欢吃软和烂乎的饭菜。有时母亲下地干活回来晚，奶奶便常常动手馇菜豆腐吃。白菜不论帮子叶子，老的嫩的，择洗干净，用刀剁碎，放进小铁锅里，上面撒上一层豆面，添水没过，盖上盖。然后大火烧开，再用小火慢慢"咕嘟"十来分钟，等汤汁收尽，"菜豆腐"就可以出锅了。奶奶用勺子给我们兄弟仨一人盛上一碗，再掰给每人半块窝头。我们吃着，她便又开始讲起了《珍珠翡翠白玉汤》："说是，从前有一个皇帝，年轻时落难……"据说，奶奶年轻时跟做买卖的爷爷在天津卫（现在叫天津）待过一段时间，整天过着"吃煎饼馃子、喝茶抽烟、看大戏"的优裕日子。如今沦落到粗茶淡饭的地步，也是造化弄人。而对我们这些从不知"煎饼馃子"为何物的小辈们来说，那都是缥缈的传说。世上难道还有比这白里带绿、绿里带黄、亦饭亦菜亦粥的菜豆腐更香美的滋味吗？

父亲在外工作，自然吃得多见得多，厨艺也好。周末回家，他最常做的是醋熘白菜：白菜去叶，用刀尖将菜帮子从中间纵着划开，两三层平铺到菜板上，再坡着刀，刀刃向里，把菜帮一刀一刀片成薄片。急火，热油，放上葱、姜丝、花椒炒出香味，然后将片好的白菜收进锅里，泼上点酱油、醋，在"吱吱啦啦"声中快速翻炒。出锅时，撒上盐，味精，调匀。这菜趁热吃，香味浓，脆生生，尤其是那种酸溜溜的味道，让吃惯了母亲素炒白菜的孩子们，味觉有了一种全新的体验。后来我也学着做过，但火候、味道都照父亲差得远。

父亲好喝酒、爱吃辣，这大概和他爽直又有点火暴的性格有关。每次炒白菜，父亲都从挂在窗户外的一串干红辣椒上揪下两三个来，拿到灶火上烤着。等到半糊半焦，用刀拍碎，搅和进他单独盛出的白菜盘子里。就着这辛辣的香，只吃得汗珠子顺着脸颊往下滚，把我们兄弟仨看得不停地倒吸凉气。

堂弟大林与我一般大，两家墙东墙西，整天形影不离地在一起玩。有时赶上饭时就住下吃。大伯有点家长作风，吃饭时伯母与堂姐堂弟们围在小地桌上吃，伯父则自己在高方桌上吃，还会常常眠上几口小酒。伯父常用的下酒菜中有一样是拌白菜心：就是把白菜最里面泛着淡黄的芯切丝，豆腐干切条，用酱油、醋、香油、盐一拌，吃起来凉丝丝，脆生生——确是极好的下酒菜。有时伯父高兴了，就会喊道："生、林，过来吃口菜。"早已垂涎欲滴的我俩，便颠颠地跑过去，两手攀着方桌沿，飘着脚，就像是两只待哺的小雀儿张着口等待着那清爽透心的一刻。

想起来，那时大白菜的吃法大致如此，这也是我们那一带最家常的吃法。

三

其实在北方，大白菜还有一种很有名的吃法：东北酸菜（就是那个"翠花上酸菜"的"酸菜"）。普通东北人家有两样东西是不可缺的：大缸、石头。干什么用呢？腌酸菜呀。秋末冬初，大缸刷净，将精选出的上好白菜或整棵或剖开整齐地码放进缸中，每两层之间撒一层粗盐，然后注入清水没过白菜，顶上再用大石头压紧压实，以防止大白菜浮起露出水面后腐烂变质。这样，在寒冷的环境中让白菜在缸中慢慢腌渍、发酵，二三十天后便大功告成。赶上冷天，敲开冰碴，从缸中捞出一棵酸菜，看一看，泛着金黄；闻一闻，透着奇香；尝一尝，脆生爽口。东北酸菜几乎把白菜原来所含的蛋白质、无机盐等营养成分都保存了下来，特别是其中的维生素，保存量达百分之九十以上，当属绿色、天然、健康食品。酸菜吃法多样：可炒、可炖、可炝、可拌。据说，当年张作霖的大帅府配有七八口酸菜缸。可见，少帅们也是吃酸菜长大的！

但是东北并不是酸菜的发源地。我国第一部诗歌总集《诗经》中就有"中田有庐，疆场有瓜。是剥是菹，献之皇祖。"的描述。东汉许慎《说文解字》解释："菹菜者，酸菜也。"由此可见，中国酸菜的历史颇为悠久。只不过在冬季寒冷的气候条件下，一代代东北人以制成酸菜的方式来延长大白菜保存期，使得该项技艺得以传承并发扬光大，逐渐成为东北人的一张名片。而现在，随着人口流动频繁、物流的便利，特别是科技的进步，也带来饮食文化的大融合。酸菜更是穿过关门，进入关内，走向全国。而今宾馆饭店美食城、大街小巷，随处可见酸菜白肉、酸菜火锅、酸菜包子、酸菜水饺、酸菜煲汤、杀猪菜等醒目招牌。酸菜丰富了人们的食谱，成为国人共同的味觉享受。

说到这不能不提一下邻居韩国的泡菜。韩国泡菜，主要原料也是大白菜。早些年在家，大白菜收获时节，经常见有大货车直接开到菜地里装白菜。问菜贩"哪里拉"，答曰"出口韩国"。泡菜的腌制除主料大白菜以外，还要添加多种辅料和作料，工艺略显复杂，因而味道、口感与东北酸菜自然大相径庭。泡菜对韩国人来说不仅是一道普通的佐餐菜肴，更是一种特有的传统和文化。但这种传统和文化的根却是在中国。据说，泡菜技术是唐朝将军薛仁贵东征高丽时，由他的多位重庆随从带入高丽的。也有说是明朝从中国传入朝鲜半岛的。

这极普通的大白菜，却也有着许许多多的轶事佳话。

喜食"东坡肉"的北宋文豪苏东坡，就用"白菘（白菜）类羔豚"、"白菜赛糕肠"来赞美它。他常用菘菜、蔓菁、荠菜等，加入米粉、少量生姜自制成"东坡羹"，并赋诗云："开心暖胃闲冬饮，知是东坡手自煎。"

白菜还是许多绘画大师入画的素材，其中以齐白石老先生为最。"通身蔬笋气"的他将大白菜画得肥大、嫩白、翠绿，点缀上蚂蚱、蛐蛐、蝈蝈、小鸡，或蘑菇、枇杷等，新鲜活泼，生机盎然，情趣横生，尽显俗世生活的温情与暖意。齐老先生爱画白菜，也喜欢吃白菜。据说，一天他正在画室里画白菜，听到外面有吆喝卖大白菜的，忽发奇想："我何不用白菜画去换白菜吃呢？"于是他便卷一张画好的白菜画走出大门与卖菜的大汉商量，结果被大汉狠狠揶揄一通，齐老先生只得挟着画灰溜溜地走了。齐先生的换白菜梦是没做成，可是现在想来那个卖白菜汉子的后人闻知此事也该会把肠子都悔青了吧！

我们小时候，白菜一下来，母亲总是让我和弟弟用小车子推上十棵八棵，给孩子多的姑家姨家送过去。她们自然也会各提上一捆葱、拎上一袋地瓜或萝卜回赠。白菜虽值不了多少钱，但在短吃少穿的日子里，却也透着几分亲情的温馨。

如今白菜多了，便不再稀罕。集市上、超市里，一年四季，白菜都是常客。天南的海北的，反季的应时的，绿莹莹，白生生，种类多、品相好，价格又极低。现吃现买，随挑随选，方便异常。不必像从前那样，既得考虑存放，又得精打细算着吃。甚至有的商铺搞活动，大白菜干脆白送。今冬天，母亲经常去参加某药店举办的健康讲座，每次回来都带回两棵，一家人居然再没花钱买大白菜吃。

最是清白滋味长。虽然大白菜一统天下的日子一去不复返了，但寻常百姓家的餐桌上依然离不了它。主菜也好，辅料也罢，只要有一段时间不吃人们就会想念它："该炖白菜吃啦！"人们喜欢吃大白菜，且百吃不厌，主要是因为它素淡平和、不傲不呛、低调随性、不争不抢、能屈能伸、雅俗共赏的好品性——这才是人们从朴素的它中咀嚼出的真滋味！

枣儿

说起枣儿还是因为枣儿。

办公室里的同事出差捎回一包大红枣儿，每人分一大把。这陕北的干枣儿，个大、色正、肉肥，咬一口甜丝丝……

从前，老家有很多枣树。张王李赵，谁家若没有一棵或几棵枣树，那就显得有点掉价儿。枣树是何时种的不得而知，但那时大都碗口以上粗细，正是盛果期。在苹果梨桃等水果极其稀罕的年岁里，枣儿就是满足口腹之欲最好不过的鲜物。打枣儿是一家人的狂欢，天高气爽的日子，大人拿一根长杆子，噼里啪啦，连叶带枣儿一顿扑打，满地红枣儿乱跳，娃娃们就连爬带滚地四下攒枣儿。时不时有枣儿"嘣"的一声砸在光亮的脑壳上，一咧嘴，吸一口冷气，扤扤头皮，继续撅着屁股去抢……不久家家户户院子里就晒出一簸箩一帘子的红彤彤的枣儿。

我们村子小，左邻右舍前街后街谁家是啥枣树一清二楚。铃枣树最多。像我们家、东邻大伯家、八叔家那一片儿都是。铃枣有一元硬币大小，圆形，肉多。大概因为形似铃铛，所以起名铃枣。其次是小枣儿树。如果说铃枣像圆头圆脑的胖娃娃，那小枣儿就是苗条的小姑娘。甭看它个小，不及铃枣的二分之一，但是它脆甜可人，像极了小姑娘的笑颜。吃腻了铃枣的孩子，就蒋家、汪家、李家、司家的四下蹚摸，比量着谁家的好吃。据"消息灵通"的大娃头透露，北街蒋家胡同里大脚二娘家的小枣儿"甘甜甘甜的""一咬嘎嘣脆"。于是一群孩子便瞅着大脚二娘背着柴火筐颠着小脚消失在胡同口外后，一阵风似的窜到她家南墙外。墙头上正有一枝枣儿斜伸出来，或红或黄地压弯了枝条。大家早已垂涎欲滴，顾不得多想，便用砖头扔用秫秸打起来。枣子似乎不喜欢这些皮孩子，使劲抓着树枝，晃晃悠悠不肯下来。偶有几个失手坠地，引得孩子一阵哄抢。抢到的用手把枣儿一搓便塞进嘴里，"咔哧"一声，脸上立刻显出吃了蜜糖般的得意。一通忙活，在院墙里小黄狗舍命地吠叫中匆匆撤离。尝到甜头后就容易忘乎所以，胆子也大起来。一次，几个孩子又溜到大脚二娘的南墙外，东瞅瞅西望望，伺机下手。突然一声怒吼从天而降："小兔崽子！"几个人惊慌逃散，比兔子跑得还快。躺枣（长枣）有小枣儿两倍长，体态秀颀匀称，像亭亭的模特儿，但是口感面吞吞没有小枣儿脆甜。这树不多见，只新红家一棵。梨枣顾名知形，上细下圆，状似鸭梨。在前街金川家见过一回，不过没有留下什么味觉印象。

　　喜欢枣的人谁没有被一种叫瘊槲子毛（刺蛾的幼虫）的蜇伤过呢？五六月里，枣叶嫩绿青枣儿点点的时候，这种毛毛虫便出现了。它跟枣叶一般颜色，隐在碧绿的叶子里，不仔细看是发觉不了的。这下就苦了那些馋嘴的孩子。枣子刚刚长到青豆大一点儿，早已迫不及待的孩子便蠢蠢欲动。午后，大人们睡晌觉，他们就聚到枣树下，两手向上抱着树干，双腿一摽，手脚交替用力，一蹿一蹿就上到树杈。一片葱绿中，兴奋的双眼四下寻觅个大的枣子，揪下来就往嘴里填。可是枣子还没尝出味来，就觉胳膊、脖颈子"生"的一下，犹如电击一样。用手一挠，痒痛愈烈。忙溜下树来，哭咧咧地去告诉大人。正睡得朦朦胧胧的母亲头也不抬，只撂下一句"活该！叫你心急！"便又睡去。七月初，长在高枝上的枣子开始染红，人们就找来竹竿戳着吃。枣子高，杆儿长，杆梢儿不住地抖，枣子不停地晃，急得树下人仰着头瞪着眼大张着口。情急间，忽一"枣儿"落下，不偏不倚直入口中，得意中猛地一咬，顿觉汁水四溅，方知不妙，再吐已来不及了……那惨状，现在想来还瘆得慌。受瘊槲子毛之害最深的当属秋了。一个阴沉的夏日，秋和几个光屁股的孩子在十字路口

"祈雨"。正玩得高兴，西邻三小子祥不知从哪捏来一个瘙橛子毛，边跑边喊："我尿上尿了，没事儿了！"其他孩子仓皇逃开，而秋躲闪不及，后背从上到下被斜着重重抹了一道。秋顿觉火辣辣的疼，忙用手抓。这一抓不得了，整个脊梁就涂满了瘙橛子毛的刺儿。母亲正在烧火做饭，见秋哭着回来，先训斥了两句，后看到孩子整个脊梁都红肿得锃亮时，也心疼地流起泪来。她跑到有老腰疼病的应承家要来两贴黑膏药，就着灶口火苗把药膏烤化，然后在秋的背上一下一下粘起来。又烫又痛，又酸又麻，每粘一下，都像被揭下一块皮，疼得秋一边"哎哟"，一边不停地抽搐。孩子在哭，母亲也是一脸的汗。足足七八天，先是一后背疮水，接着一后背硬痂。晚上不敢躺下，就在母亲的拥抱下坐着睡到天明。从此秋心里埋下阴影，一见到瘙橛子毛，就浑身起鸡皮疙瘩。

虽然被蜇是痛苦的，但枣子的甜美又是永远撩拨着人们的味蕾。生的枣子好吃，脆甜，汁多，但吃多了容易胀肚子。尤其是小孩子又好喝凉水，便常常涨得肚儿溜圆。于是，母亲们就会在蒸干粮时，洗上一捧枣子，摆在箅子边角和缝隙里，与窝头地瓜萝卜一块蒸；或者做汤时放锅里一煮。有时一边烧着火一边随手抓几颗枣子扔进灶膛里，在熊熊的火边烤上一会儿，赶紧掏出来剥了皮吃。熟的枣子，吃起来热乎乎，果肉甜软，就避免了伤胃之虞。那年代，缺乏保鲜措施，暮秋后就很难再吃到新鲜的枣子。有些人家就用白酒炮制出一种特殊风味的枣子——酒洇枣。每年仲秋打枣之前，男主人就会亲自爬到树上，精挑细选摘一篮子熟得透、品相好的枣子下来，洗干净晾干。倒上半碗五十多度东辛特酿，把枣儿一颗一颗地在酒里一滚，装到干净的瓶子或坛子里，盖好盖儿，然后用塑料纸将口密封好，放到阴凉干燥处保存。一个月后，打开封口、揭开盖儿，立刻有一股甜丝丝的酒香味儿钻进鼻子里。再看那枣子，一个个被酒滋洇得饱满圆润、通体绛红，就像喝醉了的汉子的脸（所以，酒洇枣儿也叫醉枣儿）。孩子们早已等不及了，揸着小手围过来，一人讨得三两颗，欢天喜地地在一旁吃起来。酒洇枣儿虽不再那么脆生，但它特有的口感和香气也让没有鲜枣的日子里多了一份味觉体验。

晒干的枣子是可以长期存放的，留着待客或年节、喜事的时候用。过完秋，农村便进入一段最闲散的时光。七大姑八大姨们就提着筐子、挎着笼子，领着一干小儿孙们前村后店走亲戚。每到一家，主家老太太先招呼进屋里坐了，然后就到里间里挖出半瓢子干枣，往炕头上一蹾。上了岁数的吃不了，坐在方桌边喝茶边拉呱，孩子们就围着瓢子吃枣子。干枣果肉劲道，小孩子正值换牙，一个个歪着脖子咧着嘴使劲往下撕，只吃得嘴角枣红色涎水淋漓。这样一来二去，日子就随着姑奶奶姨姥姥们的小脚一步一步捱向年根儿。腊月二十八，家家户户开始蒸干粮、炸肴货，热腾腾香喷喷地迎接新年的到来。众多面食中，年糕是必不可少的。一方面因其黏黏的口感，另一方面更因其吉祥的讲究。黍子面和好，用手拍着旋着捏成窝头状，把洗净的干枣一个个安在"窝头"身上。然后添水，装锅，盖盖儿，点火，在风箱"咕哒——咕哒"的节奏声里，锅盖儿缝里渐渐钻出丝丝热气。随着热气蒸腾，年糕的味道也一缕缕地飘散到空气里。停了火，等上一会儿，锅盖儿掀开，一团热气冲上屋顶，漫开，并从四周翻卷下来，把煤油灯的火苗鼓荡得一晃一晃，整个屋子瞬间便弥漫在朦胧的水汽里。热气散尽，只见一锅糕金黄锃亮，红枣更像嵌在上面的一颗颗红宝石，添了一份红火与甜蜜。老奶奶用筷子插上糕，老的少的每人一个，边分边念叨："吃了这个糕那是个也高、岁也高、粮也高、钱也高、学也高、官也高，今年高、明年高，好日子一年更比一年高。"

孩子们吃着年糕，在美好的祝愿里一年年长大，说着道着就到了婚嫁的年龄。大喜的日子自然少不了枣子。洞房里梳妆台上除了用脸盆装上麦子栽上葱，祝福小两口婚后吃喝不愁外，还盛上四盘子红枣、花生、桂圆、莲子，连箱子、柜子、抽屉、床角旮旯里也塞上三五颗枣子，祈愿小两口婚后早生贵子。传统的风俗习惯把结婚的目的诠释得既现实又充满情趣。良辰吉日一到，锣鼓咚咚锵锵，鞭炮噼里啪啦，新媳妇迎进门，拜过天地，拜过高堂，夫妻对拜后被送入洞房。于是闹洞房就开始了。那时闹洞房叫"要火烧儿"。火烧儿就是把和好的白面，抹进雕成小鱼儿、凤凰、蝙蝠、元宝、莲花等形状的枣木模子里，压制好后放到鏊子上烙干。更简单的一种是把红枣外面裹上一层面皮，用手一团，上热锅里翻几个滚儿就成。出嫁那天，母亲就把火烧儿掺上染得粉红的花生装到笸箩里，用红包袱包好交给闺女随轿带到新郎家。火烧儿一是用来分给亲朋好友、帮忙的邻居，以分享喜庆、表达谢意；二是为应付那些以此为由头闹洞房的人。俗话说"不说不笑不热闹"，借着"下轿三天无老少"的宽松"政策"，小孩子、半大小子、青壮年、街坊辈的小叔、小爷们会挤满屋子，围着新媳妇你一句他一句的插科打诨笑戏闹。新媳妇呢，一身的枣红褂枣红裤枣红围巾，只露着红扑扑的脸蛋，侧着身子低头对着墙角坐在床沿上。那时闹洞房还规矩，一般动口不动手。胆大的顶多扯扯新媳妇的衣角，扳扳新媳妇的肩头。若有个别举止过火，立即会被站在门口监控局势的小姑子或婶子厉声喝止。火烧儿笸箩锁在柜子里，钥匙攥在新媳妇的袖筒里。新媳妇羞羞答答，面对要火烧儿的软磨硬泡，一般采取"三不主义"：不看，不动，不吱声。你有千般妙计，我有一定之规。除非实在撑不住，否则是不会轻易出手的。也有的新媳妇伶牙俐齿、反应机敏，往往把闹洞房的人呛得接不上腔，场面一度尴尬。但大都会敛着性子，矜持几日，以免过后落下口舌。比起小孩子傻憨憨地等待，年轻人的愣头愣脑，能要得出火烧儿的是那些所谓的"老司机"。"老司机们"见多识广，套路熟络。他们挤到床边跟新媳妇脸对脸一坐，便慢条斯理地开始了持久战：先以辈分压，再以情动以理晓；不行，就装病哄，糗怪逗……总之是为达目的无所不用其极。新媳妇终究熬不住，"扑哧"一笑，边转身边摸出钥匙打开柜子上的小锁儿，把柜盖儿掀道缝儿，伸手进去抓一把火烧儿出来，麻利地丢进早已张开的粗大手掌里。至于要到火烧儿后又嫌"牙疼",要新媳妇给"嚼嚼吃"等非分要求便不再理会。打发走了"老司机",只剩几个"赖皮"还在纠缠。新娘子见时辰不早,心里惦记着别的事儿,就端出笸箩,把底儿一翻:"看看,没有了吧?"几个人这才怏怏离去。

过去农村给孩子取名随意又率性,不查词典,不论八字。孩子出生后家里的老人就地取材,逮着啥就给起个啥。比如,狗啊、牛啊、石头啊、木头啊,地瓜啊、萝卜啊,风啊、雪啊,春啊、冬啊……世间万物皆可入名,五花八门,老接地气。村子东南角枣花儿姐的名字就是这么来的。据说枣花娘生枣花儿时正逢"簌簌衣襟落枣花"。忙活完了,奶奶千恩万谢送走了接生婆,随手关上街门,耷拉着脸站在枣树下,闷闷地瞅着撒落一地的枣花儿。后来枣花儿就叫了枣花儿。枣花儿一年年随着枣叶绿枣叶黄、枣儿青枣儿红渐渐长大。别看她人出落得像枣花儿一样美,可性子却像枣树身子一样拧。读小学五年级的时候,家里实在扒不开堆,枣花儿娘就到学校里硬生生把枣花儿拖回家,粗大的课桌腿也没能拽得过母亲的决心。枣花儿不哭不叫背着身子坐在炕角里三天三夜不吃不睡,人差点不行了。从此后,一个瘦小的身子为了养家糊口,每天裹在一群粗胳膊大腿的壮劳力堆里在泥土中拌和。烈日寒风,推车挑担,繁重的劳作压不垮她;拾柴挑水,粗食陋衣,她都能咬牙坚持。羸弱的双肩硬撑着本不应该属于她的那份生活重压。枣花儿爹的脾气很大,日子的不舒心加上烈酒的烧烫,常常无来由地叫骂连天,摔盆子砸碗。一家老小战战兢兢,大气不敢喘。一次,枣花儿砍了一下午棒子秸,腰酸腿疼,筋疲力尽,傍黑进门刚坐下半块窝头没吃完,已喝得满脸通红的爹又骂骂咧咧起来。枣花儿筷子一撂,起身走进里屋。第二天早上起来,枣花儿不见了。一家人东喊西问不见踪影便慌了神儿。亲戚朋友家挨个找,河湾水井里仔细看,去邻村找瞎子揣算,到广播站发寻人启事……三天后,在离村八十多里山里的一户人家里才找回了她。

风霜雨雪挡不住蜡梅的绽放，粗糙的日子也掩不住枣花儿的美丽。长到十八九岁，枣花儿已是十里八庄有名的美女。村里的青年竞相追求，外村媒婆儿更是踏破门槛，但枣花儿丝毫不为所动。她心气高，有自己的主意，她不想再重复这样看不到希望的苦日子。时间长了，人们见枣花儿对找对象不感兴趣，背地里就嘀咕："这妮子准是有毛病。"

　　那年冬上，村里来了一个卖蜂蜜的年轻人，一进村头就吆喝："枣花蜜——枣花蜜——"北乡口音。奶奶痨病咳得厉害，娘就让枣花儿去买半斤来。一群孩子围着年轻人，见枣花儿走过来就齐声喊："枣花儿来买枣花儿蜜了！枣花儿来买枣花儿蜜了！"年轻人听了抬起头瞥了枣花儿一眼。枣花儿称上蜜，托着瓶子往回走，随手把沥在瓶口外的一滴蜜抹到嘴里。一瞬间，她禁不住深吸了一口气，充满了太多苦辣酸涩滋味的心田一下子被一丝甘甜融化了……第二年，差不多的时间，卖蜂蜜的年轻人的叫卖声又在村头响起。枣花儿闻声匆忙走出家门，用自己的"私房钱"去给奶奶买蜜。年轻人一边把蜜递给枣花儿，一边微笑地看着她说："也算老客户了，给你打个八折。"枣花儿抿嘴一笑，说声"谢谢"，伸手接过了找回的钱。第三年，买蜂蜜的青年没有来，倒是枣花儿奶奶娘家一个远房侄女的一个姨表姐找上门来，给她的外甥提亲。枣花儿父母一听说"外甥"原来是那个卖蜜的青年，便以"北乡""路太远"为由回绝。姨表姐不急不躁，在椅子上坐定，边喝着茶边夸赞起外甥家的好：老辈里忠厚勤劳，口碑好；年轻人脑子活络，能干事。地里种着多少树，一年能打多少枣；箱里养了多少蜂，一茬能采多少蜜；圈里喂着多少猪，一栏能出多少头……里里外外，圆圆扁扁，声情并茂，一刻不停地说到日头正午，直说得枣花儿父母有些犹豫了。姨表姐见状趁机说："要不问问闺女愿意不？"话音未落，枣花儿一掀门帘从里屋出来，红着脸点了点头。姨表姐看着枣花儿一笑，回头对枣花儿父母说："不急不急，你们也再考虑考虑。"吃过午饭，姨表姐给枣花儿奶奶留下一提蜂王浆，便起身告辞了。转过年来的五一节，枣花儿出嫁了。一晃三十多年过去了，而今的枣花姐两口子经营着一家"枣花儿有限公司"，专营"枣花儿"牌枣花蜜、冬枣、枣木制品，批发零售、线上线下，生意做得风生水起。

有了枣花儿姐，吃鲜枣就不再成问题，一年四季新鲜水灵的冬枣随吃随有。物流的便捷，使新疆、陕西、山西等外地干鲜枣子也大量进入本地，极大满足了市场的需求，同时也让人们在甜丝丝的枣香里，时常回味起旧时光。

紫穗槐

去年夏天去五台山，在大白塔东边小河的岸坡上，竟偶遇了一位阔别已久的老友"紫穗槐"：一袭绿衣，蓬松的发髻上插着一穗穗的紫花，葱茏而温婉。我一阵惊喜，快步上前，仔细端详着它，轻抚着它。

二十多年了，我曾经多次寻觅，一直不见它的踪迹——山里，河畔，城区，乡间。但是越不见越思念，越思念记忆就越像一把刻刀，把它的姿容雕刻在脑海里，深刻而清晰。

村西那条曾经的老柏油路西边临沟是一溜儿斜坡，有四五十度，五六米长，紫穗槐就长在斜坡的靠上沿儿处。自南向北绵延而去，似一条绿色的苍龙，不见首尾。斜坡上的土质实在是差，里面混杂着修路时残留的大量灰渣、石子、瓦砾，还有铺轧路面时掉落的沥青块儿，板结得就像石头。用镐头翻土，有时会"噌噌"地迸出火星。鲁东北地区气候干旱，偶有降雨，路面上的积水很快就顺斜坡滑到沟底，不会在紫穗槐脚边停留片刻。而靠近路面的那排一搂多粗的杨树更是用硕大的冠将紫穗槐窝在底下，只吝啬地从缝隙间漏下丝缕的阳光洒在紫穗槐饥渴的枝叶上。

紫穗槐就是这样，每天在弥漫着汽车尾气与飞扬的尘土的环境中生着长着。阳春三月，它便冒出嫩嫩的紫色芽尖，尽情沐浴着东风的温暖，慢慢舒展开柔软的手臂；根则使劲往地下钻，寻找着那一丝丝土壤的湿润。夏日里，狂风暴雨与高温的空气让一切脆弱胆怯的花木们惊慌与哭泣，而紫穗槐似乎天性中最喜欢这份残酷。它们昂首挺胸欢乐地迎接着这一切来临，越发出落得枝繁叶茂，郁郁葱葱，还在枝丫间蹿出一穗穗紫色的花，像一簇簇庆祝胜利的火焰。天高云淡，北雁南飞，紫穗槐褪去一身泛黄的旧衣，展露出一根根虽不粗壮却极坚韧的筋骨，挂着弯弯的荚果，挺立在瑟瑟秋风中，似挥动着一把把小镰刀……

在贫瘠与干旱中长成的紫穗槐，枝条一般四五尺长，直滑有韧劲儿，百曲而不折。每年秋分后麦子种下地，白菜萝卜收回家，村里就组织大伙用镰刀将紫穗槐的枝条一根根细心割下，打成捆竖在路边。车把式们赶着马车将它们拉回生产队的场院里，晾晒在屋后墙根处。等它们半湿不干的时候，一项新的活计就开始了：人们量才为用，手拙点的负责捋叶削尖儿，手巧点的负责顺条子、递条子，那些编织高手们则手、脚、膝、口并用，在枝条飞舞间，在忙碌欢笑中，戏法般变幻出各式各样的器具：圆圆的抬筐，长长的篓子，弧形的车挡板，带提把的篮子……为以后的日子去装载更多的辛苦与喜悦。

编好的筐篓笆篮，可是有大的用场：装土载粪，拉庄稼，运瓜果，盛粮食……是村里人生产生活的好帮手，什么脏累苦重的活计，它们都默默承受。它们不怕水泡，也不怕日晒。磕不烂，压不扁，砸不坏，极其坚固耐用。这些年各地纷纷兴建民俗文化纪念馆，每到一处，总会发现那些已经退出生产生活一线好多年的筐篓笆篮，依旧完好无损，静静摆放在展厅显眼处，成为农耕时代的一种缅怀。

紫穗槐的枝条一茬一茬被削割却丝毫不影响它的生长，反而这种伤痛更激发起它生命的活力：它的根系越来越发达，盘根错节，越扎越深，牢牢地将自己固定在土石中。每年春风一吹，紫穗槐就又从看似干枯的根上生出簇簇新芽，更密匝，更茁壮，也更坚韧，开始又一个生命的轮回，永无止息。

孩子们喜欢，是因为它的不欺。它不像杨槐榆柳，仗着个高，磨破你的腿脚肚皮，摔你个四仰八叉。它待孩子平等而友善：你困了，它为你遮阳；你藏猫猫，它为你做墙；你编草帽儿，它为你弯个圆圆的圈儿；你轰牛赶羊，它就会擎上一根根柔长的鞭杆……宽厚温和，从不计较，如同最要好的朋友。紫穗槐陪伴孩子们走过快乐的童年，也永远住进孩子们的梦里。

后来，慢慢地车多起来了：国营的、集体的、个人的，卡车、公交、轿车、摩托、拖拉机，公路越来越拥挤，还经常出事。那年春天，草木吐绿的时节，公路要拓宽了。两旁的大杨树被一棵棵放倒，卸掉头颅，拉走；紫穗槐被连根刨起，丢弃在沟畔上——被斩断的根须露着白森森的茬口，被踩躏搓折的嫩枝正渗着汁水……一个赶马车的老把式路过，停下车，弯腰捡起紫穗槐的根，磕磕上面的土，一个一个扔进车厢。直起身子，拍拍手，自言自语道："唉，没有用了！"然后一个响鞭，马车悠悠远去……

从此，不见了紫穗槐。

光阴荏苒，世事沧桑。后来，窄窄的老柏油路被扩建成平坦宽阔双向六车道，两边的暗沟上覆土修理成宽大的绿化带，弯曲起伏，错落有致，四季皆景。翠绿的三叶草，娇艳的美人蕉、木槿花，秀挺的银杏，婆娑的黄山栾、女贞，以及各种叫不出名的奇花异草，变换着色彩，变化着姿态，把柏油路装饰得如诗如画。人们驾车其中总会禁不住赞叹："太美了！"

但我还是时常想起紫穗槐。思之情切，便想形诸笔端。于是先到网络里搜索一番，结果令人失望。"紫穗槐"词条下，除了一些枯燥乏味的常识介绍，剩下的便是苗圃推销广告了，居然没有一篇一首名人大家专门歌咏它的诗文。感慨惋惜间，便生疑惑：这顽强不屈、朴实低调、默默奉献的紫穗槐为什么会被人忽视呢？后来，不经意间读到汪曾祺先生的一篇文章，其中一段文字提到紫穗槐："紫穗槐……初夏开紫花，花似紫藤而颜色较紫藤深，花穗较小，瓣亦稍小。风摇紫穗，姗姗可爱。""姗姗可爱"，可见汪老也是喜欢紫穗槐的。

如今邂逅紫穗槐，欣喜中一了相思之苦，同时也鲜活了我心头的记忆。于是，又想起那年秋天的事：上级有通知，要求各学校采集树木种子支援西部地区植树造林保护环境。近水楼台，我们就带领学生直奔柏油路边的紫穗槐而去。大家很兴奋，坡上坡下、树前树后跑来跑去。摘角儿，剥皮儿，挑籽儿，忙个不停，一双双小手搓磨得通红通红。待夕阳西下，耕牛晚归时，孩子们便提着大袋小包凯旋了。"这眼前的紫穗槐莫不就是当年我们采集的种子繁殖的？""哦，紫穗槐并没有消失，它只不过是辗转千里换了一个栖息地来继续它生命的历程而已。"这样一想，心也便释然了。

从前，艰苦的日子里，凡事首先是从实用性出发，植树绿化也是如此。比如种植杨柳榆槐，考虑的是长大后可以做房梁檩条，可以打桌橱箱柜，槐花榆钱还可添补口粮不足。而今，人们生活富足，物质需求已得到满足，精神的需求，尤其是对美的追求便提升了。紫穗槐的实用性已不存在，质朴无华的外形更不符合园林工匠们的审美标准，所以它的退出也是社会发展的必然。

退出就退出了，没有怨悔，没有留恋；远离喧嚣，也少了纷扰；身处圣境，依山傍水。每天在晨钟暮鼓里被袅袅香烟、悠悠禅乐缭绕出一份娴静与恬淡，是不是也挺好，紫穗槐？

梧桐树

在我们那儿被叫作"梧桐"的其实是泡桐，它是极普通极常见的一种树：笔直的干，伞状的冠，易成活，生长快。每年的春三月，伴着柔风细雨，梧桐总是先绽开一树淡紫色的喇叭花，密密匝匝，清香四溢。待花儿将尽时才冒出簇簇翠绿的叶芽，在夏日阳光的照耀下，很快舒展成巴掌大小的叶子，层层叠叠，郁郁葱葱，洒下满地浓荫。然而梧桐却受不了秋的风凉，每年秋分后不久，便匆匆褪去绿装，换上黄袍，叶子辞别枝头，如殒去的蝴蝶翩翩飘落。只留下光溜溜的枝干，开始新一轮寂寞的等待……

"凤凰鸣矣，于彼高冈。梧桐生矣，于彼朝阳。"俗话说"栽下梧桐树，引来金凤凰"。的确，传说中的梧桐是一种高贵清雅的树木。《庄子》中有"夫鹓鶵发于南海，而飞于北海，非梧桐不止，非练实不食，非醴泉不饮"之说。正由于其高贵清雅的品质，在古代也成为制作乐器的良材：汉代的蔡邕以梧桐制成"焦尾琴"，其音质妙不可言；李贺诗中的李凭演奏出"昆山玉碎凤凰叫，芙蓉泣露香兰笑"美妙声音的箜篌，也是用蜀地的良桐制成的；还有刘基，在《工之侨献琴》中记到："工之侨得良桐焉，斫而为琴，弦而鼓之，金声而玉应。"

从前在农村老家，几乎家家户户在院子里都会栽上几株梧桐树。这原因当然不是为了招引凤凰，不是为了制作乐器，更不是为了"梧桐更兼细雨"的闲情逸致，而是为小儿女们将来的婚姻大事考虑。那时，日子紧，凡事靠自力更生、自给自足。儿女婚嫁时现成的家具买不起，就只能请木匠打。那打家具的木料也多来自自家种的树木。

杨柳榆槐木质虽硬,但生长缓慢,等不及;而梧桐木质虽软,却成材快,又加之其轻便、不生虫的优点,便成了做家具的首选。这样,趁儿女尚小,大人们就栽下几株梧桐,让它们伴着孩子们风风雨雨一道生长,正应了那句"十年树木"。十几年后,孩子们长大了,到了谈婚论嫁的年龄,那梧桐也长成合抱粗细。当爹的就把梧桐锯倒晾干,请来村里最好的木匠把它一锯一锯解成板,一凿子一锤子一刨子地精心打制成各式各样的橱子啊、柜子啊、箱子啊。然后再请来十里八庄最好的画匠刷上红红的油漆,绘上莲荷凤鱼,满屋子就飘散着缕缕清香,渲染出十分喜庆。

我家老屋前的那棵曾经的梧桐,便是父亲在我们兄弟仨小时种下的。那是一个春天,父亲从集上捎回一棵梧桐树苗,然后一家人极兴奋又极小心地将它栽种在正屋门外右边空地上——坑刨得深不深,肥施得匀不匀,树立得正不正,土填得实不实,水浇得足不足……点滴不敢马虎,似乎在举行一场庄重严肃的仪式。之后便倍加呵护:树小时,在根部用碎砖垒起尺半高的围栏,以防鸡狗弄破树皮;到冬天,就用玉米秸厚厚地困缚住树干,以防冻伤;久旱不雨的年节,我和弟弟就到村西公路沟里一趟一趟地抬水让它喝个够……有一年夏天,爆发虫害,树叶上一夜间突然爬满绿色的毛毛虫(尺蠖),拼命地啃噬着每一片叶子,一粒粒虫屎小雨般密密地落下。不消几日,眼睁睁看着一树葱茏变得破败不堪,心疼不已却又无可奈何……那天上午,一阵东南风刮得够猛。放学回家,发现从已被吃光叶子的树枝上垂下一个个"吊死鬼",高高低低,或旋或摆,从袋口处露出黑色的狰狞的面孔,正得意地荡着秋千。这下我们可逮着"报仇"的机会,兄弟仨一拥而上,用杆子打,用扫帚扑,用脚踩,一会儿便全部俘获,送给鸡一顿丰盛大餐。打扫完战场,长长地舒一口气。然而,仰头望着已成蛛网状的病怏怏的树冠,却忧心忡忡:还能好吗?第二年春天,梧桐应时而发,当花则花,当叶则叶,愈发苍翠,愈发壮大。就这样,梧桐树在一家人的期盼和风雨的磨难中,噌噌地往上蹿，不几年便高过屋脊，树干也一圈一圈地向外膨胀：一掐，碗口，小锅盖，直至一搂，荫蔽了半个庭院……二十世纪八十年代，长够身量的梧桐终于变成我结婚时的"三大件"（高低柜、大立橱、写字台），完成了它的历史使命。

的确，在那个贫困年代里梧桐树就是全家的希望与依托，是人们辛苦一生中极短暂的一段快乐幸福时光的记忆。

而今，几十年一晃而过。由于实用价值不再、观赏价值不大，已经很少有人再去种植它。梧桐渐渐淡出人们的视野，很难觅到它的身影。取而代之的是一排排法国梧桐、日本樱花，一行行秀挺的银杏、水杉，一株株婀娜、婆娑的桃、梅、海棠和占据角角落落的不知名的奇花异草。

1994年，我搬家到了县城单位的宿舍。非常幸运的是，宿舍楼后居然生长着几株高大的梧桐树，透过厨房的窗户便可一览它们的风姿。四季轮回，梧桐树如一幅幅美丽的风景画时时牵动着我的心思：花开时，知春意正浓；蝉鸣时，沐夏阳灿烂；叶飘落，叹天下秋色；雪皑皑，做一季绿色的梦……常常打开窗户，让丝丝花香飘进房中，让雨打梧叶声飘进房中，让静美的落叶飘进房中，去嗅，去听，去看，去思……有了梧桐的陪伴，日子便时时充满了乐趣。

再次搬家到现在的小区又有七八个年头了，不知那几棵梧桐是否还在？是否生活得还好？

辞灶的灶

辞灶，腊月二十三，也叫小年。从这一天开始，各行各业陆陆续续放假歇业，家家户户购货添衣，磨面蒸糕，洒扫庭除，张灯结彩……年味是越来越浓了。

古语曰：民以食为天。历来，吃是最最重要的事情，而一切的吃食又皆由灶出。小小的灶台记录了尘世间许许多多的平淡艰苦以及欢喜悲愁。

二十世纪六七十年代那会儿，一般乡村家庭还少有专门用来做饭的厨房，春夏秋三季天气暖和，就在院子的角落里支个棚子，垒个简易灶台将就着用。冬来天凉后，才回到屋子里用正式的灶台烧饭。所谓"正式的灶台"，一般都垒在正屋当门的北墙根，与东山或西山上睡觉的土炕相连，做饭兼取暖，一举两得。一盘土炕扯南到北，老头老太太带着年幼的孙儿孙女，老老小小挤在炕上取暖，其乐融融。

灶台一般用砖和土坯砌成，外面正方形，灶膛呈圆弧形。灶台的大小依照人口多少确定：一般人家按六印锅尺寸在灶膛上砌出圆形的口；而人口多的，像八个孩子的蒋二爷家，就得按十印锅的标准。灶膛底部中间，用铁箅子与下面的灰坑隔开。灶台前面是添柴的小门，有二三十厘米宽；小门下留一口是掏灰的灰道，平时用砖头堵着，以防漏风。风箱安放在灶与墙的空隙里，如果灶门朝西，就用左手拉；如果朝东，就用右手拉。

灶台的垒砌是一技术活儿，一般人是做不来的。灶台的大小、柴门的宽窄、烟道的高低、灶膛的弧度等等，都是有讲究的。这些地方弄好了，就能保证柴火燃烧充分，饭熟得快，排烟顺畅，大炕还热。否则，烧了柴火，饭熟得慢，炕不热不说，光倒背烟就把人呛死了。于是村里擅长垒灶台的泥瓦匠就很吃香。谁家要垒灶台，就会提前来匠人家打个招呼。到了约定的日子，匠人吃了早饭，就披一件旧棉袄，提着瓦刀、抿板，来到主人家。主人早已备好烟、沏上茶。边吸烟喝茶，边问锅的大小，以及其他要求。一来二去，一根烟吸完，匠人心里也就有了谱。烟头一掐，棉袄往椅子上一掀，就起身来到炕沿边。一把卷尺前后左右上下地拉一拉，用铁锹将灶台的四个角位置划定，瓦刀一指，胸有成竹地说："这么着？！""行！"于是主人搬砖、铲泥，匠人一把瓦刀砍敲摊抹，叮当作响，挥洒自如。这样，灶台就一层层地往上起：该方则方，该圆则圆；连通处留口，封闭处砌实……一通忙活，不觉已是傍晌，灶台也基本成型。匠人直起身，抹把汗："锅。"主人便从里屋把新锅搬过来，匠人搭把手，小心地把它安放进灶台上的圆口里——合卯合榫。匠人铲一刀泥，沿着锅边一抹，严丝合缝。"点火试试！"主人家媳妇赶忙抱来一抱玉米皮，捡几片点着了，慢慢续进灶膛。待火势渐大，风箱一拉，窜动的火苗，舔着锅底，打着旋儿，卷着炉膛四壁新泥哑哑的湿气，向烟道里欢快地跑去。主人笑眯眯地连声说："好！好！好！"倒是匠人一脸严肃，东瞅瞅西看看，这敲敲那抹抹，极仔细的样子。最后他把加了麦穰的泥用抿板调匀，然后一板一板将灶台四围和灶面抹压平整、光滑。至此才放下抿板，轻松地说道："成了！"主人自是忙不迭地致谢，女人早把炖熟的鱼和炒好的菜端上桌来，免不了小酒伺候一番。

有道是巧妇难为无米之炊，那个年代里，一般的人家粮食往往是不够吃的。分得的一点小麦是不敢轻易开动的，一般留着年节或有大事儿（像结婚生子、盖屋打墙）时用。因此，灶台上饭食常年如一，鲜有变化：平素里以粗杂粮唱主角，地瓜、萝卜、玉米窝窝头当是主打食品；春季里，野菜啊、树叶啊，也常常采挖来以贴补粮食缺口。吃饱已是很大的满足，自然对蔬菜没什么奢求。一家人围着锅台啃窝头就咸菜、虾酱也能吃得津津有味。偶尔，煮点白菜、炒个萝卜那自然是难得的美味，尽管少油无肉多素淡。

饭食虽然粗劣，但总要煮熟。粮食打得少，自然柴火也不多。那时，很少买得起煤烧，玉米秸、棉花柴不够用，连麦荏、豆叶之类的碎柴火也统统收回家，储存起来以备急用。特别是冬天，深夜听到有大风，第二天早晨便有早起的人，或拖、或扛、或抱，把从大树上刮落的枯树枝弄回家，如获至宝——那可是上好的柴火！（后邻李家干着木镟的活儿，应该是最不缺柴火烧的。每每做饭时，他家的烟囱里冒出的烟格外白，格外浓，带着榆柳杨槐的丝丝清香。）深秋里，常见小孩子们拿一把铁锥引一根长线在公路边穿杨树叶，或用小镢子砍刮沟坡上的枯草，现在想来实在不是什么有趣的游戏，当属无奈之举。做饭的柴火是需要干燥的，可是一遇雨雪天气，特别是连阴天，主妇们就犯了愁。倘若再刮北风，那本来就潮乎乎的柴草，置气一般，极不愿意露出明亮火热的笑脸，大口大口吐着浓重的黑烟，从柴门里挤出来，在屋子里盘桓，呛着人们的眼，一顿饭不知要延宕多少时间。一年下来，烟尘和着水汽，爬满四周墙壁，挂上梁檩苇箔，到处黑咕隆咚。所以腊月二十四扫屋也是迫不得已。一根竹竿，绑一把地笤帚，一块包袱蒙头，换一身旧的衣服。自上而下，从东到西，一下一下地把一年的尘垢和晦气扫除，露出一点墙壁和苇箔的底色，为灰暗的日子增添一丝亮色，也为明年继续的烟熏火燎腾出一块地盘。

那时，我们家兄弟三个，正值学龄，父亲在外工作，奶奶年事已高，唯有母亲一人既要参加劳动挣工分，又要照顾一家老小。整日起早贪黑，里里外外、含辛茹苦。常常是不管早晚，上坡干活回来，湿透的衣服来不及换，放下锄头，洗把手，一头扎进灶间，添水、生火、馏干粮……鼓荡的风箱吹出金黄的火苗，映照着她那疲惫的面容。母亲勤劳能干，又善良虔诚，然汗水流尽终不能换来一家温饱，故时常为生计独自垂泪。

进入二十世纪八十年代以后，农村经济条件有了很大改善，人们凭着勤劳智慧陆陆续续迈入小康。低矮的土坯房大都翻盖成高大的四合院。土炕随之退出历史舞台，代之以各式各样的席梦思床。灶台也住进专门的厨房，且一改往日土里土气的模样，变得高端起来：砖和水泥结构，使它坚固耐用；四周及灶面再镶上瓷砖，光滑美观不沾油。鼓风机代替了风箱，省却了手拉之苦。柴火少不了，自然专拣好的烧。用不完的木头棍棒、家具下脚料，耐烧火硬，蒸出的馒头、炖出的鸡鱼，有一股子特别的香味。煤气灶广泛使用，清洁又方便。特别是各种厨房电器，像高压锅、电磁炉、电饭煲、电饼铛、电烤箱、料理机等的加入，真正带来了厨房革命，把家庭主妇们从烦琐辛苦的劳动中彻底解放了出来。到了冬天，烧煤的暖气炉安放在北屋的隔间里，独立而封闭。做饭时，油烟排走，不会乱窜；热水则顺着管子游走在各个房间，在暖气片中蜿蜒，把温暖送到各个角落。虽是腊月天，屋内却温暖如春，看那海棠、水仙、一品冠开得水灵又鲜艳。

如今，古老的村庄早已拆迁，搬上新楼的乡亲生活条件又跃上一个新台阶。宽大整洁的厨房，天然气顺进每家每户，不再有扛煤气罐的烦恼。新一代的匠人们可以根据需求用瓷砖垒砌出一体化灶台，时尚又耐用，更不用说那些量身定做的各种名牌的整体厨房了。各种数字化、智能化电器进入寻常百姓家，让人真切感受到科技进步给生活带来的巨大便利。人们可以边看孩子边看电视边做饭，互不妨碍，做饭变得轻松又自在。多功能电器，煎炸烹炒涮样样能行，人们尽可随心所欲，想吃啥吃啥，想咋做就咋做，做饭倒成了一种艺术创造。你再看那家家户户的厨房，都拾掇得干净整洁，空气清新，绝少油烟的味道。在物质生活提高的同时，饮食文化也发生了变化，健康绿色的饮食理念正为越来越多的人们所接受。精神文明的进步还表现在厨房干净的墙壁上已很少见到灶王爷的身影，平素里灶台上也不再摆放香火与供品。虽然腊月二十三人们依然过辞灶，然今日之"灶",亦非昔日之"灶","辞灶"当有新的含义,它更多的是借此表达内心的一份纪念、一份感恩、一份幸福和一份憧憬。几辈人苦苦追寻的梦想正在今天成为美好的现实。用老头老太太们常挂在嘴边的一句话说,就是"这社会真好!"

辞灶日,适逢县城大集。大小车辆,熙来攘往;鱼肉肥美,果蔬鲜亮;赶集的人们个个喜笑颜开,尽兴采购,满载而归。

那些曾经美好的鸡

　　从前的农村，家家户户都有一个不小的庭院，院墙街门围合，四周遍植藤瓜蔓豆，给养鸡提供了优越条件。于是，少则三五只，多则十几只，散养院中、刨食打架、上树宿窝、鸡飞狗叫，确是一道独特风景。"鸡犬之声相闻""客至鸡斗争"，正是淳朴田园风光的真实再现。

　　鸡是乡村的闹钟。《三字经》有云："犬守夜，鸡司晨。"是说鸡专管晨明报晓，唤同类出窝，叫人们起床。过去，人们没有计时的钟表，时间的把握，完全依赖对自然现象变化观察得出的经验——花开花谢、日升日落、鸡鸣犬吠、大毛二毛三毛兄弟的追撵……于是，每天公鸡们破晓的啼鸣，便成了人们早起的闹钟。"雄鸡一唱天下白"，经过一夜酣眠的人们，在鸡叫三遍后便陆续起身，家家户户的灶房顶开始冒出袅袅炊烟。饭罢，大人荷锄下地，孩子们奔向学堂，老婆婆们便聚到胡同口拉呱儿。祖逖"闻鸡起舞"、周剥皮"半夜鸡叫"的故事都讲到鸡的报时功能。

　　鸡是老太太们的银行。鸡蛋是从来舍不得吃的，除非头疼脑热、祝寿生子，再就是小孩子掐架打破头。只要看到母鸡白天一上窝，老太太们便两眼不离那只鸡。等母鸡红着脸"咯咯咯——嗒，咯咯咯——嗒"地唱着一跳下鸡窝，就颠着小脚飞快地跑上前去，一把将鸡蛋攥在手里，宝贝似的端详着，然后带着鸡的体温揣进怀中。鸡蛋又的确是老太太们的宝贝儿，因为它们可以到供销社换来过日子用的针头线脑、油盐茶火，换来孩子们喜欢的弹球糖豆、皮筋头绳。说"鸡屁股是老太太的银行"一点也不为过，只是这银行手续麻烦些、利息低了点。

鸡是待客的大餐。朱明瑛《回娘家》里唱到："左手一只鸡，右手一只鸭，身后还背着一个胖娃娃……"过去，儿女们回家探望父母尊长，带只鸡就是极孝顺的了；祝贺人家结婚生子、打墙盖屋，送只金毛红冠的大公鸡，外加两瓶酒、一摞粉皮，就是一份厚重的大礼。逢年过节，有贵客来访，便满院赶着捉只一两岁的鸡，拧脖子放血，拔毛开膛，或炖或炒或做成糊涂鸡，木柴铁锅小火烧得满院子飘香，连邻居都吸着鼻子说："你们家吃鸡了！"那年头，还有什么比吃鸡更美味的犒赏呢？

鸡如此，鸡蛋同样珍贵。一年里可以吃到鸡蛋的情形大致有三种：一是头疼脑热时，母亲下面条时打上一个荷包蛋。就这一个蛋，足以诱着你喝上三大碗面条。面条喝完，大汗淋漓，自然百病皆消，鸡蛋之神功可见一斑；二是有人家生孩子回礼的红皮熟鸡蛋，分得一个，先把玩好久，后慢慢吃下，只抹得满手满嘴通红；三是寒食，是传统的吃蛋节气，不管是穷家还是富户，都会给孩子煮鸡蛋吃。刚出锅的鸡蛋，烫烫地暖着孩子们冰凉的小手。待手与蛋一个温度时，碰蛋游戏开始了，直到将蛋壳碰得粉碎，方才罢休。

鸡是孩子们的宠物。春暖花开的时节，村子里大街小巷便时时传来小贩"赊小鸡咧——赊小鸡咧——"悠长的叫卖声。一群孩子呼啦啦涌出家门围在小贩的鸡笼边。小贩将鸡笼搬到地上，揭开盖子，一笼金黄的鸡苗，昂着头，挤着靠着，啾啾叫着。孩子们也兴奋得如同那些小鸡儿，在大人挑选的时候，"这个！这个！"不停地喊着，并时不时伸出小手触碰一下小鸡毛茸茸的身体，发出阵阵惊呼。小鸡就是孩子们的宠物。他们在盛鸡的箱子、笼子里铺上旧棉絮，撒上蒸熟的小米，倒上水，还会逮来蚂蚱之类的活食给它们吃。在孩子们的宠爱下，小鸡黄色的茸毛里渐渐生出羽毛、长出尾巴、伸长脖子。它们大胆地飞上墙头，然后再扑棱棱地飞下。待到秋后农闲，赊鸡的小贩拿着账本挨家挨户来收钱时，鸡们已长得半大。期间，偶有小鸡夭亡，只惹得孩子不知扑簌簌流多少眼泪，他们将小鸡捧在手里久久不舍得埋掉。

这就是那些曾经美好的鸡，它们美丽，它们温顺，它们勤劳，它们为人类奉献着蛋、甚至生命，无怨无悔。

而今，农民上楼，客观上没有了养鸡的环境。集市超市现吃现买、丰富多样的禽蛋供应，也没有了养鸡的必要。而一种专门售卖花花绿绿小鸡仔的营生，又充分满足了孩子们对小动物的宠爱欲望。因此，过去那种传统的养鸡模式，正逐渐消失。

不过，还是很怀念那些曾经美好的鸡。

猪去来兮

再有十来天乙亥年将尽，猪又要轮休去了，只剩下猪肉价格依然居高不下。

农历七月后，不甘寂寞的猪不负乙亥盛名，忽然发力，实实在在地火了起来，让人们见识了一番猪平凡中的不平凡。因台风也罢，瘟疫也罢，环保严苛也罢，猪商奸诈也罢……总之，猪一下子成了金贵的角色，肥头大耳的不雅形象瞬间变得那么招人喜欢。人们的话题自然也是言必称猪：吃猪肉，晒猪肉；想猪，赞猪，骂猪，怨猪……一股强劲的"猪风暴"席卷而来。猪，这样风光的日子你们想到过吗？

从前生活贫穷且艰辛，猪也卑贱得很，低调得很。

春天，各种野菜野草萌芽的时候，人们就到集市上千挑万选买回一只小猪崽（十斤左右），撒进猪圈里养起来。这只或白或黑或黑白相间的小猪崽从此便成了全家的希望。猪圈多建在院子的东南或西南角，分猪舍和大栏两部分。猪舍为向阳面敞开着的低矮小屋，靠外的山上留一放食槽的口，供人们喂食和猪用食。从猪舍沿着一溜台阶就可以下到大栏里去，那也是猪日常活动的地方。大栏一般是一个长三米多、宽深两米多的长方形大坑，四周用砖砌墙，白灰抹缝，底部先用三合土夯实，上面再铺上砖，以防渗水。

那时人们尚不得温饱，猪同样是饥寒交迫。春夏秋三季有青草绿菜、植物秸秆还好对付（所以，放学后打猪草，便是孩子们一项重要家务劳动），冬天里则以地瓜、萝卜、干草面和刷锅水为主食（当然，人畜粪便也是它们的最爱）。可是，时间一长猪就厌食了，它们也有自己的梦想。天天面对一槽子清汤寡水，把嘴插在里面半天也寻不到一点有嚼头的东西，便常常"咕噜咕噜"地吹铃铛，以示抗议。但抗议每每无效，因为人们是不会有剩饭供它们享用的。但猪们毕竟要活、要长，吃不上是不会长的，不长又怎么卖钱呢？没钱又怎么过年呢？一连串的现实问题，逼得人们一边想方设法填饱自己肚子，一边绞尽脑汁来改善猪的伙食，刺激它们的胃口。

村子南边三里多远是县里的白酒厂，地瓜干酿酒产出大量的废料——酒糟，酸腐味儿飘出很远。不知什么时候人们发现猪喜欢吃这玩意儿，于是周围村里养猪的人家便推小车、拉地排纷纷前来，下到池子里捞起那白乎乎沥着水的酒糟装在袋子或桶里，上秤称过，给管理员块儿八毛钱后就运回家去。然后挖两勺酒糟倒进猪食里一搅和，猪竟然吃得不亦乐乎。莫不会是酒糟里那残存的一丝酒精让猪找到了浇愁的感觉？

那一年的夏天，为了填补饲料的不足，父亲和大伯曾跑到小清河北的碱地里每人割回了满满一地排车的黄须菜（碱蓬）——来回可是几十里路啊！黄须菜咸味重，需要上锅里用开水煮一煮淘一淘才能吃。不知这种后来被人们美其名曰"龙须菜"，并且真空包装，成为用来待客的"佳肴"，可曾被那时的猪吃出了别样的味道？反正父亲那一脚底板的血泡是给我留下了深刻的印象的。

冬天寒冷，又吃不饱，猪只好瑟瑟地躺在铺垫的麦穰或棒子秸上晒太阳、熬日头，而更难熬的却是它们的主人。除了喂食，每天不知要往猪圈跑多少趟——转过来，看过去；用手揸，用棍儿量；时而摇头叹气，时而又满含期待……而猪却像被施了法一般不见动静。主人心中的那份焦急猪崽又怎能懂得！在农村，闲来无事时，左邻右舍喜好串门拉呱儿。有的一进街门先奔猪圈，于是话题便从猪开始；有的临走时打个拐去看看猪，于是聊天的话题便以猪结束。总之，猪就是焦点，猪就是希望，猪就是春节时一家老小的衣食寄托。

劁猪，现在看来是一件很不人道的事。小猪崽长到三四个月，开始进入"青春期"，便不安分起来：乱蹦乱跳，吱吱大叫，挖砖拱土，甚至越栏逃跑，为爱而狂。可怜它生不逢时，社交圈过小，终不能得偿所愿，以致寝食难安、郁郁寡欢。主人们见猪这样子是只见苗条不上膘，自然心急如焚，便痛下决心，要割断猪的"是非之根"。于是便去请能劁猪的兽医。兽医多为壮实的男人，带着刀钩针线来到猪圈，男主人跟邻里合伙一起将小猪掀翻、摁住。兽医左膝抵在猪身上，左手吃准下刀部位，右手执刀，切开皮囊，一挤一勾，在小猪凄厉的嚎叫声中，只三五分钟便搞定。讲究的，用针把刀口缝住，抹上点紫药水或红药水。大乎的，刀口也不缝，只用点草木灰一抹完事。兽医一抬腿，小猪扑棱一下翻过身子，拔腿就跑……劁了的猪从此便专心致志吃食、睡觉、晒太阳，再无非分之想。

猪在艰难痛苦中缓慢生长，可养猪的人家却没有私自屠宰的权利（其实也没有多少人家能杀得起）。待长够身量，猪要卖给国营的生猪收购站。统一屠宰后将肉有计划地调配到各副食门市部销售，人们凭票购买。二十世纪七十年代，一斤猪肉七毛钱左右，那生猪的价格自然更低，也就四五毛。一头猪养一年，千辛万苦，绞尽脑汁，只能长一百来斤，有的还达不到收购站的最低收购重量。于是临卖之前，主人总是弄一顿"好食"犒劳一下猪，以图增加几斤重量，多卖几块钱。可是吃饱喝足了的猪又不能领悟人们的用意，在捆起来拉往收购站一直到排上号过秤这段时间里，连拉带尿，进去的基本上又都出来了。所以，常常有拉了去又拉回来的情况。那一年，已进腊月，借的账还没有还上，一家老少做新衣、割肉、买鞭炮的钱更没有着落。于是母亲就打起了那头半大不小的猪的主意，但咋瞅也觉得不够秤，可是手头急又等不得。只好如法炮制，早上破例捧了一大捧玉米面给猪做了一顿有史以来最美味的大餐。猪一阵狂喜，继而埋头大吃。完毕，便用地排车拉去碰运气。不出所料，还是差四五斤才能达到收购的标准。尽管苦苦哀求，但人家就是不松口，万般无奈只好拉回。这一折腾大半天，天又冷，加上绳子捆得又紧，回到家，将猪抬下车，解开绳子，发现可怜的它已一命归西。奶奶免不了一顿数落，母亲更是心疼委屈地独自垂泪……

"庄稼一枝花，全靠肥当家。"那时种地还没有现在这五花八门的化肥，比较高级的肥料是氨水。庄稼主要靠土杂肥来供养，而土杂肥大都来源于一家一户的猪栏。猪栏其实就是农家的垃圾坑，打扫院子的尘土、碎的柴火屑、烂的菜叶子、从灶台里掏出的草木灰等，统统倒入其中。夏天就到村外沟沟坎坎处铲些长着青草的土垫到栏里，和着夏天的雨水、猪的便溺一起沤着……到了秋后玉米大豆收完，田地腾空准备翻耕播种小麦时，大栏里的肥也积满了、沤好了，于是家里的青壮劳力就要掘大栏了。掘大栏一般是早上开始，趁凉快。掘完一栏肥得要将近一天时间。我家的大栏原来都是母亲掘，后来我长到十六七岁，自然就由我来承担了。那时虽然个子不矮，但力气毕竟有限。开始的时候还一兜劲儿，但过不了半个时辰，便大汗淋漓，气喘吁吁。湿漉漉沉甸甸的肥土粘在锨头上，每向上扔一下似乎都要把两条瘦弱的胳臂硬生生地扯掉。掘一会儿，歇一阵；歇一阵，再掘一会儿，干干停停。这样越掘越深，人便渐渐没入栏内，只见铁锨头一下一下疲惫地挥舞着。栏深，天热，体力下降，肥便越扔越近。母亲就在上面接应着，把我扔在栏边缘的肥土再倒向远处。只到太阳落山，晚炊的青烟袅袅时方才掘到栏底。人浑身如同散架一般，一夜睡得死沉死沉……

待掘上的肥稍一晾干，生产队便派出"评估小组"挨门挨户地验级——即根据肥的质量划分等级。等级划分一看颜色，二看肥力。颜色好看，一目了然：黑的最上，发灰的次之，发黄的最下。那肥力有没有劲大概只能靠鼻子闻了。等级验完，生产队安排年轻力壮的小伙子用小推车将肥推到大街上，一车一车地记录下数量，以便与等级相结合来折算各家各户应得的工分。这一步完成，村里大型的运输工具就登场了。车把式们赶着用马或牛驾着的大车，将街上肥堆一个个拉到空空荡荡的田野里。然后再由我们这些半大不小的孩子一锨一锨均匀地扬撒到田地的角角落落……

有句话说"猪浑身都是宝"——肉可以吃，皮可以做皮鞋，鬃毛可以制刷子，便溺又是很好的肥料……但那时，除了肥料和学校里的黑板擦这两"宝"以外，其他"宝贝"真的是很少见的啊！

　　而今，猪肉价格陡然升高，人们也只是心理上一时不适，但依然挡不住人们的口腹之欲。这不，过年了，该打香肠打香肠，该买下水买下水，该打肉冻打肉冻，该包水饺包水饺。管它贵贱呢，吃，反正有钱！

　　眼见猪去来兮，再见又是一轮。真想不出十二年后，猪还会制造出什么样的轰动效应。

爆仗

元旦一过，春节便进入倒计时。于是渐闻爆仗（鞭炮）声声，清脆地炸响在晴冷的天空中，在城市的楼宇间绵延回荡……

记得二十世纪六七十年代，我们那个小村子就时兴撺爆仗。一到冬季农闲的时候，几乎家家户户、男女老少都在忙这活儿。一家人围着火炉或坐在炕头上，边不停地忙碌着，边东家长西家短地拉着呱，也是一件快乐的事情。

别看那一个个小小的爆仗，火柴一点，"噼里啪啦"顷刻变成了一地碎纸，但制作过程却是极复杂的。从裁纸卷筒子开始到撺成一挂一挂结束，前前后后，大大小小，不下十五六道工序：裁纸，卷筒子，勒头顶，栓头顶，兑药，焙药，装药，堵腔，上芯子，编辫子……因此很需要人手，老人、孩子都用得上。

对孩子们来说，撺爆仗的日子里，是有很多趣味的。

爆仗筒子都是用纸卷成的。那时候纸张很紧缺，小学生的作业本正面用了再用反面，甚至连包装纸、烟卷盒的背面都用来写字。可是，卷筒子的纸却好得出奇，又白又硬梆。这些好纸都是从政府机关、企业办公室、图书馆、文化馆等地方收来的报纸、杂志、书籍，很便宜，几分钱一斤。小孩子们就在里面东扒拉西翻，找自己喜欢的书刊，选中了就拿几本回家，撕下里面的彩色图片糊到墙上，其余的就翻着看。在那个精神贫乏的年代，只要有字看就很满足了。

爆仗里装的药叫黑药（颜色发黑），就是土炸药。制作方法跟打鬼子时民兵造地雷的炸药一个样：一硝二硫三木炭，按一定比例配制而成。硝酸钾和硫黄需要购买，而木炭可以就地取材。所谓木炭，就是没完全燃透的麻秆灰。每年村子里都在低洼处种上几亩苘麻，收割后埋到湾里沤上数月，捞上来剥下外面的麻用来打麻绳、搓麻线，剩下的麻秆主要就是等冬天烧成木炭兑火药用。烧麻秆是孩子们快乐的时候。傍晚，跟着大人们，扛着麻秆，来到村头早已挖好的方形土坑旁。大人们就把麻秆倒竖进坑里，然后点燃。孩子们则围成一圈，欣赏着这夜色中的篝火。麻秆易燃，一会儿便成冲天之势，在"噼噼啪啪"的爆裂声中，火星借着火势飞向半空，然后纷纷向四周飘下。孩子们则笑着、跳着、喊着，尽情享受着这冬日里少有的温暖与欢乐……

火药的配制是个技术活，有一定的危险性，一般由家里经验丰富的男主人担当，这时孩子们就会被赶出家门。配制时，先将硝、磺、麻秆灰分别碾碎，再按比例混合到一块儿。这混合后就成炸药了，虽然有些潮但危险却有了。但最危险的是焙药，就是把混合好的药拿到锅里去焙干。这需要十分的小心，温度要掌握好，不能过热，更不能见明火。尽管小心，但每年总有那么一两家会出事。有时，早上起来，就会听到人们议论，"谁家昨晚药轰了""谁家的屋箔被掀了""某某某叫药给燎着了"……于是就会遇到有人脸黢黑，没有眼眉也没有头发地从街上走过。好在火药威力不大，不会爆炸，因此也很少出人命。

纸筒子勒好，头顶用麻线挨个拴成串，够一百个盘成一盘。倒过来，装上黑药，用胶土堵上"屁股眼儿"，逐一用手钻碾压结实（后来改用水胶涂抹就省事多了）。再倒过来上芯子，拨紧后，爆仗才算制成了。这时，男人们随手抓起几个，点上一支烟，来到院子里，点燃芯子，往空中一扔，"啪"的一声脆响，男人脸上就绽出得意的笑容。

为了燃放的方便，单个的爆仗还要编连到一块儿。于是，女人们有了用武之地：捻三股细麻线，左右开弓，一手捡爆仗，一手扯线，手指翻飞，姿态轻盈；编一会儿，停下来瞅瞅正不正，那份细心，那份认真，就像给闺女梳辫子。一会儿的工夫，单个的爆仗就像排队一样被整整齐齐地编成了一挂，匀称又密实。爆仗有二十头一挂的，有五十头一挂的，也有一百头或更多一挂的。然后十挂一把，线头缠套在一起，往桌子上一码，就算彻底完工了。

那时候，擀爆仗的目的主要还是为了挣几个零花钱过年。做好的爆仗，除了留出初一、十五自己放的，再分给左邻右舍亲戚朋友一点外，大部分就赶集卖掉了。年前的一段时间，女人们继续做着余下的活计，男人们就每天赶大集上小市地卖爆仗："快来买，快来买，不响不要钱！""听听，听听，一个不响，赔十个！"这边喊声未落，那边又点上一个，粗犷的叫卖声夹杂着爆仗的炸响声此起彼伏，回荡在集市的上空，引得赶集人纷纷驻足……

夕阳西下，赶集的男人们陆续返回了。自行车大梁上坐着在村头久候父亲归来的儿子，后座上绑着爆仗箱子，行驶在村里颠簸的街道上，发出锣鼓般喜悦的振响。卖空的箱子里盛着女人的花布、老人的毡窝、孩子的玩具，还有二斤猪肉和一瓶烧酒——一冬辛苦的收获。

"爆竹声中一岁除"，千百年来，爆仗已成为中华民族春节不可或缺的元素，它承载着许多的喜庆、欢乐与憧憬，在经过一段时间"放"与"禁"的反复以后，现在爆仗声已很少听到了。

蝉蜕的故事

"池塘边的榕树上，知了在声声地叫着夏天……"

一直很喜欢成方圆弹着吉他演唱的这首叫《童年》的歌。歌词里描绘的那种贪玩、纯真而又快乐的情景，不正是我们童年生活的真实写照吗？

童年的夏天是快乐多趣的。上学外，还可以割草、摸瓜、逮鱼、下湾、捉迷藏、掏鸟窝、粘知了……活动丰富而充实，一天到晚乐此不疲，填满了整个夏日时光。而在与蝉（我们老家叫"梢钱"）有关的所有故事里，寻蝉蜕（我们老家叫"梢钱皮儿"）是印象最深刻的事。

那时候的农村老家，到处都是树：院里院外，村里村外，路旁水畔，或三五株、或一排排、或高大挺拔、或婆娑婀娜，枝繁叶茂。远远望去，整个村庄就是郁郁苍苍的一片。再加上潮湿松软的土地，自然就成了蝉繁衍生息的理想家园。

每年芒种前后，蝉龟儿（我们老家叫"梢钱龟儿"）就在傍晚时分纷纷破土而出，借着夜幕的掩护急匆匆爬上周围的树木，完成它奇妙的变化。然后翡翠般剔透的蝉儿一边向高处爬，一边换上被夜色染成漆黑的礼服，去迎接它第一个艳阳朗照时嘹亮的首秀。清晨，人们看到的便只是那一个个或踞在树干、或挂在树枝、或伏在树叶上的蝉蜕。

听大人们讲，蝉蜕是一味中药，可以明目去翳，能卖钱。这对那个时候两分钱一根冰棍儿都舍不得买的孩子来说，是多么大诱惑力啊！于是每年从听到蝉的第一声鸣唱起，每天在晨光曦微中就到处闪现着找蝉蜕的孩子的身影。

　　早晨四点来钟的村野一片静谧，太阳还在往地平线赶，蝉儿还没有醒来，炊烟也未升起，偶有几声鸡啼和狗吠从远处飘来。但那些正值贪睡年龄的孩子，睁眼一看外面已放亮，便一骨碌爬起来，边揉眼睛，边提鞋。右手握一根竹竿儿，左手抓一塑料袋或布兜，"吱吁"一声拉开街门，迅速奔向那密密的树林。他们明白，只有领先一步才会有更多收获，步人后尘永远只是捡人家的遗漏。所以早起便成了一种习惯，不用催促，不用提醒，天天如是，渐成自觉。

　　出了家门，大多朝两个地方去：一是村西的公路，二是村里的树园子。因为那里树多、集中，并且多是蝉最喜欢的杨柳榆槐以及紫穗槐之类丛生的灌木，蝉蜕特别多。

　　找蝉蜕是需要有好的眼力和脚力的。那年代没电视、没电脑，书也少看，孩子们个个都保有一双原生态的清澈的大眼睛，视力好得出奇，用"明察秋毫"来形容一点都不为过。"大树看干，矮树看枝，地上看叶子"，长期的"经验"更练就了眼睛快速、集中、准确的识别能力。高低远近、明处暗处，只要有蝉蜕，总是逃不过孩子们的眼睛，似有神助一般。

　　出了村的孩子一般都先沿着公路东边北上，然后再从路西边折回。一棵树一棵树地转，一棵树一棵树地看。路边的杨树找完了，再下到沟边的柳树林里找；大树转完了，再俯身在灌木草丛里找……就这样，沟上坡下，前后左右，来来回回，如同织布一般经来纬去，迤逦向前。直线距离四五里的路程能走出七八里，甚至更多。这样，一个来回就不下十五六里路。况且村子里还有张家、孙家、汪家、齐家几个树园子要转一转，一早上差不多要跑二十来里的路。有道是"小孩子腿脚轻快"，力气是不惜的。

　　寻蝉蜕的路并不是平坦的。这"路"多是沟沟坎坎且荆棘丛生。每天回到家，鞋子和裤脚几乎都被露水打湿，脚脖子也经常被带刺的蔓草和尖锐枝杈划出一道道的血印子。有时还会有一些小惊悚：

由于走得匆忙，便时常踩了蜥蜴的尾巴、踢翻了癞蛤蟆。有时你俯下身子捡蝉蜕，却发现一只刺猬正瞪着一双小眼睛看着你。前面那只"扑棱棱"惊起的鸟儿正让你神魂甫定，一回头又见一条小灰蛇正蜿蜿蜒蜒游向水沟对岸。有时候，下了一夜的雨，清晨，早已醒来的孩子也不舍得窝在家里睡个懒觉。见雨小了，戴个苇笠或披块塑料布便跑出去。正当他们满心欢喜拣拾地上、水洼处没变的蝉龟儿、刚变出的新蝉和被雨水冲到一块的蝉蜕时，猛然一声雷响，大雨又倾盆而下。他们惊慌四散，到家已是满身淋漓。

尽管有风雨荆棘，尽管有伤痛惊惧，但这一切都挡不住孩子们寻觅的脚步。每当看到摊凉在院子里那一堆堆褐色的蝉蜕，喜悦和兴奋便将所有的疲倦和辛苦一扫而光了。

一个夏天，直到出伏蝉龟儿绝迹，早上找，傍晚找，上坡剜菜找，上放学的路上找，玩耍时也找。所以筐子里、书包里、口袋里也时常装些蝉蜕。有时找到许多的蝉龟儿，因为少油也不吃它，就让它们变成蝉，只为了那一个个蝉蜕。这样，再加上大人们、弟妹们有时也或多或少地贡献一点，于是一个夏天就会攒上一大堆蝉蜕。

虽是一大堆蝉蜕，分量却是轻得很。记得那一年我找了一个夏天，包了一包袱、提了一大兜儿，约了伙伴，来到村南六七里远的县城的一家药材收购站售卖。收购站在县城大街西首路北，是三间平房。隔着高高的柜台，我们怯生生地逐个把包袱和兜递上去。收购站里的人接了，解开来，将蝉蜕倒进一只大铁筛子里，用手搅一搅、翻一翻，端起筛子用力地左右晃几晃，再上下颠几颠，便有细细的尘土和蝉蜕折断的爪落在柜台玻璃上。放下筛子，他又极细心地把里面的草棍儿、碎叶子剔出。然后，侧着头抓一把蝉蜕在耳边摇一摇（有个别狡猾的孩子，会将小的石子从蝉蜕背上裂开的口里塞进去），放下后，再拣出几个捏一捏（大概是验一验干湿程度）……待这些程序全部完成，他才把筛子摇晃着放到柜台上的秤盘子里。换上秤砣，他先将秤码向后拉去，然后再用食指轻轻地敲着，将它一点点地向前或向后挪动，极认真极公正的样子。"一点五斤。"话音刚落，柜台左边便响起"噼里啪啦"的算盘声，"三元。"一个尖细的女声喊道。

我接过钱紧紧攥在手里，再揣在口袋里，心怦怦地跳着。三元哪，在那个年代实在是一个不小的数目！怎不令人激动兴奋呢？出了收购站的门，向东，书店是必去的，里面有许多好看的小人书，于是花两毛钱买一本"战斗的"；然后再来到一零门市部，花一元一角买下那支心仪已久的钢笔——一支金黄色铁冒浅灰色塑料杆的钢笔（老同就有一支，太阳一照闪着金光）。兴高采烈地回到家，把剩余的钱全部交给了母亲。母亲自然是高兴万分，因为一个月的油盐酱醋钱有了。买回的钢笔让我爱不释手，也令伙伴们欣羡不已：看一看，摸一摸，用一用，都是无比的荣耀。有一个星期天，独自在家写作业，不小心钢笔滑到地上。我匆忙去捡，不料一脚将它踩得粉身碎骨，疼得我捧着它蹲在地上流了好长时间的泪。这是我第一次拥有属于自己的钢笔，就这样带着永远的痛留在了童年的记忆里。

找蝉蜕，一件小事，却让孩子们从小体验到劳动的不易。锻炼了能力，磨炼了意志，也懂得了珍惜，更让童年多了一份温馨的回忆，至今难忘。

"池塘边的榕树上，知了在声声地叫着夏天……"而今，又值盛夏，从早到晚又闻蝉声高唱。傍晚时络绎不绝的是寻找蝉龟吃的烟火男女，清晨却再不见了有早起寻找蝉蜕的孩子……

倒地瓜的日子

　　小时候家里的粮食是不够的，于是在青黄不接的日子里想方设法弄到吃的，便是最要紧的事情——倒地瓜便是其中之一。

　　但是我到现在，对于"倒地瓜"的"倒"字的写法一直搞不清楚：捣，捯，倒，盗……似乎都有那么点意思，但似乎都不是很准确。比较来比较去，最后还是选定了"倒"：一来"倒"发四声时，与我们这方言里的"dào地瓜"同音；二来查词典，"倒"有一个意思是"上下颠倒或前后颠倒"，这也与倒地瓜时用锨或镢头上下前后左左右右地翻土，把埋在里面的地瓜翻出来的动作很有几分契合的。

　　那时，生产队里主要种植小麦、玉米、地瓜、萝卜、大豆等粮食作物，小麦、玉米产量低，除去交公粮外，剩下的每人分一两百斤（工分少的人家还分不到）。于是，四季里地瓜便成了乡亲们饭桌上的主角：生吃，烧着吃，蒸熟了吃，切块儿做汤吃，切片晒干磨成面后蒸窝头吃……总之，它甜丝丝的滋味还是不叫人讨厌的。有它就可以填饱肚子，好多孩子因此吃得浑身肉乎乎，肚子圆溜溜，于是大人们便戏称"地瓜膘儿"。

　　地瓜一般在春天栽秧，秋天收获。它容易管理，产量极高（一亩可产三四千公斤）。出地瓜的时候，先将瓜蔓割下堆拢在一边，然后就用大镢、锨等农具一墩一墩地刨。整方地的也有用牛拉的单铧犁来耕的，可以提高效率。但不管什么方式，总不会出得一干二净，有一些漏网之鱼在所难免。地瓜出完，拉回场院，生产队不会马上放坡，而是安排人看守着，等到再用犁将整块地翻耕一遍，将漏网地瓜大部分翻出、拾净、归公以后，方才解除警戒，让人们去倒地瓜。

倒地瓜时至少已经是翻第三遍地了。放坡的通知一下，男女老少拎着筐子、带着工具，蜂拥而入。然后各自占据一块地盘奋力地倒起来：用镢头的，弯腰埋头撅屁股，一镢一镢地往前刨；用铁锨的，蹬脚弓腿手发力，一锨一锨向后翻。一地工具，一地人，一地沸腾的景象。在"沙沙沙——沙沙沙"不停的翻土声里时不时会传来惊呼声——是惊喜，是羡慕，也有嫉妒。大块的、囫囵的地瓜已不多见，倒出来的多是头头把把，半截拉块的。运气好时，可以倒到一种"跑地瓜"。地瓜一般生长在茎下的浅土里，兄弟几个聚拢在一块，个头大的还会撑开覆土露出脑袋。但是，也有个别另类不合群，牵着一条长长的尾巴独自跑到别的地方躲起来，这就是所说的"跑地瓜"。找"跑地瓜"只要顺着根刨就行了。（凭经验，那根越往下越粗的，极有可能有大家伙；若越来越细，则大多无果而终。）忙活大半天，运气好时能倒个几十斤，运气不好也就半提篮。倒来的地瓜，囫囵的、大块的、干净的，选出来给人吃；半截拉块、着地阙的（就像人长麻子）就留给猪狗等畜类吃……

自己村的地瓜地很快就被翻腾个底朝天，于是人们又把目光转向周边的村子。可是人家的地瓜地同样不让倒，同样有人看着。于是趁人不备、瞅准时机偷偷地去倒一回也是常有的，所以这里面便有了一点"盗"的意味。记得有一天早上天还没有亮，我便被母亲喊起来，顶着满天星星，迷迷糊糊地随着邻居家的几位姑婶嫂姐，去村西四五里远的一块邻村的地里倒地瓜。天色很暗，需要睁大眼睛，老怕漏掉翻出的地瓜；心里很慌，老担心人家看坡的会突然冒出，没收了我们的工具。于是，匆匆忙忙，慌慌张张，大汗淋漓。待天一放亮，便赶紧离开……

每次说到倒地瓜我就会忆起一次意外之喜。那时已是深秋，地里的白菜、萝卜也早已收回家。我带着两个弟弟到村南油管儿东边的一块地里倒胡萝卜。其实这块地已经不知被人们倒过多少遍，结果自然是瞎折腾一番而收获寥寥。百无聊赖之际，忽然记起东南不远处一条水沟的西侧曾经有一块不大的地瓜地，就想："不如到那儿去碰碰运气。"于是兄弟三人来到地瓜地便有一搭没一搭地翻起来。刚翻了几锨，忽听"咔哧"一声。慢慢抽出锨，扒开土，一块红皮大地瓜漏了出来。"啊——"一阵惊呼，如同发现了宝贝，兄弟仨捧着地瓜好一番欣赏。见有收获，干劲倍增。我和二弟刨，三弟负责捡。地瓜是接二连三地被刨出，不一会儿便盛满了筐子。兄弟仨高高兴兴地抬着筐子满载而归，大人们自然是欢喜得不得了。原来这块地属于生产队的菜园，地瓜出了头遍后没有翻耕，更没人去倒过，所以才会有好些地瓜漏在土里。这不，本来是去倒胡萝卜，结果却倒了一筐子大地瓜，怎能不说是意外之喜呢？

　　而今，地瓜已成为"奢侈品"。每每上街，烤地瓜炉飘散出的浓郁香气老远地就吸引着你的嗅觉。花上几元钱买两块烤地瓜，就着热乎当街消灭，满口余香，回味无穷。可是从前地瓜多的时候，却从没有吃出这种滋味。

过麦

六月里高考中考的日子也是麦收的时节，骑车行驶在路上，时见摊晒的一片片新收下来的麦粒儿，在夏日炽烈的阳光下，闪着金灿灿的光，散发着浓郁的麦香，令人倍感亲切。

家在农村，刚刚实行联产承包制那会儿，过麦是件很漫长又很累人的事。

那时割麦子没有机械，全用镰刀。麦地南北有三百多米长，一眼望不到边，站在地南头，尚未动镰，心中已怯三分。不是胆怯天热，而是胆怯腰痛。大人总说"小孩子哪来的腰"，可是割不了三五十米，腰便酸酸的。再往前去，就疼得不得了。及至过半，简直可以说是割几镰就要直一下腰。所以每到一个沟渠就赶紧坐下来喘喘气、捶捶腰，也真切地感受到那些整日面朝黄土背朝天的农民是怎样"累弯了腰"的。

割下的麦子需要用草绳拦腰紧紧地捆扎好后运回家去。我们兄弟仨就用地排车一趟一趟地往回拉，十几车的麦子要往返一百多里路。我在中间驾车，两个弟弟一边一个用力地往前拽着。平地还好说，一遇到上坡，三个人喊着号子，身子几乎与地平行，用尽吃奶的力气才能拉上去。现在想来，那情景多像列宾的名画《伏尔加河上的纤夫》。

白天割麦、拉麦，晚上就轧麦秸。因为那时农村都是草房，房顶是用麦秸苫盖的，两三年就要更换一次麦秸，所以老百姓都舍不得把麦秸烧掉。于是晚上一家人就坐在院子或麦场里，用镰刀将麦穗切下，然后把麦秸上的干叶梳净、捆好，摆在屋檐下晾晒起来。晚风驱散着夏日的暑气，也驱散着人们劳作的疲惫。在一阵阵"唰唰——唰唰"的切麦穗、梳麦秸的声音中，享受忙碌中的片刻静谧。（这道工序直到房顶用瓦代替了麦秸后才停止。）

切下的麦穗要晒上三五天，否则麦粒会脱不干净的。那时的脱粒叫"打场"，就是把麦子晒干后摊在麦场里（收割前先将场院铲平、洒水、铺上麦穰，然后用碌碡反反复复地碾轧平实），用人或牲口拉着碌碡一圈一圈、一遍一遍地碾压，直到把麦粒压干净。后来有了脱粒机，大大提高了脱粒的速度。但是一家一户人手又不够，于是左邻右舍就自动联合起来，男女老少齐上阵，有的搬麦个子，有的往脱粒机里填，有的接麦粒，有的挑麦穰，有的扫麦糠……分工协作，紧张有序。就这样张家打完，李家打；前邻打了，换后邻。一户接一户，常常一连三五天。觉自然睡得少，但最难受的是鼻子。我一般是负责往脱粒机填麦个子，入口处飞扬的尘土直钻进口鼻脖子中，尽管扎着毛巾，但仍然奇痒难耐，一周的时间呛得人老是打喷嚏。

打下的麦子需及时的晾晒。于是场院里、马路边就出现了一堆堆、一片片金灿灿的麦粒儿。人们傍晚堆起，太阳出来后摊开，在中午太阳最毒的时候用耙子、木锨一遍遍仔细地倒着、翻着，让每一个麦粒都能晒到太阳。几天后，母亲会从麦堆中随意捏几个麦粒，放在嘴里用牙一嗑，只听"嘎嘣"一声脆响。"干了！"母亲一拍手，我们兄弟仨就将麦子装入麻袋，然后拉回家中。

家里的大缸小瓮早已张开了饥饿的口，我们就把一袋袋热乎乎的麦子架到缸沿上，松开口，那流水般哗哗流下的麦子便带着辛劳、带着喜悦、带着憧憬，瞬间将大缸灌满……

麦，过完了！

二十年过去了，随着科技的进步，麦收已变得非常轻松。联合收割机把从前需要半个月、倾举家之力才能完成的"重大农事"，变成了经商或打工之余的插曲，不消三天解决战斗。过去的收获之苦荡然无存，更没有了从前由于雨天而一年吃黑面、霉面之虞。

如今过麦好轻松！如今的农民真幸福！

小人书，不能忘怀的记忆

如今小人书很火，特别是几十年前的小人书极具收藏价值，且有"很大的升值空间"。

从前我也有满满一箱子的小人书。

"小人书"，即连环画，也叫小画书。它是一种将故事情节用连续的图画配以文字描述表现的图书，六十四开大小，在二十世纪七八十年代广为流行。它的画，多为绘画名家或美院学生创作，水平很高；它的文字，简洁明了，通俗易懂。所以，图文并茂、形象生动的小人书很受孩子们的喜爱。当然，那时可读的书少，电视少，又没有网络，这也是小人书成为孩子们的最爱的重要原因。在小人书的陪伴下，孩子们度过了童年少年那段美好的时光。

通常，一本小人书贵的不过三五角钱，便宜的只有几分钱。可是在那个一分钱也要掰成两半用的年代里，能买一本小人书实在不是件容易的事！钱是需要一分一分地攒起来的。家里的抽屉柜子不知被翻过了多少遍，偶尔寻到一分两分钱，都会兴奋异常，因为又向梦想实现靠近了一步。那时家里确实是一分闲钱也没有，油盐酱醋一样样都等钱用。没办法，便动脑筋：生产队的场院里、田野里的机井旁，什么破铜烂铁的都统统被我们敏锐地搜索来拿到供销社换成了钱；夏秋里，就去坡里割青草，一捆捆地卖给生产队或过路的马车夫，换几角钱；特别是知了龟出土的时候，天蒙蒙亮便起身蹚着露水翻沟过岭去捡拾蝉蜕，洗净晒干后卖给县里的药材收购站……

一分一分，一角一角……估摸着攒得差不多够买一本小人书了，几个要好的伙伴便约定时间直奔县城。从家去县城不远，五里来路。

沿柏油路东边的辅路一直往南走就到了。县城很小，从东到西只有一条大街，新华书店就在大街中段的路南侧，那也是我们去县城的唯一目的地。顺大街往东走，远远地一望见新华书店那三间蓝砖瓦房，心便激动地咚咚跳个不停。那时书店里不兴开放式货架，东西一溜儿玻璃柜台到西头再拐向北墙。柜台里梯田一样一层层摆放着各种图书。我们就蹲在柜台前，从东头挪到西头，再从西头挪到东头，一排排、一本本地端详、揣摩、比较着，一待就是小半天。待认准了要买的书，便怯生生地向售货员询问价格。钱够的，就麻利地交钱买下；钱不够的，只好怏怏地掉头，重新蹲下继续找合适的书去。当小心翼翼地从售货员手里接过盖着红戳的小人书时，就如同接过了一件梦寐以求的珍宝。捧在手里，走出店门，小人书的墨香直往鼻子里钻。心里那个甜哪，简直像吃了蜜一样。

回到家，小人书是看了一遍又一遍。白天看，晚上看；吃饭看，上厕所也看；上学装在书包里，睡觉就放在枕头边……爱不释手。整个人都沉浸在小人书所描绘的新奇世界里，久久不能自拔。

一次，父亲带我去城里，问我喜欢什么，我脱口而出："小人书。"于是，便到书店，千挑万选，买了一本《一块银元》。拿在手里，那种感觉是什么好吃好穿的都不能比拟的。还有一次舅舅领我去逛街，走到书店门口我就走不动了。舅舅没法，只得和我进了书店。一进门，我一眼便看上了现代京剧《杜鹃山》剧照。那是厚厚的一本，定价三角五分。那时舅舅还小，也没有钱，很是不舍得。但我拗着不走，他只得心疼地给我买下了。现在每每想起此事，当时舅舅为难的神情依然浮现在眼前，因而便常常为自己的年幼无知而羞愧。

也许是英雄崇拜，小孩子看小人书最喜欢战斗的、捉特务的、忆苦思甜斗地主的类型，因此挑选小人书时意图很明确，只要是"打仗的"就行。一次去书店买小人书，看来看去，发现一本叫《英雄的南堡人》。一见"英雄"二字，眼前一亮，心中便浮现出激烈战斗的情景……不假思索，就果断掏钱买下了。接过书，迫不及待地翻开来，却发现全没有"打仗的"内容，而是讲述南堡村党支部书记带领村民学大寨、战洪水、造梯田、粮食大丰收的故事，心里便有些失落。好在里面插叙一段村书记回忆旧社会地主怎样欺压穷人、穷人怎样背井离乡逃荒要饭的事，也算聊以自慰了。

就这样，钱一分一分地攒、书一本一本地买，几年工夫，居然攒了满满一箱子书。这一箱子来之不易的书，自然也就成了我最宝贵的财富，倍加爱惜，不忍损坏，更不舍得与人。偶尔有人借去看，总是牵肠挂肚，急切地盼望归还。为防意外，还模仿别人在每本小人书的扉页上写上"有借有还，再借不难"的提示语。（有一次，就曾经从同桌书包里将借我的长期不还的小人书偷偷拿回……）平日里，小人书一本本整齐地摆放在箱子里。一有空闲，便搬出来倒在炕头上，摊开来，不厌其烦地翻弄着、欣赏着，仿佛置身于一个五彩缤纷的世界里，心中自有一种说不出的满足感。

1976年夏天唐山地震发生后，人心惶惶，父亲在院子里用塑料布搭了一个"防震棚"。晚上，奶奶就带着我们兄弟三个睡在里面。我也把盛书的箱子搬进棚子里，兄弟三个就伴着棚外滂沱的大雨，借着棚内微弱的灯光翻看着、争论着、想象着，思绪飞得很远很远……

那时，听说谁家有新买的小人书，谁家就门庭若市。孩子们饭也顾不上吃，蜂拥而至，一图先睹为快。如果谁家小人书最多，谁自然就富翁一般趾高气扬，颐指气使，颇得小伙伴们拥戴。那些书少或没书的孩子就整天围着他，众星捧月，甜言蜜语，甚至不惜以物贿赂，以求能多借几本来看……富翁的感觉简直妙不可言！

互相交换阅览，既省钱又能看到更多的小人书，可谓双赢之计，也让小人书能发挥更大的价值。你一本换我一本，我两本换你两本，限定时间，及时归还；提出要求，不得损坏。来来往往之间，有着无限的乐趣。记得由高尔基的三部曲改编的小人书《童年》《在人间》《我的大学》，就是与家住村东南角的司建国交换后读到的（他姥爷在县运输公司赶马车），也算是我最早阅读世界名著的启蒙图书。

受时代的局限，那时的小人书虽然在选材上单调、偏颇，甚至错误，但对于那些懵懂无知又渴望认识世界的孩子来说不啻于一把把钥匙。这些钥匙既打开了丰富多彩的世界之门，也打开了他们稚嫩闭塞的心灵之门。那一帧帧画面、一个个故事，连同它所要讲述的道理，都深深烙印在孩子们的心里。几十年过去了，现在想来依然记忆犹新：《一块银元》里那个被灌水银殉葬的"姐姐"是那样的可怜，地主恶霸是那样的凶残、毫无人性；《带响的弓箭》里那个机智勇敢的少年，只身擒获特务，令人敬佩，也使人懂得国家并不安宁，一切反动派亡我之心不死，需提高警惕；《小号手》（第一本彩色书）里那个红军小战士不屈不挠，聪明灵活，成功地完成了战斗任务；《九号公路大捷》则让我知道了国门之外有三个叫越南、老挝、柬埔寨的国家，他们的人民正在纷飞的战火中浴血奋战……许许多多，在一幅幅画面萦回脑际间，慢慢懂得什么是好人，什么是坏人；什么事该做，什么事不该做；什么叫勇敢、正义，什么是凶残、罪恶……是与非、善与恶、爱与憎的意识开始慢慢地在心中生根萌芽……

后来我喜欢阅读，做语文老师，还能写一点东西，都是与当年看小人书的经历分不开的。可以说，小人书给了我最初的文学启蒙并影响了我的一生。因此，我要真诚地谢谢那些年读过的小人书们！

1978年我上高中后，那一箱小人书自然成了弟弟们的宝贝；弟弟们长大后，它又被母亲送给了大姨家的小表弟。

而今，过去那种简单、朴素、黑白印刷的小人书已经很少见了，且正成为收藏家们的新宠儿。走进书店，供孩子们阅读的图书可谓琳琅满目，令人眼花缭乱。上好的纸张，精美的印刷，华丽的包装，动辄几十上百元。而国内国外各种新潮卡通图书，神魔妖兽，另类语言，离奇情节，直教人晕晕的不知所云，而孩子们却趋之若鹜，看得神魂颠倒，津津有味……

小人书，一个时代的产物，也必将成为那个时代永久的记忆！

甜的滋味

说如今的日子比蜜甜一点都不为过。只要看看随处可见的小胖子们，和那一个个被蛀牙折磨得眼泪汪汪的孩子，你就知道日子里糖分的浓度有多高。那甜的滋味是躲不开、逃不掉的！

甜是人一种味觉本能的嗜好，特别是对于小孩子来说。记得小时候日子过得紧，粗茶淡饭吃饱已属不易，能品尝到甜的滋味简直就是神仙般的享受。

那时，糖块是绝少吃的。下乡的货郎盛货物的铁丝笼子里，那花花绿绿的糖块最吸引眼球，常常惹得孩子涎水直流。大人们给小孩子的最高奖赏就是一块糖。那些裹着五颜六色的塑料纸的水果糖，被老太太们从皱巴巴的小手帕里取出，带着老人的体温塞进口中，深深地吸口气，那股甜蜜和着口水直贯心底，美妙至极。

糖精，也吃过。几分钱一袋的白色的小结晶体，捏几粒放到开水碗里，瞬间融化，用筷子搅一搅，便成一碗糖水。糖精是不能多吃的，因其为"精"，物极必反，放多了便成苦味。后来才知道，它其实是化工产品，吃多了是有毒的。

水果是不多见的。北方的梨桃苹果，常年吃不过三两回；南方的橘橙香蕉更是童话中的"仙物"。

于是，向大自然寻找，以满足对甜的渴求，就成了儿童生活中一项重要而有趣的活动：雪白的茅草根，刨过；紫红的天葡萄，摘过；喇叭似的萝麦酒（音），吸过……

但是对于生长在北方农村的孩子来说，有一种能够大大满足对甜的奢求的东西，就是玉米秸和高粱秆。

北方的农村，秋天里极目四望全是无边无际的玉米。一人多高的秸棵上挂着长长的饱满的玉米，准备迎接农民的收成。其中夹杂着一些被称作"公玉米"（"公棒子"）的——不结玉米，颜色紫红，汁液发甜。于是，它们就成了孩子们追寻的美味：游戏玩耍的空里，割草剜菜的同时，集体劳动的间隙，只要发现就立马从根部拗断，然后将叶剥皮狂嚼一番。那些甘甜的汁液在不停的"唑唑"声里被一节节吸进口中，咽入腹内。一会儿的工夫，一棵甜玉米秸就变成了一地白色的渣滓。玉米秸虽甜，但不能多吃，吃多了会"烂嘴角"。

　　家乡少种高粱，偶有种植也是那种高棵的，两米多高，汁少且不甜，像嚼木渣。倒是那一年邻村司家种了一方地的"矬秫秫"（矮棵高粱），一米来高，就在我们村西边，隔着一条公路。听大人们说它的秫秸很甜，像甘蔗一样，一下子把孩子们肚子里的馋虫给勾上来了。早也盼，晚也盼，终于盼来了成熟收获的日子。司家村的社员们把削下的秫秫穗子拉回村里，剩下一捆捆的秫秸躺在田野中。我们一帮孩子从半下午就伏在村西油管土坡后，远远地等待着。直等到太阳落山，干活的人陆续离去，马上游击队员一样蜂拥进田里，每人抱起一捆秫秸撒腿就往回跑。在看坡人"站住！站住！！"的怒吼声里，一个个黑影精灵一般，穿过公路，爬过壕沟，翻过油管，钻进家门……"哐当"一声，街门一关，万事大吉。

　　这捆秫秸就成了那一冬的美味。

闲"盐"碎语

2011年3月，受日本地震致核电站泄露事件影响，一股咸风劲吹，"流盐"迅速刮遍神州大地，自然也掠过我们这个北方的小城。一时间，大街小巷，男女老幼，闻风而动，疯狂抢购，致使盐价倍增，且一盐难求，大有一"盐"既出驷马难追之势。熟人相逢言必称盐，"你买盐了吗？"成了当时最时髦的寒暄用语。然而毕竟是一股风，自然有刮过的时候。这不，仅仅两天，妻子下班就拎回了三袋盐："超市尽管买！"

而今回首，抢盐跟抢葱、抢蒜、抢绿豆一样早已成为笑谈，并且这种抢风以后还一定会再刮。但说到盐，还是不免联想起许多关于盐的故事。

粗盐

小时候，在家吃的盐不是现在这种雪白的"加碘""精细"盐，而是一种粗盐，就是用海水晒成的大粒盐，即天然盐。因为未经加工，其中含有很多杂质，所以粗盐大都发乌。那时常有走村串巷卖粗盐的小贩（当是私盐），几分钱一斤，拎回家放到坛子或罐子里，把口盖好。特别是夏天，天热湿气大，盐很容易化。记得当时一首谚语："燕子低飞蛇过道，鸡晚宿窝蛤蟆叫，盐坛出水烟叶潮，大雨不久就来到。""盐坛出水"也成了天要下雨的预兆。

炒菜或做汤时，需先将大的盐粒用擀面杖压碎，然后撒到锅里，否则，大盐粒是很难融化均匀的。粗盐是腌咸菜的必备材料。那时，家家户户都有一个大咸菜缸，当红白萝卜、白菜、扁豆、黄瓜、茄子、辣椒、鬼子姜等瓜果蔬菜下来时，便洗净填满一大缸，然后在上面盖上厚厚的一层粗盐，闷个三天五日便可享用了。在那腥荤油水少得可怜的岁月里，咸菜就成了最大众化的就菜，三餐必备，四季不离。从刚腌上时淡淡的咸到最后的苦咸，一缸咸菜伴着一家人吃下多少粮食！让孩子长高多少身体！为大人们增添了多少力气！让日子过得贫穷却不平淡！

缺吃的日子里，衡量一件物品好孬的首要标准就是看它能不能吃。盐能吃，所以它是好东西，那时的认识也仅限于此。如今，粗盐已渐渐淡出人们的生活，但它的另一项作用却被人们所认识，即减肥的功效。据说，在每天洗澡之前，若能在身体想要变瘦的部位涂上适量的粗盐，大约十五分钟后再轻轻按摩，长期坚持，人就能变瘦——这确实是爱美女性的福音！

炒盐

咸菜好吃，却并不常吃。村里孩子多的家庭常常青黄不接，没有咸菜的日子粗茶淡饭实在难以下咽。有的村子粮地多菜地少，或者工分不值钱，没闲钱买萝卜白菜，于是连咸菜也少的吃。

记得二十世纪七十年代末，我在颜徐上高中。每周末回家背干粮，母亲都给炒上一大瓶子咸菜，填得满满的、压得实实的。炒咸菜先用油、葱花炼锅，炒至半熟再打上一个鸡蛋，味道甚是美妙。有一段时间，要好的几个同学跟我一块吃饭，他们都来自东堡村。东堡村当时可是全县赫赫有名的农业生产样板村——学大寨先进单位，粮食生产"过长江"（粮食亩产超一千斤叫"过黄河"，超二千斤叫"过长江"）。所以，这几个同学从家里带来的都是雪白的馒头，而自己带的一半是玉米窝头，一半是玉米面和着小麦面篜的"卷子"。每次去伙房笼屉拿自己熘的干粮，那为数不多的几嘟噜白馒头在一大堆黄的、黑的、半黄半黑的窝头中间，如同被绿叶衬着的红花，煞是耀眼。馒头虽然鲜亮，可是这几个同学却没有咸菜带。于是我平生第一次见识了一种新的食品——炒盐。

炒盐，就是将粗盐的盐粒在白面糊糊里搅匀，然后放到油锅里翻炒，直至将盐外面的面糊炒至金黄。东堡这几个吃白馒头的同学，每次返校带回的就是这种奇特的炒盐。当我们将咸菜瓶子和炒盐瓶子的盖打开摆到面前，那几个吃馒头的就不约而同地将筷子伸进我的瓶子里。而我也试着夹一粒炒盐放入口中，轻轻一咬，外边干脆，里面生硬；外边焦香，里面苦咸。只这一粒，就需嚼上几大口窝头方能压下去。怪不得他们对这金灿灿的东西不感兴趣，而更钟情于我的炒咸菜。

于是就出现了这样一种现象：每周一到周二，最多周三，大伙先将我的咸菜瓶子一扫而光，后半周就一起靠那些炒盐艰难度日。

后来听说其中一个同学毕业后在市里某酒店做了厨师。不知现在的他忆起那时的炒盐有何感想！

推盐

就在我和同学在学校里一块儿吃炒盐的时候，长我两岁的妻子却正在娘家为"盐"而拼命。

听她讲，那时她们家老老少少十口人，劳力少，吃饭的多，就属于粮食、咸菜"双缺户"。为了吃，她被迫早早辍学干起农活，十几岁的少女用瘦弱的双肩挑起了家庭的重担，饥寒交迫，尝尽艰辛。每忆及此，往事历历在目，而那次推盐的经历更让她刻骨铭心。

距她们村东北四五十里有一盐场，盐场内部有人每到晚上就倒腾私盐。周围村子里很多人就交上五六块钱，趁着夜色满满地装一小推车推回来。那一天，妻子也随着本家的一帮叔伯兄弟去推盐。吃过晚饭，见天色渐黑，一行人便上路了，一路上兴奋又忐忑。到了地头，交上钱，就装车。因为钱有数而盐无限，所以就狠狠地往车上装。然后就推着沉甸甸的盐往回赶。

从盐场到大路中间是一条沙滩小道，尺把宽。起初她还能跟得上大伙的步伐，但行至十几里便觉两腿发软，渐行渐慢。多亏一堂弟帮忙，二人一推一拉方才将车子推上大路。上了大路后，妻子疲惫不堪，但又不敢停歇，恐被盐务稽查逮着。于是咬着牙，奋力向前，以免掉队。沉重的负荷只将瘦弱的她压得骨节咯吱吱的响，浑身皮肉生疼……这样低着头不知走了多少时候，感觉已筋疲力尽，而此时又遇顶风实在寸步难行。她索性将车子往路边一放，蹲在地上，不走了。"天胆哪！你怎么敢在这歇着？"在大伙低沉的惊呼声中，她瞥见不远处的路边黑黢黢的有几间房，正是盐务稽查设的卡子。"逮着就逮着吧，不要了，反正走不动了！"妻子绝望地回应着。正在这时，从家里赶来接她的父亲到了。稍事休息，父女俩便又踏上回家的路。父亲的身体本也羸弱，二人互相轮换，或推或拉。南风越来越大，只将车子带人刮得跟跟跄跄，摇摇晃晃。也不知是人驾着车，还是车驾着人。

到家时，天已放亮了。

幽幽楝花香

整个五月都是在楝树花香的馥郁中度过的。

从小区到单位每天骑车必经过民安路。民安路几年前修成，修成后两旁就种上了行道树。说是树，其实就是一根根的"木桩子"：有碗口般粗细，树头被锯掉，根也修剪得不能再小。"这东西能活吗？"瞅着杵在那儿的两排"木桩子"，我心下狐疑。然而不久，它发芽啦——从顶部，从腰间，从那看似致密坚实的树皮里硬生生地挤出一簇簇嫩芽儿。在光与风的沐浴下，嫩芽长得很快，像一把把缓缓打开的小伞，向高处、向四周极力伸展着枝条，蝉翼般慢慢抻平一片片叶子，然后洒下丝丝清凉。于是，树下人多起来了：赶路的、休息的、等红灯的……开始享受它的荫蔽。我也是受益者之一，每天两个往返，一团团树荫减少了遭烈日炙烤的痛苦。感激中，不免想知道它的名字。于是便向给花木浇水的园林工人打听，"是楝树。""哦，莲树。"可是，过不多久，沉醉于它清凉的舒适中，竟将它的名字给忘记了。

第二年，春天来了的时候，那树便应着时令如期地发芽、长叶，不断膨大着它的树冠，株株相连，浓浓的树荫将民安路装扮成一条清爽怡人的林荫大道。晚饭后，我与妻子跟着人群散步，边走边惊叹于树的生长速度，也猜度着它的名字。询问周围的人，都摇头说不知。这树"叫什么"在很长一段时间内竟成了积压在心头的悬疑。时光流逝，秋去冬来，满树的叶子落尽，只剩下了一副副硬朗骨架。一日，抬头时蓦然发现，树上枝干间挂满了一嘟噜一嘟噜的果实：白色的，像桂圆，像开心果。妻子恍然大悟道："是莲子树！"对，我也忆起来了，是"莲树"。后来上网一查，知道莲树的"莲"字应该是"楝"。

其实，我和楝树并不是初识了。从前在妻子的老家，一个由几间破败的老屋和一圈断壁围成的院子的西北角上，就生长着一棵这样的树。就一棵，两三拃粗细，孤零零地立在那里，家里人管它叫"莲子树"。听妻子说楝树是很能结果的。早些年，为了对付冬春口粮的青黄不接，每年秋收秋种后，她们一家人除了年迈的爷爷奶奶留守，姐弟四人便在父母的带领下远走山里，靠编苇席手艺挣点粮食和零花钱。辛苦一冬，一直到春节前才回家。踏进家门，第一眼看到的就是楝树和树上一大片白花花的果子。楝子很苦，就像那时的日子。

去年五一前后，依旧骑行于民安路浓密的荫凉中，忽然感觉有缕缕香气钻入鼻孔。举目四顾，除了葱茏的楝树和早已过了盛花期的草木，别无他物。我诧异："哪来的香气？"一个清爽的夜晚，我、妻子和母亲漫步在楝树下，一股股浓郁的香气扑面而来，似槐花，似茉莉，似玫瑰，直入心扉。驻足观望，四周只有楝树如盖的冠婆娑着参差的影子。"不会是这楝树的花香？"母亲说。我疑惑地走近楝树一根低垂的枝条，借着路灯橘红的光，只见枝头绿叶间绽放着一丛丛浅色的小花。凑上去一闻，果然有着甜丝丝的浓浓的香气。哦，我终于明白，原来这空气中长期弥漫的香竟来自这不起眼的楝树花儿！回家的路上，我问妻子："以前在家的时候可曾闻到过楝花儿的香？""没有，从来没有！"妻子摇摇头很坚决地说。

于是，以后再赶路的时候，便不只是低头纳凉，而是一边欣赏着那绿叶掩映中盛开的一丛丛淡紫色的楝花儿，一边尽情嗅着它馥郁的香气，每每心旷神怡，流连难舍。这样一直到花儿落净，整整一个五月。从此，五月便成了心中的一种期盼。

有时我独自想：楝树的花儿如此的香甜，它的果实怎会是苦的呢？也许过去妻子的老家土头碱，水也咸，所以楝树花不香，果不甜。可如今城里的它们受到人们的悉心呵护，植根沃土，灌以清流，那它的果实也应该同它的花儿一样是香甜的了吧？不是有句古语说"橘生淮北则为枳"吗？

　　我相信，楝树的果实不再苦涩！要不，怎么会有那么多的喜鹊和不知名的鸟儿在楝树间嬉戏、歌唱呢？

父亲的照片

又见到父亲了！

那一刻，既兴奋又有些心疼。父亲怎么那样瘦？长长的头发，窄窄的脸。他站在最后一排左起第三人的位置上，身子被左右两边的人遮住了一些……感觉在那三十多个人中，数父亲瘦削单薄，整整比别人都小了一号。

那天，正在翻阅资料，为军休中心离退休干部写传记。在《初心印记》一书中，有篇题为《赤子之心不曾改》的文章，其中插有一张黑白照片：《广饶县拖修厂第三届职代会全体代表合影》。因为父亲曾在广饶县拖修厂工作，我就注目了一会儿，没想到竟然在上面看到了父亲。

照片拍摄时间为 1987 年 10 月 23 日。那年父亲四十四岁。

之前，父亲在城南一公社做过多年农机站站长。二十世纪八十年代初实行土地承包责任制后，在母亲的要求下，父亲便申请调回地处县城的县拖修厂，成了一名普通工人。这样离家近了，一来可以有精力照顾老小，二来可以帮助母亲料理庄稼。

我那时在四中上班，已结婚生子。除了周末、假期回去帮家里干点农活外，平时基本帮不上什么忙。祖母年龄大，两个弟弟还在读书，日子过得就很累。于是父亲每天下班后，便匆匆回家，跟母亲下地劳动，起早贪黑，风里来雨里去，很是辛苦。

父亲从十几岁就在外工作，干农活确实不在行，体力、耐力都赶不上母亲，有些吃不消。有时回家，母亲就对我说，你爸爸很羡慕人家双职工的家庭，下了班，洗洗换换，吃了饭，两口子干干净净去逛街。

也许是基于对种地辛苦的忌惮和过"干干净净"日子的向往，所以，父亲盼望着我们兄弟仨将来能不"拉锄钩子"，去吃"公家饭"。1981年我考上大学，父亲高兴得不得了，大摆筵席，招待宾朋，喝得酩酊大醉。二弟考上大学后，他又盘算着让三弟接他的班的事儿。托人、送礼，费了不少周折，事情最后却不了了之。理想没有完全实现，让他郁闷了很久。（其实，过后不几年，拖修厂改制，效益低迷，工人下岗。当时事情没办成真不知祸兮福兮？）

那几年，处在改制的前夕，企业经营很是惨淡，工人工资低得可怜。除出种地必需的水电费、买种子农药的钱，还有雇人耕地、收割的支出，父亲的工资便所剩无几。又加上他性情豪爽，好交友，人情往复多，更显得捉襟见肘。平时他与母亲节衣缩食、粗茶淡饭，到周末我们一家三口回家时，他总是做上一桌子好吃的饭菜。有了长孙后，他更是欣喜万分，曾经自信满满地宣布"每月要给孙子存五元钱"……

匆匆岁月，我竟没有发现，父亲那时是如此的瘦削！

父亲的照片不多，这一张是第一次见。

从前在老家，北屋后墙上的相框子里有一些照片。时间长了，照片会滑落或歪斜。我和弟弟就取下来，拆开后面压着的硬纸板，将照片摆放整齐后再重新装订好。那时，就那几张老照片，好几年都不会更新，所以印象深刻。

记得里面有一张父亲年轻时的照片，也是一张合影，题名好像是《惠民地区农机系统学毛选先进个人》，具体拍照时间记不清了，但从父亲的容貌装束上看，推测应该是二十世纪六十年代末期照的。那时父亲二十出头，留着三七分的发型，抿着嘴，目光炯炯，青春的脸上透着朝气和自豪。雪白的上衣别一枚毛主席纪念章，右手握一本《毛主席语录》立在胸前，半蹲在前排。

父亲一直是优秀的。

作为小儿子，他是奶奶的骄傲：十五六岁就在外面当工人，四圩两庄没有几个；干的工作是开"东方红"链轨拖拉机，更是凤毛麟角。我小时候跟着奶奶长大，从她口里时不时蹦出的什么"打渔张""武家大沟""预备河""支脉沟"等词语中，就能听出她抑制不住的自豪，也让我们孙辈们在自豪中想象着父亲意气风发驾驶拖拉机驰骋在各处工地上的风采。

二十世纪七十年代末，县液压机械厂研制出一款新型装载机，国务院第×机械部要在广饶召开全国现场会。遴选装载机演示人员的时候，父亲有幸入选——这是从村里人的口中得知的。说起这事的人，那都是一脸的敬佩。

至于去公社农机站当站长多年，皆源于他的人品与出色的业务。

那一年，因为有知青点，上级奖励给村里一台"泰山25"拖拉机。记得父亲带领村里两个年轻人，从外地将拖拉机"突突突"地开进村头的一刹那，乡亲们欢呼雀跃，高兴得如同过年一般。书记拉着父亲的手更是连连道谢。

后来，工厂改制，人员重组，父亲被分配到车床组——同意就留下，不同意就回家。父亲脾气犟，生性要强，不认那个邪，心想非干出个样来看看。于是，已知天命的他从头重来，甘做小学生，虚心向"小师傅"请教，勤奋练习，反复揣摩，借来《车工大全》日夜研读……凭着这股韧劲，不出两个月，他硬是完成了从一个优秀拖拉机手到合格车工的角色转变。

父亲留存的几张照片多是与同事的合影，没见过他的单人照，更没有一张和家人的合照。仅有的一次机会，也因为我性格的原因而错失，终成不可弥补的遗憾。

因为小时聚少离多，我对父亲因敬畏而产生一种距离感，与母亲交流多，与父亲沟通很少。

儿子三岁那一年的夏天，我们一家回家看望奶奶、父母，正好大弟弟放假在家。（小弟在外读书未归。）我告诉母亲，吃了饭一块去城里照张相。中午，父亲下班回来，一家人高高兴兴地吃饭。我以为母亲会告诉父亲照相的事，便没再提起。饭后，我因事出去了一会儿，回来时，父亲已经上班去了。这咋办？那时没有电话和手机，父亲上班的地方跟照相馆还有很远的距离，再去叫他也不方便。犹犹豫豫中，我还是决定这次先不叫父亲了，以后有机会再照。于是，我骑车带着母亲，弟弟骑三轮带着奶奶，妻子带着儿子，就到西关照相馆照了一张人员不全的"全家福"，一张充满遗憾的"全家福"！

当然，退一步想，遗憾的造成也跟当时的生活条件有关。那时农村是没有照相机的，照相必须到县城或乡镇照相馆。对一般乡下人家来说，照相还是一件很奢侈的事情。现在，照相早已是家常便饭了。相机，特别是手机强大的照相功能，让人们的美好生活瞬间随时随地都被记录下来。

若是现在，父亲就可以和我们照一张四世同堂的真正的全家福；就可以和母亲拍一张幸福的金婚纪念照；就可以拍一张在酒店里热热闹闹过古稀寿诞的宴会照；就可以拍一张在宽敞舒适的楼房里与老友喝白酒、下象棋的悠闲照；就可以拍一张或坐私家车、或乘高铁飞机，去北京上海香港，甚至国外的旅行照……拍很多很多……

但是，没有"若是"，"机会"也终究没有等来。父亲离开我们已经十六个年头了！

灯笼

那晚，妻子忽然说："马路上的灯笼都亮了。"我一愣："不是天天亮着吗？""哪里？该是快过年了，这几天才亮的。""哦！"我半信半疑。

自从去年春节，小区外马路两旁的灯杆上挂上两溜大红灯笼，我就以为它们是一直亮着的。每晚散步来回从它们下面走，因为上面有路灯的辉映，更没留意。今天经妻子这么一说，再看那灯笼，果然，深红的外壳里面一个个灯泡正发散出黄亮的光。

这些年，居住的小城面貌焕然一新，崭新的楼房，宽敞的街道，如水的车流，熙攘的人群……整洁，有序，繁荣，祥和。一进腊月，市政处的工人们就忙碌起来，他们开着云梯车，载着工具，在城区几条主干道上装点布置，制造新年的气氛：南北路两旁的灯杆上挂起成对的大红灯笼，隔不远还横上一串小灯笼；东西大街上则挂上一个个鲜红的"中国结"；行道树的树冠被笼上一根根柔软的荧光管。夜幕降临，华灯齐放，闪烁的五彩荧光，和着远远近近的鞭炮声和人们的嬉笑声，在天地间晕染出一派温馨与喜庆。

挂灯笼是中国传统的风俗习惯，据说起源于汉朝。因为它象征团团圆圆、红红火火，两千多年来，为人们所喜欢。逢年过节，挂两盏红灯笼，不论贫富贵贱，图的就是那份吉利气儿。

小时，村子里多是土坯柴门，没见过挂大红灯笼。间接的认知，来源于有关北京天安门的图画。图画中天安门城楼上悬挂着的八盏大红灯笼，就成了孩子们描摹的样板。课余时间，一双双龟裂的小手，极认真地比着灯笼画灯笼：先铅笔打出底样，然后捏着几分钱一盒

110

的小蜡笔涂出红的灯身、黄的缨穗……粗拙的样子，却勾画出一份份稚嫩的向往。

过年的时候，孩子们有提着小灯笼玩的。

一过了腊八，村子里便时常有"卖灯笼了——"的叫卖声响起。卖灯笼的小贩骑一辆自行车，后座上插一架灯笼（也有步行肩扛着的），走街串巷，边走边吆喝。无论到哪，后面总会跟一群吸溜着鼻涕的男孩子……

那些小灯笼纯手工制作，分灯罩、灯架两部分。灯罩，用细竹篾编成土碗口粗的镂空圆筒，两头收口，外面糊一层透明塑料纸，蘸着红的绿的颜料勾上几笔写意的兰草、竹叶。灯架呢，圆形的杯子口大小的木板底座，四根铁丝四周里等距向上拢在一起，拧成一个环，环里连上一根带钩的提把儿。底座中间从下向上楔一根钉子，冒出尖儿，用来插蜡烛。玩儿时，插上蜡烛点燃，从提把处向下套上灯罩就好了。那时日子虽然紧巴，但大人都会花一两角钱给孩子买个新灯笼罩（灯架是可以反复使用的）。

从除夕开始，春节的晚上，大街小巷里到处是一盏盏发着微光的小灯笼，萤火虫样来来回回地闪烁。小姑娘文静，打着灯笼规规矩矩地或聚或走。小小子则兴奋地跑来跑去，疯狂得很。灯笼摇晃颠荡，蜡烛灭了再点上。可灯罩上的塑料纸易燃，有时玩着玩着就"煳"了，扑救不及时，眨眼灰飞烟灭。有时大人使"坏心眼"，见有小孩经过，忽然喊："着了！着了！"孩子一慌，急忙扳过灯笼看，灯笼一歪，火苗一舔塑料纸，真就着了。一阵扑打，最后只剩下竹篾。哭咧咧地提着回家，自然招致大人一通数落，年的乐趣瞬间减去了多半。

那一年，又到了买灯笼的时候。我们兄弟仨急急地盼望在农机站上班的父亲早些回来。腊月二十三，父亲到家时车把儿上却空空如也。没看见灯笼，兄弟仨心里都仿佛被屋檐上的冰凌坠入。失意中，见父亲从自行车后座上解下一包用报纸裹着的东西，招呼我们："来来来，看看咱们的高级灯笼。"一听"灯笼"，我们立马来了兴致，又心存疑惑："灯笼怎么会用纸包着？"父亲把纸包放在饭桌上，一层层揭开，露出一个钢筒，有一揸粗、一尺长；钢筒上面焊接小拇指般的一截细管。正自纳闷儿，父亲让我去自行车兜里拿来一个袋子——沉甸甸的，摸摸，石子样。父亲打开袋子，拿出几块小"石子"，说："这是嘎斯石。"他拧开钢筒底部，将"嘎斯石"放进去，再倒进些清水，赶忙将钢筒拧紧。不一会儿，我们就闻到一股怪味儿。父亲擦根火柴，往细管顶处一凑，"忽"的一下，便蹿起火苗，越燃越急、越急越蓝。兄弟仨喜出望外。从此就盼着年早点到来。

除夕的晚上，早早吃过水饺，父亲找来一根锨把杆儿，将"嘎斯灯"绑在上面，点燃后，就让我和弟弟们扛着上了大街。满街的孩子正打着小灯笼玩得欢实，看见我们扛的"怪物"嘶嘶冒着蓝光，又亮还不怕风，全惊得目瞪口呆……我和弟弟们轮流扛着，走东串西，从南到北，后面紧紧跟着一群提着灯笼的孩子……在那个春节实实在在地火了一把！读中学时才知道那些叫"嘎斯"的石头是乙炔。

后来，村里通了电，家家户户逐渐盖起了宽敞漂亮的大门，年节时，门楼下就都慢慢挂起了大红灯笼。于是，村子里大街小巷旮旮旯旯便氤氲在朦胧的红雾里。孩子们还是喜欢打小灯笼，可是路灯太亮，又有大红灯笼，小灯笼的光便显得黯淡了。

如今，村里人都搬进楼房，到了春节，小区大门、楼宇门都统一挂大红灯笼，各家各户也有挂在阳台上的。这样，大街小区、楼里楼外就连成红彤彤的一片……楼房里有暖气，有春晚，有美食，有各种玩具，好玩的游戏，孩子们就不再往外面跑。小灯笼也与时俱进，原来那种竹篾的手工小灯笼早已退出历史舞台，代之以电池或充电的新材质的小灯笼，圆形的，宫灯样的，也有设计成十二生肖的。一推开关，灯就亮了，音乐悠悠响起，边唱边转，活灵活现。

春节拜年，走亲访友，偶尔见有人家里还挂着一盏竹篾的小灯笼——大概更多是怀旧的成分吧。

岁月留痕

岁月悠悠，那时，满载苇席、鱼虾、鸭蛋、蟹子的船儿如梭般来往的湖泊，如今已是茫茫一片的碧绿田野，怎不令人生出无限沧桑之感！

一条大路向东走

一条路就像一棵大树，我们都是长在枝枝杈杈上的果子。

——题记

一

1977 年是一个好年份。

那年，一条柏油路划开碧绿的田野，从村子后的石桥开始笔直地伸向东方。从此它矫正了村庄关于"正东"的坐标，展现了人们生活棋局的经纬，更把一颗颗局促的心引向寥远。

这条路叫广码路。"广"，即广饶；"码"，即大码头。那时，偏远的乡下百姓习惯把县城叫"广饶"，把去县城，叫"上广饶"。其实，广码路的起始点并不在县城——当时的县城还是囿于老城墙根里边的那一方小天地——而是辛孤路经县城东门外北上约五里处。两条柏油路在这里结成一个大大的"T"形。起初听音"广码路"，以为是"广马路"。后来，从石桥头那块歪斜的水泥路牌上才得知此"码"非"马"也。于是，便猜想："是码头那一定有船吧？有船该离得大海不远了吧？"

广码路的出现如同一条东西轴线，让原本散漫的大片乡野一下子精神了起来、规整了起来。于是，路南北两侧便有玉米小麦一垄垄地冲过来，便有大路小路一条条从或远或近的村头连过来，便有小院子一座座地向这边缓缓盖过来。原来匍匐于被庄稼荒草淹没的田间小径上的农人、车马，也都兴奋地走到公路上面来……

第一次踏上沥青路面时，人们是有些不适的：脚抬起时脚面子是绷着的，落地时脚尖是虚着的，心是"咚咚咚"跳着的：这黑乎乎的路面是软还是硬？是滑还是糙？然而不出几步，所有的疑惑都消散了，一种从未有过的全新的感觉，从走惯了坑坑洼洼土路的泥脚板子直漫延至全身。脚踏实了，揪着的心就放松了。心放松了，头就抬起来了。头一抬，腰背也不弯了。人们都感觉："走公路，咋还长高了呢？"

　　从村里出来的那些枣红的乌黑的棕黄的马匹，随着车把式一声吆喝"驾——"，双耳直竖，前腿弓，后腿蹬，发力从小斜坡下冲上来。但带掌的前蹄显然抓不住柏油路面，"得得得，得得得"一阵急促的蹬踏倒步，一阵前腿几欲跪地的奋力挣扎，终于将大车拽上了马路。马匹们稍一愣怔，打个响鼻，小碎步调整一下，然后甩甩尾巴，便稳稳当当地向前驶去。马蹄掌扣着路面，"得，得，得，得，得，得……"这些驾辕拉犁一代代在泥土中拌和的蹄子，第一次发出清脆的声音，连它们自己都有些陶醉了，禁不住抖抖耳朵。车把式将缰绳松开，盘腿坐在车辕上，捻一根纸烟慢悠悠抽。抽完了，烟蒂把一扔，抽出鞭子，鞭梢在空中一抖，"啪——"一声鞭炮般的脆响便从马路上空飘散到两旁碧绿的田野里……

　　"私家车"们终于有了用武之地，新款平把的"红旗""飞鸽"，渐渐取代老式笨重的"国防""金鹿"，镀铬的轮辐旋着银白的晕圈飞驰在平整如砥的公路上，极力炫耀着主人的身份与骄傲：有穿着粘有油渍的工作服的工人，有车把上挂着皮包的干部，有车座上载着女友的新潮青年……兴到极处，飙一阵车，或者干脆来个大撒把，耍两把车技，引来阵阵喝彩。娶媳妇的自行车队绝对是一道美丽风景：七八辆自行车公路上"一"字排开，载着花花被褥，载着鸳鸯包袱，载着红红的新娘，载着喜悦与憧憬，一路锣鼓咚锵，一路欢声笑语。

　　汽车不多见，拖拉机便是公路上的大王。有知青点的村子里的潍柴十二马、泰山二五们，突突地冒着烟，一颠一颠地奔跑着，气派得很。

渐渐的车多了、马多了、人也多了，路活泛起来了：近处的远处的，东来的西往的；上坡、收庄稼，赶集、运输，走亲戚、闲逛……还有说话操着东北乡口音赶着马车拉苇子、运席子的……

二

自然，路上少不了那一群群上学放学的学生。

在村里读完小学，联中（片区联办的初级中学）要出村子去上。宋王，在村东南不远。联中就设在宋王村西北角与崔王交叉的地方，两排红砖瓦房，南边一排是办公室、宿舍、伙房，北边一排是教室：四口，两个年级。大门朝西，门前一条宽阔的土路，向北三里左右连上广码路。

广码路没修前，孩子们上学图近，都是下沟上崖，走麦垄，钻玉米棵。夏天蹚雨水，冬天爬雪窝……旷野里踩出的羊肠小路就像季节性河流，随着庄稼的种植与收获，时有时无，时断时续。因此，也辛苦了那些个每天负责扫地的值日小女生。广码路修成，一下子吸引了孩子们的脚步。虽然刚学了"直角三角形"，知道向东走三里，然后下公路向南拐一个直角再走三里到学校，要比从田野里斜插过去远着不少，但是笔直、宽阔、平坦的广码路还是具有极强的诱惑力，特别是阴雨天和泥泞的冬季。一路上，尽可以肆意说笑仰头向天，尽可以嬉戏打闹你追我撵，全然不会有失足的危险。不再顾虑脚，眼睛便看得更高更远。于是感觉天好大！远方的景色真美！一路边走边笑边有邻村的孩子不断汇入。路越走越近，人越聚越多，最后牵着满天飘荡的欢乐，一同挤满那一口口简陋的教室。

既高大上，又近水楼台，体育老师们自然不会放过这样的好地利。那年春天开运动会，竞赛项目场地就设在广码路上（那时行人与车

117

辆都少）。漆黑的路面，雪白的起跑线，一组组穿着旧布鞋或光着脚丫子的半大孩子，虎虎生风，把路面踩得啪啪响。以从未有过的速度创造了校运会史上多项新纪录。

初中毕业，我们班有五个人考进了广饶第十一中学——颜徐高中（那时每个公社都建有一所高中），我有幸成为其中的五分之一。从此，生活足迹向东延伸开去。

三

向东走，过大寨沟桥，在毛王村北，广码路拐了一个直角弯，然后向北一里多，在徐楼村西北角再一个直角弯又折向正东。

十一中就坐落在公路第二个拐角处正北不远的公社驻地东北处。校园三面临坡（庄稼地），老旧的蓝砖院墙、大门，院内灰旧的老屋间夹杂着几排新建的红砖瓦房，新与旧，明与暗，那情景像极了那个正在慢慢苏醒的年代。透风撒气的宿舍，又咸又苦的井水，脏乱不堪的厕所……但是，教学管理还是认真的，加上一帮谪居在此的学识渊博又个性鲜明的老师，和学兄学姐的榜样感召，让来自四面八方的一群脑袋空空的农村少年，心中升腾起从未有过的朦胧而又美好的希望——考学，走出去，吃白面馒头。尽管期间有的辍学回家种地了，有的转到别的学校去了，有的去参军当兵了……每减少一个，都像在安静的湖面投下一粒石子，激起一轮轮涟漪，但很快又平静下来。在这个僻静又孤独的所在，向着远方那一缕微光前进。

路远的学生是住校的，只在周末休息一天。于是，每周六下午两节课后夹两本书、提着瘪瘪的干粮袋子和空空的咸菜瓶，迎着夕阳沿广码路向西回家。星期天半下午，再背上母亲给塞得鼓鼓囊囊的干粮袋子，背着夕阳，背着嘱托（母亲常说，你上学跟奶奶吃卷子——一半玉米面一半小麦面掺和做成的；我们和弟弟们在家吃面子——窝头），再沿广码路返回学校。就这样，来回三十里，一双脚板一周丈量一次。广码路还是两三年前的样子，夕阳的余晖照着晚归的车马和疲惫的人们。倒是路边的杨树已长成一掐来粗，碧绿的枝叶透着茁壮与活力。路两边是一片片平整的"样板方"庄稼地，靠路边等距离一溜红砖平顶的机井房，煞是好看（曾在里面躲避过风雨）。田野尽头远远近近是灰暗低矮的村庄。一年又一年，地里的庄稼黄了又绿，绿了又黄，但"样板方"吝啬的产出依然未能改变人们吃饭的困窘。

就像马路边的杨树一样，粗粮咸菜的生活并未室碍一群少年的生长，封闭的蓝砖院墙依然挡不住他们精神上的渴望。好在学校还是很善解人意，在管理政策上灵活宽松。那时，电影放映队经常到邻村放电影（好消息都是通校的学生带来的）。电影对于那个年代的人来说是难得的文化大餐。只要班长跟班主任申请一下，一般就会得到批准的。于是，晚饭后三五一伙，便去周边村子，像南西、肖家、柳家、东北西、颜一颜二颜三村等看电影。《小花》《归心似箭》《甜蜜的事业》……彩色、宽银幕，战斗片、爱情故事，优美的片头曲、插曲，特别是那些靓丽的女演员，如同灰色的画板上绘就的一朵朵绽放的牡丹，鲜艳，娇媚，撩拨着十七八岁少年青春躁动的心弦。

那次看洪水是难忘的。那是夏天的一个星期天，听早到校的同学说"淄河发大水了"。长这么大还真没见过大河，更甭说洪水。好奇心刺激得我们双脚发痒。于是，几个人便蹿出校门，出颜徐街里，向着东南方向穿过贾辛、姜家一口气跑到贾刘桥上。大桥好长，足有百米，横跨在淄河上。几个人伏在桥边栏杆上向南远眺：夕阳已经下山，青白色的天空下一河浊水如黄色巨龙正奔腾而来，它扭动身躯塞满了河道，咆哮着挤过五个桥洞汹涌北去。我们分明感觉到脚下的震颤，一时间竟然生出这桥会不会垮掉的担心……因为是偷偷溜出，不便久留，看天色渐晚，大家便匆匆下桥原路返回。回到学校时，教室里的汽灯早已"嗞嗞"地吐着雪白的光了。

后来才知道，当时站的贾刘桥正是广码路从西向东穿过淄河的地方。

四

从贾刘桥，淄河上北，广码路向东。

过桥东不远，沿淄河岸边一条大路向南四五里直达稻庄。稻庄是一个很有诗意的名字，容易使人联想起辛弃疾的"稻花香里说丰年"。由于河水长期冲刷和无序的采沙活动，蜿蜒而来的淄河在稻庄村西及西南上形成一片漫漶的河滩（这也是孙武湖的前身），全然不成河的模样：河堤低矮破旧，河道坑洼不平，河边绵柳蒌蓬丛生……春秋冬三季，河里基本没水，土堆沙坑间就被踩出一条条通向河西的小道。夏季，源头水库泻下的洪水挟着沿途汇入的雨水，在这里回旋激荡形成一片汪洋。由于北去的河道狭窄，有的年份，洪水会漫过东岸河堤淹没庄稼，涌进村里。所以，当初广码路宁可向北拐个弯，在北边的贾刘桥村西南角建桥过河，是有地理方面考虑的。

我参加工作的第一站广饶四中，就坐落在稻庄街南头。那是1983年——一个朴素的年代，也是一个变化的年代。

经过1980年后几次高中布局调整，四中因为地理、规模和师资等原因被保留了下来，成为广饶东部包括稻庄、颜徐、大营、西刘桥、大码头等几个乡镇孩子实现求学梦想的殿堂。学校很大，北邻稻庄卫生院，墙西是一大片果园，南面与农机站一墙之隔，东边隔着大街是稻三村的场院。进学校大门向西，砖砌的甬路南边，一道红砖墙将校园分成两半：南边是生活区，北边是教学区（一栋二层的办公小楼，三排带厦子的平房教室）。南区北区有东西两条甬路相连，西甬路口处两棵粗大的白杨树挺拔苗壮，这后来也成了四中人的精神图腾。在这里，一帮沉稳老练的老教师，与一群恢复中高考后毕业的朝气蓬勃的年轻人一起，在淄河岸边、在那个依然简陋的校园里，踏踏实实、默默耕耘，将着智慧与汗水、和着粉笔的白与墨水的红与蓝，为成百上千浑身沾满土腥气的农家孩子勾画出一幅幅朴拙而又充满理想的画卷。

老实巴交的乡亲，淳朴的脸上挂满虔诚，他们把孩子的出息完全归功于老师的教育，言谈举止间表现出十分的尊敬、万分的感激。于是，每年高考录取通知书发下来后的一段日子里，附近村庄便热闹起来。喜得合不拢嘴的家长们排着号下请帖，然后杀鸡宰羊，摆酒设宴，把"恩人们"请到家里，让上正座，由村里书记村长和家族长辈们作陪，给以最高的礼遇。就在一个个农家小院里，在梧桐树下的白炽灯光里，一张方桌，四条长凳，一桌人举杯共饮，同喜同贺，欢声笑语，溢满村子的夜空。那一刻，尊重、感谢、欣慰、自豪，种种真诚的情义都和着美酒佳肴化作心底的缕缕温暖。

1985年9月10日，是一个特殊的日子。这一天，教师终于有了自己的节日。全社会尊师重教渐成风尚：这从各村各单位教师节慰问的红包上看得出，这从人们大街上碰见教师时的表情上看得出，这从人们谈论起教育时的口气上看得出（当然，还有那些天天去学校自来水管上带水的村里姑娘的眉眼里）。尽管工资待遇还很低，谈个非农户口的对象依然成问题，但一丝优越感在跨出校门的那一刻，正清晰地写在每个人的脸上。

除了几对"双职工"家安在学校，其他老教师、青年教师都住在农村。周六下午放学后，便与学生一道涌出校门向四下里散去，沸腾的校园便安静了下来。向西北和东北方向去的要上北走广码路。他们一路说笑着在贾刘桥分手，然后各奔东西。贾刘桥基本上是广码路的中点，桥东桥西各有差不多二十里路，骑自行车是很需要一段时间的。

向西去，夕阳红彤彤地挂在白杨树粗壮的枝干间。双脚不急不缓地踩着自行车脚蹬，心便悠然在广阔的田野上。土地在分散承包给农民以后，庄稼们很快便呈现出前所未有的蓬勃生机。它们下接地气，上聚日华，一片片铆足了劲儿比着赛地长，毫不吝惜地回报着主人的满腔热爱。田里到处是忙碌的身影，到处是机械的轰响。男女老幼，翻锄钩耪，对每一棵苗株像孩子般细心照料。汗珠子掉下来摔成八瓣，骏黑的脸上却掩不住欢喜与幸福。

马路上也是忙碌的。马车、拖拉机、三轮车，东来西往，一辆比一辆拉得多，一辆比一辆跑得快。特别是那不时飘过的一队队载满蔬菜的嘉陵50，衬着碧绿的大地，像一条橘红丝带鲜亮生动。靠近公路的村口渐渐地人多起来，陆续盖起的大棚小屋，买卖着化肥农药、种子薄膜；买卖着烟酒糖茶、瓜果桃李；买卖着鸡鱼肉蛋、时令蔬菜——一种自由繁荣的气氛蔓延开来。

过麦过秋的时候，广码路愈发的窄了。新打下的粮食，散发着清香，一截一截地摊晒在马路上，把本不宽敞的马路占去了一小半。大小车辆需小心翼翼地通过。偶有骑车的不留意误入粮中，便会招致看场人一顿刻薄的数落。骑车的自知"理亏"，便不作争辩，边道歉边红着脸匆匆退出：他们知道，粮食是农民的命根子。

冬天的广码路同田野一样空旷安静，除了少数拖拉机、三轮车、汽车（偶有）匆匆奔跑外，人们大都蛰伏在家里边干些手工活边享受炉火的温暖。但我们这些西行的骑车人，却时常因为凛冽的西北风而苦不堪言。拖拉机是不敢扒的。那只好低着头弓着背，将满腹怨气全使到脚蹬子上：蹬，蹬，蹬，一刻不停。到家时已是汗流浃背、气喘吁吁。同事中东北乡的有很多，每到周六下午他们就笑嘻嘻地打趣我们说："哎，得修自行车闸去了！""骑车三大恣：顺风，下崖，带娘们儿。"东北乡人的风趣幽默是出了名的。

五

贾刘桥向东，过北孟村，南寨村南是一个大湾，湾里芦苇茂盛。

广码路就从芦苇丛中穿过，伴着淄河河道偏向东北。在胜利村附近几个折弯，成一向西北倾斜的"W"形，然后向北通到西刘桥村，也是乡政府所在地：一个十字路口，四边分布着卫生院、银行储蓄所、供销社、邮局、学校……沿街是各种小商贩的摊位，杂七杂八，拥挤凌乱。

1986年后，成了半个东北乡人的我便常常踏上这个地方。从十字路向北是一条碎砖头铺成的路，路旁沟畔丛生的荆条开着细碎的花，两边是看不到边的田野：种庄稼的，稀疏低矮、瘦瘦弱弱，一副病快快的样子；荒芜处，则长满芦草、黄须菜，衬着沟坎田头随处可见的片片白碱。湿黑的土地依然半睡半醒，大有春风不度的感觉。

路的尽头处便是妻子的老家蒋官庄：低矮的村庄，破败的草房，逼仄崎岖的街巷，村西一个大水湾，一群鸭子无聊地从南向北游着……当时的东北乡依然在贫瘠中挣扎。尽管如此，骨子里的那一份特殊感情，让我同样爱上这片土地，毫无违和感。逢年过节，大事小事，跑得多了，也渐渐对这片土地和生活在这片土地上的人们有了更真切的认识。

我感觉，这里才是真正的农村，这里的人才是最本色的农民。地虽然多（一般人家就有十几亩），可是因为盐碱，打粮食却少。所以为了温饱，他们就常年地里来地里去，风风雨雨，烈日严寒，辛苦劳作。头上终年一块方巾、一顶蓝沿帽，这是他们的标配；阳光晒进泥土，糅和成他们的肤色；粗重脏累活计，龟裂了他们的双手；一块黑面卷子就着大葱咸菜、蘸着汗水，吃下肚里变成使不完的力气。他们脸上永远挂着憨厚的微笑，不带半点的厌倦与逃避。他们清楚，只要人不欺，土地终会有回报。

四舅是一个标杆式的农民，勤劳，节俭，宽厚，善良。西燕是一个大村，四舅的院子就坐落在村东头临坡的地方，墙外是大片的田野。院子南北很长，五间北屋，东西南三面各两间偏房，西南角还有一口马棚。院子的角落和偏房里到处填满粮食、柴草和各式各样的农具。农忙时，四舅起早贪黑整日趴在地里。农闲时，就骑上三轮车，走街串巷卖酱油。有一年跟着村里的建筑队干活。午饭后，别人都找个阴凉地儿眯一会儿，四舅总是独自一人来到路边的沟里，割上结结实实的一大捆青草——因为家里的牲口需要草料。西燕有集，每到集日，他就用花花绿绿的布条在街边圈起一块地盘，看自行车。一双手似乎从来就没有闲着过，钱也就这样一点点地积攒着。后来在村里盖起了一座砖瓦到顶的新院子。据说，除上梁时请了本家的年轻人帮忙，其余的活计都是他和儿子爷俩起早摸黑一点一点完成的。

由于和四舅近，我们便去得多。得到消息的他，便早早地到院子里捉来一只母鸡，放血，拔毛，剁块，油炸，然后放到锅里加上葱姜八角，用柴火慢慢炖起来。等我们傍中午到家时，一锅糊涂鸡早已满院飘香了。四舅不喝酒、不吸烟，吃饭时，总是微笑着不停地劝别人："吃，吃，自己养的鸡。"而他自己拿块干粮，偶尔夹筷子菜，却很少去动那盘里的鸡。临走时，什么米啊、面啊、地瓜啊、白菜啊，猛给你往车上装："都是自己种的，放心。"

表哥性格像极了四舅，一样的勤劳朴实，少言寡语。常年一辆拖拉机，运输、耕地、播种、收割，忙个不停。一副与世无争的样子，如同庄稼地里一棵成熟的玉米。

再像本家的二伯父、雷埠的二姑、桑科的妹夫、北塔的表舅……在艰苦的环境里，表现着同样的坚韧。他们默默地坚守着，付出着，也改变着。后来，用黄河水压碱，引进优质粮种，加上化肥农药普及和现代农机具的投入，终于让憋屈久了的土地焕发青春，释放出巨大能量，贫瘠的盐碱地全都变成了丰产田。五月里曾随文联去采风，从东河口到小刘桥，从房家到青丘，一路望去，田野里麦浪滚滚，到处生机勃勃，一派丰收景象。

六

从西刘桥十字路口向东五里，在东雷埠与小码头之间，广码路拐弯向北便抵达终点大码头村。

大码头没有码头，更没有海。它就像从广码路口一路走来沿途的普通村庄，有的是广阔无垠的葱茏田野，和日出而作日落而息的朴实乡民。但我还是好奇它名字的由来。据史料记载，古时候这里有一很大的湖泊——巨淀湖（又称少海、清水泊），距今大码头村正东五里的央上村就是那时的湖中心（嗯，又让人想起诗经中的《蒹葭》）。《韩非子》记载："齐景公与晏子游于少海，登柏寝台，而还望其国曰：'美哉，泱泱乎，堂堂乎。'"在相当长的时光里，这里水流畅旺，物产丰饶，被称作"鱼米之乡"。只是后来湖面逐渐缩小，而今已经远离央上东去五里多了。那大小码头村的位置当年一定是巨淀湖西岸的泊船码头，后来沿袭成村名，也是一种历史变迁的记忆。岁月悠悠，那时，满载苇席、鱼虾、鸭蛋、蟹子的船儿如梭般来往的湖泊，如今已是茫茫一片的碧绿田野，怎不令人生出无限沧桑之感！

东北乡属退海之地，碱性土壤，干旱少雨。吃过了早些年呼呼隆隆种粮食的苦头，土地承包后乡亲们开始尝试种植适应性强的作物。于是，耐碱又耐旱的棉花便逐渐在这里扎下了根，并且一年年繁盛开来。播种、定苗、打头、抹叉、喷药、拾花……从清明一直到霜降，那些包着花花绿绿方头巾的女人们，养孩子一样极勤苦又极耐心地侍弄着它们，同时也把自己站成棉田里一朵朵永不凋谢的花儿。拾棉花的季节，一地的雪白，一路的雪白，一村的雪白。人手少，忙不过来，便有外乡的妇女三五成群地赶过来。从天蒙蒙亮一直到乌乌黑，两手一刻不停地在棉枝间翻飞。她们懂得，时间对她们意味着什么。一次，我曾问一位正在广码路边忙碌的外地妇女"一月挣多少钱"，她一边往农用车上抬棉花一边笑着说："也就四五千吧。"一口牙齿也白得像棉花。如今,大码头已是著名的产棉之乡,带动了物流与棉纺产业的蓬勃发展,为东北乡带来了富足与繁荣。

棉花入仓,棉柴归垛。女人们便擦洗、上油、紧绳,早早拾掇好老辈传下来的织布机。冬闲的日子里,家家户户暖融融的小屋便咿咿呀呀唱起悠扬的小曲。左脚踏、右脚抬,左手送、右手接,梭子来回往复,棉线经来纬去,一丝丝一寸寸,将大地的精华、时光的醇厚和着女人们聪慧灵巧的心,一同织进或条或方、或蓝或红的老粗布,满足了现代人讲究绿色健康、追求自然之趣的美好愿望。

曾经的巨淀湖之滨,如今虽远去了湖水浩渺,但几千年依水而生的芦苇却没有离开,河渠沟汊里随处可见它们摇曳的身姿:或苍苍,或萋萋,或采采。同样被流传下来的还有那门巧夺天工的手艺——苇编。手艺人对原材料是很挑剔的,他们净捡拣上好的苇子用。当地不够,他们绝不将就,就东上巨淀湖,西下西湖(博兴县境内)。大车装得如小山一般,几乎要占满了整个广码路。小推车则如同一只只硕大的"苇蝉",一路走一路"唰唰"的欢唱。于是家家户户,男女老幼,伴着雨、伴着雪,借着灯、借着月,把农事外的一切闲暇都沉浸在这苇编之中。一领席需要无数根苇子,一根根苇子编成席子又要经过许多繁杂的工序。好席要有好篾子。先不说编织,就止篾子的处理就有劈、敲、湮、碾、剥、镗六七道工序。镗后的篾子变成绕指柔,匀称、平滑、光亮,然后一根根在婆婆、媳妇儿、大姑娘灵巧的手中变成一领领"六九""五七"和"二纹子"。不久,"东北乡席"便走向四面八方,铺上千家万户的炕头,托起大人们香甜的梦和孩子们那喃喃的呓语。

那些年,除了糊涂鸡、老粗布、苇席,叫得响的还有东北乡的教育。西刘桥初中、大码头初中、央上初中,这些响当当的名字就是一块块金字招牌,昭示着二十世纪八九十年代东北乡教育的辉煌。作为县城里的中学,那是以近乎崇拜的目光仰视着东北乡的。所以,一辆旧面包载着一批批中层、一批批骨干，时常飞奔在广码路上，一路东去，直至尽头。走走、看看、听听，渐渐悟得：在这里教育是乡亲的一种盼望，是干部的一种责任，是教师的一种奉献，是学生一种"华山一条路"的决绝。如此，才有了民风的淳朴，管理的规范，教师的认真，学生的刻苦自律。最终呈现出来的就是一批批带着东北乡泥土气息的学子凤凰般华丽飞翔。每次参观学习归来，对照经验找差距，思来想去，最后往往便落脚到那句老话上："一方水土养一方人。"

广码路到了尽头，但通向远方的路并没有结束。它更像一个圆点，在后来的日子里，因了朋友、同学、同事、学生，或者一面之交的关系，我的足迹辐射进东北乡更广袤的深处。

大码头没有海，但这方土地里却沉淀着大海的基因。这基因塑造了一代代东北乡人坚韧实在、豪爽热情而又幽默睿智的鲜明个性。

七

广码路全长十九点五公里，是一条地道的乡村公路。四十多年过去，世事沧桑，但它一直恪守当初的定位，安卧于乡村之间，沉静而恬然。它默默地看着后来村与村有了公路相连；它默默地看着东青高速、庐山路、綦公路、红旗路与自己交叉或平行；它忍受着薄薄的路面一次次被砸烂、被修补，瘦弱的身躯一次次被截断、被连通。面对城市的无限膨胀，它一直在后退，把自己深深地镶嵌在乡村的脉络里。它清醒地知道，繁华与喧嚣于它是毒药，只有乡村才是它生命的依托。乡村在，它将在。

许多次梦见一个人独自行走在空旷的广码路上，或骑车，或徒步；许多次梦见又坐回高中的教室里，或听课，或考试（课听不懂，题也不会做，时间又不够用）。我不会解梦，不知道它们到底隐喻着什么。但醒来时酸甜苦辣的滋味是真真切切压在心口的。我明白，广码路已经渗进我的骨髓，化作潜意识里不可磨灭的因子，成为我生命旅途的地标。

前些日子，我又一次开车从广码路口一路向东，中途因修路未能走完。但我停下车来，踏一踏那黯旧的路面，抱一抱路边的白杨，拍几张路桥的照片，亲切而感动……

大 D·面包·六间房

一

当年大学毕业分到四中，宿舍就被安排在"六间房"。

"六间房"是校园生活区西边一排新建的单职工宿舍，红砖红瓦的它夹在灰头土脸的老旧宿舍和食堂之间，显得新鲜而有朝气。因为它自东向西共有六间，因此人们习惯性地叫它"六间房"。那几年，教育正逐渐步入正轨，学校也陆陆续续分进了大批年轻人。有一段时间，光"六间房"就住着我们十二个单身汉。

单身汉的生活是快乐的。因为年轻，所以就有很多共同的志趣与爱好，比如体育活动。每天完成教学任务后，下午有一小时的自由活动时间。于是乒乓球、篮球、羽毛球爱好者们便拉帮结伙，生龙活虎，乐此不疲，直至汗流浃背，方才鸟儿归巢般地回到"六间房"各自的窝里。因为爱好，所以就特别关心体育赛事。那时，电视还是稀罕物，学校办公室的一台黑白电视自然成了宝贝。一有体育转播，一帮人就早早聚拢过来，边看边评，手舞足蹈，随着宋世雄、孙正平等激情澎湃的解说，年轻的心也一块激荡沸腾。可是这台电视有毛病，有时看着看着忽然一片雪花，要么就一下子黑了屏，引来大伙一片焦急的叹息。这时"电器专家"华圃便走上前去在机身上使劲地拍打。有时图像拍出来了，大家便接着看；有时咋拍都不行，一帮人便怏怏地散去，回"六间房"听收音机里的实况转播去了。

年轻人在一块儿还有一大爱好就是唱歌。那时有一档音乐节目叫《每周一歌》，中午吃饭的时候大伙儿就边吃边听，边听边唱。

像一些流行的歌曲《在那桃花盛开的地方》《十五的月亮》《在希望的田野上》《故乡的云》，都是那时候学会的。学会了，便扯着嗓子唱，引得路过的学生频频侧目。校长有时开会也旁敲侧击、指桑说槐，但依然压抑不住青春的激扬。俗话说"歌以咏怀"。尽管平时大伙只是不走心地唱着玩儿，可有时候某些歌曲也能引发心理共鸣，勾起心中的一缕忧愁。记得有部电影叫《被爱情遗忘的角落》，其中的主题曲《角落之歌》就很中下怀。有时饭罢，一个人忽然无由头地哼唱起来，接着大家就一起用勺子敲着饭碗应和着唱："谁知道角落这个地方，爱情已将它久久遗忘……"尽管有高有低、南腔北调，但依然"如怨如慕、如泣如诉"。因为当时教师地位低、收入少，"非农业户口"的姑娘们都瞧不上。据说，连供销社的那位整天"抹着鼻涕"的售货员，见了老师都眼睛朝天，所以找对象确实令人犯愁。好在月老有眼，爱神不弃，随着教师地位的提高，这一群单身汉们先后走出"六间房"，与有情人终成眷属。

二

提起那些年在四中的生活，有一种叫"大D"的饭食是不能不说的。

那个时候，生活条件还比较简朴。学生们大都来自农村，每周日他们就从家里带干粮来学校，食堂给馏一下、熬点面汤，然后就着咸菜就那么吃。开饭时，几大笼屉热气腾腾的干粮，白的（很少）、黄的、红的、黑的，五颜六色，或用网兜盛着，或用笼布包着，一转眼就被学生们拎得干干净净——那是一个不能讲究吃的年代。

教职工们的生活自然好一些。生活区中间有一大片菜地，白菜、萝卜、茄子、黄瓜……各种时令蔬菜应有尽有。伙房师傅空里就去侍弄菜园，忙时候，没课的老师也去帮帮手，收获的蔬菜基本能够自给自足。平日里食堂就蒸个馒头、炒个菜，毛儿八七地卖给老师们，倒也便宜。可是到了每周四中午就不一样了：吃"大D"！这"大D"

也算四中一绝，绝无仅有！离开四中后再没发现其他地方有这种吃法，况且至今也不知道它到底该叫什么名字。说是包子吧，它是扁的，没肚；说是馅饼吧，它下沿儿是直的，不圆。于是，那帮"英语才子"们就受英文字母启发，给它取了个很形象的名字"大D"。这个创意很自然地被大家接受了。现在想来，估计是伙房里的那帮大老爷儿们图省事而发明了这种吃法：先擀好一张张直径尺把的厚剂子，将剁好调匀的肉馅摊在上面，剂子对折后把边儿压严实，然后摆到笼屉上一蒸，万事大吉。所以周四中午放学的铃声一响，一帮年轻人便从办公室和教室里纷纷走出，往伙房朝南卖饭的小窗口前聚拢过来。个别青年像宝瑞之流不知是饿的还是兴奋，边走边喊"吃大D了"，惹得从旁边经过的女生捂着嘴偷偷地笑。排队，交饭票，领"大D"，回"六间房"……一路上，两只手不停地将"大D"倒来倒去，以免烫伤。更有甚者，如篮球玩得好的小唐，干脆用两个手指顶着"大D"，饼如二人转的手绢般飞旋着……"六间房"门前甬路外边有一排用水泥檩板搭建的饭桌，几个人一围就狼吞虎咽起来。先从上沿儿弧形处下口，咬开软乎乎的皮儿，里面就是嫩香香五花肉的馅儿，溢着油晃晃的汁儿，吃一口香透五脏，美到六腑，至今想来都回味无穷。

"大D"的确大，除了早德这块儿头的，一般人一个足矣。那时，年轻的教师大多有弟弟妹妹们跟着念书，像我和青山、徐刚、连斌、长海等，就需要多打一份，放学后将弟弟妹妹们唤过来犒劳一番。因为羞涩，弟弟妹妹往往躲进屋里悄悄地吃。

相对于几毛钱一份儿的炒菜，一块多钱一个的"大D"的确是很奢侈的了。

三

说完吃的，咱再说说穿的。

131

那年代，人们的衣着还如同那些灰黑色的老旧建筑一样，鲜有亮色。中山装、国防服继续占领服装市场。但是年轻人天性里追求美与新潮，他们不满足于那些千篇一律的款式和颜色，更不满足于农村大集上那些便宜的地摊货，决定到"外面"去走走。

那年初冬，市面上开始流行一种新款的棉衣——防雨绸的面料，里面续以棉子（一种晶莹洁白丝状的化纤材料），外观蓬松饱满，鼓鼓的就像刚烤好的面包，所以人们形象地叫它"面包服"。"面包服"颜色多样，款式活泼，加上它装饰以各种或黄或白或蓝或黑的纽扣，穿起来轻松又帅气，深得年轻人喜爱。

记得是一个周末，"六间房"的众房客们经过充分酝酿，决定到淄博去看看。周六早晨，一行人到县城车站集合后兴冲冲地乘上公交车，一路兴奋，似有赵本山"到大城市铁岭转转"的感觉。下了车，便直奔"张店百货大楼"。在"面包服"柜台前踟蹰逡巡，左比右看，试来换去，千挑万选……最后，在售货员厌烦神情和西斜太阳的催促下，最终打定主意，各自花三五十元钱买下心仪的"面包服"，兴高采烈地打道回府。

从车站骑自行车回家还有好远一段路，大家边骑边聊，兴致昂然。行至三五里处，坐在增庆后车座上的光正忽然喊道："我的面包服呢？"大家一愣，纷纷下车。"老魏？""我没见哪？""宝亮，我去厕所不是给你吗？""我上车放边上的座上了。""在车上，小李不是看你的是什么牌子来吗？"大家你一言我一语，快速回放着从商店出来直到车上这一段的经过，最后一致推定："落车上了！"于是大伙儿急忙调转车头，向车站方向飞驰而去……

周一一上班，"六间房"的青年人一下子改头换面天外来客般集体亮相在校园里。这一胜景犹如平静的湖面上刮过一阵旋风，只惊得一校园人"目瞪口呆"。之后便是喝彩、欣赏、叹息、讥讽……几个"老同志"从眼镜框上面瞟来的那种眼神，至今想来仍令人后颈子发冷。校长私下约谈穿着咖啡色夹克式"面包服"的小初、大簿（"六间房"的青年领袖），提醒他们"最好在面包服外面套件褂子"，要不"太扎眼"……然而，年轻人哪里还能听得进去呢？他们依然我行我素，尽情张扬着自己的喜好与个性。

现在想来，那时的"面包服"实在不够暖和，与现在的羽绒服没法比，甚至连棉花续的棉袄都不如。但它是新生事物，款式新、色泽新，符合年轻人向新向美的性格，所以成了他们的钟爱。

这就是"六间房"！它见证了一群年轻四中人青葱岁月里俭朴快乐的生活。也正是这帮吃过"大D"、穿着"面包服"的年轻人，在以后的岁月里以不甘平庸、求新求变的精神，硬生生把一所名不经传的普通学校打拼成为全市农村高中的龙头，辉煌的成绩成为四中历史上永远的骄傲。

读书杂忆
——兼怀老师

求知是成长的本能，而阅读是求知的捷径。

在一个人的生命中，谁没有过读书的记忆呢？那一本本带着温度的书籍和那一位位引领你、陪伴你阅读的雅慧之士，都是你心灵成长的导师。他们提高了你的生活品位，丰盈你的精神世界，生动了你的生命状态，怎不令人感激和怀念？

二十世纪六七十年代，是少有适合少年儿童阅读的书看的。而这对于那群生命之舟刚刚起航、瞪大双眼渴望认识世界的孩子来说又是多么残酷的事情啊！于是得到一本书、能阅读一本书便成了一种奢望，并为此费尽心思，想方设法。

上学识字后，便有了阅读的觉醒，薄薄的课本已不能满足需求。可是那时家里能看的、带字的，除了母亲用来夹鞋样子的一本蓝布封面的老旧账本外，再就是那本挂在方桌后面土墙上的月份牌（日历）了。读过的课本、正反面都写满字带着大大的红色对错号的作业本，最后都成了奶奶的卷烟纸，随着她干瘪嘴巴地一嘬一吐化作了缕缕青烟。于是闲暇里，一双跑不烂的脚丫载着一颗空荡荡的脑袋，和一帮同龄的孩子整日野蹿在贫瘠的街巷与旷野，延续着野蛮和愚昧的生长形态。

那时，父亲在外地农机站上班，周末常从单位食堂买一点馒头、包子或油条之类带回家，犒劳一下家里的老小——这也成了孩子们每周末的期盼。对我来说，同时期盼的还有那张用来包裹食物的油脂麻花的报纸。等食物分完，我便一边吃一边将褶皱的报纸抻平展开，里里外外上上下下地看图读文，那感觉绝不亚于已咽到肚里的美味。又一个周末傍晚，父亲回来，自行车就支在屋门外的梧桐树下。我和弟弟围过去翻车兜，居然从里面掏出一本书：白色封面，三十二开薄薄的一个小册子。书名已记不清，该是一种曲艺类刊物。里面登载有相声、快板、数来宝、琴书、梆子、小吕剧等。好长时间，这本小册子便成了宝贝，翻看了一遍又一遍，爱不释手。其中《奇袭白虎团》的长篇快板词，到现在还能背出一大段："1953 年，美帝的和谈阴谋被揭穿，它要疯狂北窜霸占全朝鲜。这是七月中旬的一个夜晚，阴云笼罩安平山。在这山上，盘踞着美李的王牌军，号称是常胜部队美式装备的白虎团。伪团部设在了半山腰的一个山洞里，它是能攻易守戒备严，铁丝网一道又一道，地雷密布在前沿……"生动的故事、新鲜的词汇、上口的节奏都深深地吸引了我。由此也发现，文字居然也会是这样的变化多样、生动有趣！这或许也算是最早的文艺启蒙之一吧！

我十岁前后，因为兄弟多，曾有几年过年就被送到姥娘家。我生性内向，何况乡下孩子进城里，更添几分拘束。大人们都忙着过年，我无所事事，就常一个人蹲在街门外，看大街上来来往往的车马行人。百无聊赖间，有时也钻到储藏室兼夏用厨房的东屋里，东扒扒，西翻翻……一天下午，在靠北墙被叉耙扫帚绳子苇笠遮蔽着的一个黑坛子口上面竟找到了一本书！一本厚厚的书！一阵激动，忙拍打掉它上面的灰尘，借着昏暗的光线翻看起来：书没有封面，开头也缺了好多页，泛黄的书页带着烟尘的味道……一看起来就忘了天黑，直到小姨喊吃晚饭，才搓着冰凉的手走出来。

年初二，母亲来接我回去，就捎上了这本书。出了城，沿着公路东边的辅路向北，母亲挎着篮子在前面走，我就慢吞吞地跟在后边捧着书看，身后积雪上留下一溜歪歪斜斜的脚印。回到家，白天不用说，晚上母亲在煤油灯下纳鞋底，我就趴在另一侧看书。沉浸在故事所讲述的情境之中，直到母亲吹灯方才极不情愿地睡下。

书里大致写的是新中国成立前天津一家儿童救济院的故事：一

群孤独无依的孩子在救济院里从事繁重的劳动（比如抬大筐等），却整日粗茶淡饭、破衣烂衫，稍有不慎还要受院方的严苛惩罚，生活在水深火热之中。其中督学视察救济院一段记忆最深：为迎接视察，救济院给孩子们都洗了澡、理了发，换上统一的新制服。中午吃饭，饭菜花样丰富，特别是雪白的馒头随便吃。有一个孩子吃饱后，随手抓了两个馒头掖到衣服里，预备晚上吃。结果，督学一行前脚刚走，院方后脚就把孩子们集合起来，让把新制服都脱下来。这样，那个孩子藏在衣服里的两个馒头也就随着新衣服一起"脱"走了。想来，这段之所以印象深刻大概和吃有关，因为那种饥饿的滋味让我感同身受，极易产生共鸣，也因此产生悲悯与同情……

这是我读的第一本大部头书，虽然一直不知道书的名字，也不知道故事的开头。

这样没头没尾的书还读过两本，一本叫《新儿女英雄传》，是从前街同庆家借来的。没有封面，书名是从书脊残存的文字里知道的。讲述白洋淀地区的老百姓们在黑老蔡的号召下组织起雁翎队打鬼子的故事。另一本不知书名，该是一本短篇合集。竖版，繁体字，半猜半蒙地看，似懂非懂地读，写的是反间谍的故事。记得一篇叫《代号美洲豹》，看得紧张又惊悚。书是前邻司姓叔叔家的，他小时曾随父母在北京人民大学待过好些年。

村小学里教我们的老师多是村里同姓或别姓叔叔、姑姑，蒋老师，司老师，李老师，张老师……教我时间最长，然而真正从读书的角度给我留下深刻印象的还是李曰亮老师。李老师二十多岁，中等个，浓眉大眼。天凉时，常戴一顶军帽，穿军上衣，时髦得很。但眉宇间似乎又永远打着一个结——是因生活的困窘，还是因我们一帮调皮的孩子？他教学认真又严格，深受学生爱戴。记得那是高年级时的一个下午，自习课，李老师拿着一本书走进课堂，说要给我们读篇小说《黎明的河边》。什么是"小说"我们不懂，但一听说讲故事，还是战斗的故事，自然来了兴致，刚才还乱哄哄的课堂一下子安静下来。于是大家就在老师有感情的诵读声中聚精会神地听起来，也很快被那跌宕起伏扣人心弦的故事所吸引。一连几天，下午自习便成了大家热切盼望的时刻。随着情节发展，昌潍大地那激荡的风云，潍河水的波涛汹涌，国民党还乡团的凶残狠毒，革命者的英勇无畏，都在一群孩子稚嫩的心灵上打上深深的烙印。特别是那个十几岁的通讯员小陈坚毅刚强、机智勇敢、不怕牺牲的形象，在那个英雄崇拜的年代，无疑又为孩子们树立起一座膜拜的雕像。当然，让孩子们不能忘记的，还有那只在小陈负伤且将要被汹涌的河水吞没时，奋力衔住主人胳膊最终使他脱离危险的忠义之犬——大虎。

想来，在当时那样的环境里，能自觉给学生找课外书来读，实在是一项"伟大"的举动。它对孩子阅读兴趣的激发、对孩子灵魂的指引，都该是多么珍贵啊！

后来我当老师教峻青先生的《党员登记表》《秋色赋》时，便常常想起李老师，想起他给我们读小说时的情景。

初中是在村子东南三里路的宋王联中上的。那一年大地东风微微，但依然严冰披覆。初一教我们语文的先是常背着手跑步的闫老师，后来换成漂亮的薛老师。初二一年则是常家增老师——民师，一个淳朴壮实的中年汉子。他谈吐风趣幽默，经常给大家讲故事，让课堂变得轻松又快乐。如果说喜欢语文，大概就是从那时开始的。他带着我们阅读，指导我们写作，些许的进步就给予及时的表扬，所以语文学得特带劲。一回，县教研室编辑学生优秀习作选，常老师推荐我写过的一篇写堂弟小林爱学习的作文，我高兴得不得了。放学回家后翻箱倒柜地找，却不见了作文本的影子。奶奶见了，笑着说"我早卷烟吃了"……此事不了了之，但从此我对写作越发感兴趣了。

常老师家在常徐，常徐是我们村东偏北二三里路远的一个大村，所以那村里的同班同学也较多，星期天就常常约着去老师或同学家玩，有时也帮着干点活。同学家去的最多的是新民家。新民个不高，敦实；说话嗓门大，响亮；为人直爽乐呵，人缘好；遇事办法多，就像鲁迅《故乡》里的水生，是个孩子头。一帮同学都愿意找他玩。当然找他玩还有一个原因，就是他家里书多（这大概也与他父亲在一中上班有关），小人书、小说满满一大木头箱子。七八个同学一到他家，先翻书看，看一会儿，临走各人再拿一本。高玉宝的自传体小说《高玉宝》就是从他那儿借来读的。几个同学都喜欢这本书，于是就排号挨个看。先看的喜不自胜，后边的心急如焚。当轮到我时，简直就是一口气读完的。读过了也才知道，听了不知多少遍的故事"半夜鸡叫"，原来只是《高玉宝》中的一个片段而已。

而今，新民已是市里一家颇有名气的建筑公司的老总，事业干得风生水起。今年过年，初中同学毕业四十年聚会，又与他见面，还是那样的爽直热情。聊起从前的岁月，自是感慨万千。他打趣地对我一口一个"教授"地叫，临别还答应送我一套齐笔，我婉拒，他笑言"我又不识字"。淳朴谦逊之意可鉴。后来，他托一个同学专程把笔送到我的办公室。

1978 年，广码路建成通车，将我们村与公社驻地连接起来。那年秋天，作为班内为数不多的几个"优等生"之一，我幸运地"考入"公社高中——广饶县第十一中：校址坐落在颜徐村的西北角，南西北三面紧邻果园和农田。白石灰粉刷的院墙，蓝砖蓝瓦的校舍，大门口外是通向颜三村里的一段东西坡路，院里有一口苦涩的咸水井……我们就像《平凡的世界》中的孙少平那样，在这座如同那年代一样老旧的学校里学习、生活了两年。但是，在这里却遇到一群渊博且认真的老师，给了我们很多学业和人生的教导。他们大多名牌大学毕业或肄业，四十上下的年纪，时代的原因让他们如同一条条蛟龙蛰伏在这个偏僻的小水潭里。

在这里，阅读的状况依然没有改观。有图书室，但没借过几回书，当然也没有空闲时间看。老师上课一本教材、一支粉笔，讲讲讲；学生一本课本、一支钢笔，听听听、记记记。孩子们的心依然半撂荒着，像那盏每晚陪我们上自习的煤油汽灯发出的惨白的光。用"孤陋寡闻"来形容十七八岁的我们是再恰当不过的了。不怕笑话，当时作为高中生，我们对现在连小学生都耳熟能详的"四大名著""唐诗宋词""托尔斯泰""莎士比亚"都茫然不知。视野的逼仄也影响了心智的成熟。有时，老师讲一个新故事或随口而出一个新词时，我们要么惊异，要么发呆，要么无厘头的大笑。无怪乎王春发老师（戴近视镜、穿拖鞋，既瘦又高，极像电影《决裂》中那个讲"马尾巴的功能"的大学教授）怒斥我们："无知！"无知？这又怎能怨我们无知呢？我们怎么会知道你说的"博士"不是我们所能联想到的"博士"呢？

高二，王老师调回掖县（今莱州市）老家。接替他上语文课的是一位师范刚毕业的帅哥老师，自信，阳光，乐观。我由于语文学得相对好，所以也深得帅哥老师厚爱，常常给我表扬鼓励。我因此也越发喜欢语文，学习更加积极主动。比如学习文言文时，老师讲着前一篇，我自己已经在背地里背诵着下一篇了。语文考试也几次考过全班第一。至于在我高考的所有科目中语文成绩最高，自然也是顺理成章的了。

一次上课，帅哥老师说快高考了，要去给同学们买一本课外书读一读。大家听了高兴不已。尽管五角钱在当时是一个不小的数目（那时语文老师的工资也就一二十块钱），可是所有的学生还是凑齐了购书款。那天早上，帅哥老师骑自行车去县城带书（学校距县城有十几里路），大家的心也随着老师一块飞走了——焦急而兴奋。

一个上午心不在焉地上完了前三节课。第四节是自习，课上了一会儿，不知谁大喊一声："老师回来了！"大家忙向外张望，果然，帅哥老师正骑自行车从大门进来，后座上捆着一摞厚厚的书。"哇——""嗷——""啊——"大家激动地欢呼起来，前排及靠教室里边的学生竟然一下拥到教室门口，个别人将身子探出门外……

帅哥老师直接去了办公室，同学们坐回原位急切地等待着老师来发书。一会儿，帅哥老师大步跨进教室，两手空空却一脸愠色。同学们错愕之际，忽闻一声怒吼："谁在那起哄了？"哦，原来是老师误解了学生们的举动。大家吓得大气不敢喘，将头埋在课桌上。帅哥老师见无人回应，径直走到靠南边窗户的小个男生赵同学身边，一把将他抓起，提到了门外……

赵同学就是那个将身子探出教室门口的学生。帅哥老师走后，大家心里很不是滋味：一为老师没有搞清真相，误会了大家；二为赵同学代大家受过。

于是书的事情，大家便不再提起。

晚自习的时候，课代表去办公室将书搬回发给了大家。这是一本叫《语文函授》的书，黄色的软皮封面，厚厚的有两百多页，在汽灯银白色的照耀下散发着淡淡的墨香。因为白天那一出，尽管大家拿到书心里喜悦，但表面上却都很平静。"函授"一词是不理解的，书是近三年的高考优秀作文汇编：1977年《我在这战斗的一年里》，1978年缩写《速度问题是一个政治问题》，1979年将《第二次考试》改写成《陈伊玲的故事》……

这是自上学来拥有的第一本与学习有关的课外读物。它让我见识了高考优秀作文的"优秀"，同时也清醒地认识到自己所谓"还不错"的作文水平的不堪。那年，我们高考的作文题目是《画"蛋"有感》，想必那本"函授"对我们顺利成文是起了很大帮助的。

教"马克思主义政治经济学"的老师姓孟，个不高，人很精干。他的课堂气氛轻松，善于搞笑，深得学生喜欢。一回，某同学上课睡着了，叫醒后，看着他睡眼蒙眬、口水淋漓的样子，孟老师就化用鲁迅的两句诗送他："横眉冷对桌子底，满嘴涎线往外流。"引得一屋笑声。一日，天下大雪，他便停下讲课，给我们讲起了张打油的诗："江山一笼统，井上黑窟窿。黄狗身上白，白狗身上肿。"又一次，因着某个话题，他和我们聊起了清朝末代皇帝溥仪的故事。皇帝御膳的铺张、清宫里的各种规制禁忌、溥仪被废后的寻常生活等宫廷秘史，一下子吸引住了大家，把我们的思绪从幽暗的教室带进了那金碧辉煌、纸醉金迷的紫禁城里。同时，这些故事的出处，一本叫《我的前半生》的书也深深地印在我的脑海里。

读到这本书时已经是工作三年后了。一次去新华书店，发现这本书赫然摆放在玻璃书柜里——墨绿色的封面，溥仪亲笔题写的书名……我于是毫不犹豫地掏钱买下了它。

真正能够自由地阅读是在上大学及工作以后了。那时，社会逐渐开放，文化日益繁荣。古今中外经典名著重印、再版，名家名作、新人新作雨后春笋般层出不穷。书报亭、地摊儿，书店、超市，实体店、网站，图书馆、阅览室，纸媒、电子书，海量的图书填满了生活的角角落落。只要想看随时随地就可阅读。十几年阅读饥渴的灵魂终于可以浸润在浩渺的书海里。

也正如衣食无忧后不知道吃什么好一样，有时面对眼花缭乱的书目，也偶尔会生出疲惫慵懒之心，书橱里的书籍也会蒙上细微灰尘。好在，几十年来身边一直不乏爱书的朋友、同事，他们勤恳阅读的精神常常提醒、影响、激励着我，促使我坚持不懈地读下去。在与他们的相处、共读、交流中，不断增加着阅读的厚度，提升着阅读的品质。"四中"五年，同舍的大卜兄、同一年毕业的广政都是好读者。稻庄街里路西边低洼处那间小书店曾留下我们无数的足迹。"中心"十八年，周峰、李玲、钟声、小郑……读三国、读红楼、读金庸、读三毛，勤读不辍造就了他们的博学、厚重、儒雅，也深深感染着我。而今又十三年，前卫、新潮、睿智、风趣的年轻人小段、小谭、小刘、小张，读刘念慈、读王安忆、读刘震云、读王朔、读余秋雨……我也有幸挤上他们的阅读之舟，一同追逐着新时代文学的潮流。

不久前，第五届茅盾文学奖获奖作品公布，我第一时间网购了一套，计划每年读两三本，再加上订阅的文学期刊《十月》《散文选刊》，足以让自己的闲暇时间溢满文字的芬芳。

回头看，岁月匆匆，白驹过隙，唯有读书让时光变得厚重与踏实；

世事变迁，沧海桑田，唯有读书让记忆更加清晰而深刻。令人遗憾的已成过往，值得珍惜的就在眼前。面对丰富多彩的世界，拒绝物欲的诱惑，按下浮躁之心，保持精神的定力，继续自己的读书梦，手不释卷，孜孜以求，永葆头脑的鲜活，为平淡的日子增添几分优雅情调，何乐不为呢？

换"小米"了

进入多媒体时代，人们的精神文化生活五彩缤纷，曾经独领风骚数十载的电视，也不再风光独占。但就家庭而言，它又是不可或缺的。

儿子早就有给我们换电视的想法，说过几次，都被我婉言谢绝。因为正看着的40寸"TCL"小是小了点，但一直好好的没啥毛病。再说，换下来给谁？往哪儿放？

乔迁新居快一年了，小高层，有电梯，140平，双阳台，大飘窗，装饰、家具一色新，物业服务周到，邻里关系融洽，住着很舒心。近一段，妻子串门回来常常絮叨："你看人家五楼（或三楼、八楼、对门）家的电视多大，显得上档次。再看咱这……换！换！换！"时间一长，我思想有所松动。妻子的这一想法，也在微信聊天时传达给了儿子，儿子说："我给你们从网上买，便宜。"对此我不置可否，妻子却爽快答应，并应承"到时打钱给你"。这不，三四天的功夫，"小米"电视就送到家了。

"小米"果然"高大上"：4K超清高端旗舰智能，60寸……卧在沙发上也不需要戴近视镜了，音响画质俱佳，令人仿佛身临其境。于是，在享受最新电视技术成果的时候，与电视的缕缕情缘也一一浮现在眼前。

喜庆的"囍"

1985年，农村土地改革暖风习习，联产承包责任制所激发出的劳动热情，正让贫瘠的大地焕发出前所未有的生机和活力，人们凭着勤劳的双手，努力改变着一穷二白的生活面貌。

这一年于我同样值得纪念：腊月里，我结婚了。

作为家里的长子，父母对我的婚事极为重视。尽管除了吃饭穿衣，手头上没有多少闲钱，但依然连攒带借，努力想把事情办得体面些。订婚时的彩礼是一辆小轮自行车和500元现金。这些钱物，现在看来，似乎都买不了一双名牌休闲鞋。但是，在当时，却抵得上我一年半的工资。

同样作为长女的妻子，念其为家庭的付出和牺牲（小学三年级就辍学劳动），岳父母便尽量在嫁妆上给以补偿。结婚时，"130"汽车拉过来十铺十盖厚厚的一大摞被褥，还有一台黑白电视机。

电视机是"囍"牌，淄博生产的，14寸，400多元。它鸭蛋绿色的外壳，对称的造型设计，背后一只羊角天线，玲珑别致，招人喜欢。把它摆放在婚房显眼处的高低柜上，天线上系着红绸子，引来人们羡慕的眼光，更为婚礼增添了不少喜庆色彩。

婚后由于两地分居，我与妻子一东一西，都不在家住，只能周末一聚，平时就把"囍"电视机搬到父母屋里。

那时，电视机在农村还是稀罕物件，刚刚解决了温饱问题的乡亲，依然没有多余的财力用到精神文化消费上，所以电视普及率很低，全村没几台。每天吃过晚饭，左邻右舍大人孩子就陆续聚拢到父母的小院子里，将两间逼仄的小屋挤得满满的。

天暖和，父亲就会早早把院子打扫干净，在屋门旁的梧桐树下放把椅子，把电视机搬到上面，前后左右地摆弄着羊角天线，直到把图像调到最清晰。然后再沏上一壶茶，招呼大伙儿边喝边乐呵呵地围着看。那几年，像《排球女将》《血疑》《陈真》《上海滩》等电视剧，就是从"囍"里看来的。

奶奶已80多岁了，精神头很好，每晚也陪着一块看半场。早年听过留声机的她，对这"戏匣子"里那么多小人出出进进就一直很犯寻思。

夜幕下，小院里闪烁着忽明忽暗的光，电视剧的音响伴着乡亲们时时响起的笑声，飘荡在街巷幽蓝的夜空中……小小的"囍"打开了人们未知世界的窗户，给依然辛苦的农家日子带来了些许的欢乐。

听母亲说，为看电视，还曾发生过一个小事件。那年夏天，电视台正播放《上海滩》。一天晚饭后，蒋家胡同北头的三妮儿，就领着五岁的弟弟小庆早早过来看电视。第二集看到一半，小庆困得已睁不开眼，吵着回家。三妮舍不得"许文强"，就让他自己回……过了一袋烟的工夫，三妮儿娘过来接小庆，三妮儿一下慌了神儿。一院子人除了奶奶都纷纷起身，跑出去帮着找孩子。手电、火柴、打火机在胡同街巷、旮旮旯旯里照来照去，三妮儿娘大声喊，三妮儿呜呜地哭，远近的狗也汪汪叫……好一通闹腾，最后在三妮儿二叔家的柴火垛里找到了。看小庆在柴火堆里睡得正香，三妮儿娘也不再数落三妮儿。可三妮儿还是抽抽搭搭地哭，不知是为自己的疏忽，还是为耽误了"许文强"？

后来我调到县城，家也跟着搬过去，"囍"就住在了父母家。

多舛的"青岛"

我进城后的第二年，在单位分到一间平房，简"漏"而潮湿。一下大雨，我便彻夜惴惴，不得安眠。半夜三更，端着脸盆站在床头接雨的情景历历在目。

见同事家大都看上彩电，我也萌生了买彩电的念头。当时彩电属稀缺商品，要买需要托关系、找熟人。多亏了在百货大楼当会计的二叔帮忙，才弄到一台最新款"青岛"彩电：21寸，平面直角，银灰色外壳，时尚大气。

这天，电视送过来，一家人兴奋得不得了，连忙开箱将它请上高低柜。然后对着说明书，先取出室外天线，爬上房顶用铁丝一圈圈儿绑在烟囱上，再把遥控线从窗户缝里顺进屋内。给遥控器装上电池，一按按钮，天线就来回潇洒地转起来。收拾停当，打开电视，鲜艳精美的画面瞬间惊艳了大家，儿子更是高兴地瞪大眼睛，小脸通红……终于看上彩电了！

　　然而，仅仅两天，兴奋劲儿还没过，问题来了——没信号了。开机后荧幕上一片雪花，偶尔有画面也不稳定，像野马奔跑在芦苇荡里。咋回事呢？打开天线遥控器，连接没问题；爬上房顶检查天线接头，也好好的。一连几天都是这样。咋办呢？去大楼一问，说："拉过来看看。"回到家就拆卸、装箱，找一三轮蹬过去，再和妻子一人一边抬上楼。电视是显像管的，块儿大而笨重，上到三楼已是气喘吁吁。一看维修部里那一大堆大的小的新的旧的待修的电视，我想："等着吧！"

　　一个多月，大楼通知："好了。来取吧。"我急忙蹬上三轮兴冲冲地赶过去，修理工冷冷地说："看一下啊，好好的。"装箱，抬下楼，蹬上三轮，骑回家，卸下来，抬进屋，插上天线，满怀希望地打开开关。"啊！"心是一下子凉凉的——跟原来一样，一片雪花。"明明在大楼调试时好好的，弄回来怎么就不行了呢？哎……"叹息中，手就气恼地将天线插口晃来晃去……偶尔向左扳动时，电视突然清晰了。"哎，原来鬼在这里！"我用手一直向左扳着，这样电视图像倒清晰稳定了。后来干脆找来一绳儿，将天线插口拴住向左拉紧，系在抽屉把手上。"先将就着看吧！"但这毕竟不是办法，且时间一长老毛病又出来了，扳、栓都不管用了。妻子连连叹息："没有看彩电的命啊！"

　　没办法，就只好再去找二叔，二叔说："再弄过来看看。"于是就又……（上次过程重复一遍）……焦急地等待中……约三周后，捎来口信："修不好了！""那咋办？""找二叔啊！"二叔很为难地说："要不换一台吧？只是需要领导签字，然后退回厂里，等到再进货时给调台新的。"无奈，只好如此。

在已不再期盼地过了将近两个月后，一天，接到二叔来信儿："电视机来了。"那刻是既兴奋又紧张。小心翼翼地把它拉回家，接好线路，战战兢兢地打开开关，"啊，有图像了！"这大半年的折腾，已是身心俱疲。害得儿子整天这家进那家出，为了看《葫芦娃》《变形金刚》不知受了多少委屈。

1994年，家搬进新楼房，环境好了，电视也从此安然无恙了。现在想想，应该不怨电视，多半是屋里空气潮湿惹的祸……

皮实的"TCL"

2007年，我在惠泽园买了属于自己的第一套商品房。100平方米的户型，多层三楼带车库，三室一厅，一厨一卫，大飘窗宽敞明亮，结构合理实用。地暖加天然气入户，方便干净，彻底告别了扛煤气罐、上下倒腾煤的历史。

装修完全按自己的意愿进行，风格简约雅致。择定吉日搬家，原来的家当看看能带的也只有"青岛"和被褥了。

被褥还是结婚时的嫁妆，二十年，跟着我们一路辗转，从农村搬进城里，从平房搬进楼房，从衣柜搬进壁橱。曾经有几次，我劝妻子："这么多的被褥又用不着，搬来搬去，还要每年晾晒，挺麻烦的。不如问问谁家用得着，分分算了！"但每次她都立眉瞪眼，严词拒绝："没门！这可都是纯棉的！俺还留着给儿子呢！"

这次，想想里外崭新的楼房，再看看低头忙碌的妻子，我又提出了自己的建议："新楼里有地暖，冬天不冷，盖床薄被就可以啦！再说新家具弄进一堆旧被子也不协调啊！"妻子一听，先奚落我什么"穷汉乍富"，什么"狗头禁不起金盘托"，继而斩钉截铁地说："这么好的棉布棉花现在哪里去找？给儿子留着！"我彻底绝望，只好任由她一个人如数家珍般地把被褥一条条搬出来，一条条摊平、叠起，然后用床单包好。

"青岛"呢？费劲弄上新楼，问题就来了——往哪儿放？新买的电视柜黑面白框、精巧典雅，蹲上灰不溜秋的"青岛"，不伦不类；况且电视柜窄，"青岛"机身大，也盛不下。这时，液晶电视已经逐渐进入市场，轻薄机身、高清画质越来越赢得人们喜爱。我说："不行，送人吧？"可一向节俭的妻子还是舍不得。于是，就暂时把它放在客厅飘窗宽大的窗台上先看着，以待时机。

这年教师节前，在办公室报纸里发现一页夹带广告，三联家电的，大意是"为表达尊师重教的诚意，特于教师节期间举行家电优惠酬宾活动，凡持教师资格证的一律 × 折优惠"。拿回家，游说妻子，妻子歪头看看窗台上的"青岛"，犹豫地说："那去看看。"

星期天，持教师资格证来到三联，服务员热情洋溢，详细解说优惠机 40 寸 "TCL"（只这一款）的种种先进性能和价格上的如何如何优惠，加上我的从旁"配合"，终于说动妻子，交上 200 元定金就把电视订下了。

第二天，电视送到，工作人员又按要求打眼、安架给挂到影视墙上，接上有线后打开电视，自是耳目一新。"TCL"窄窄的黑色边框，银白色略带弧形的下边，衬着洁白的影视墙看起来舒适又新潮，尽管当时 4000 元的价格现在想来确实贵了点。

"TCL"的登堂入室，自然让"青岛"陷入孤寂，只好送给了乡下的四舅。那几年，母亲过来一起住。白天，母亲在家，母亲看；妻子下班，妻子看。晚上，一家人一起看。2020 年元旦搬家到渤海尚城，"TCL"也一同乔迁。直到"小米"来，十三年它从没出过毛病，一直任劳任怨高质量地工作着，皮实得很。

新潮的"小米"

如今"小米"取代"TCL"端挂在客厅的影视墙上，妻子也不再为电视的大小而唠叨。每天忙完家务，就泡上一杯日照绿，边喝边看电视，专注而投入，尽情地陪着电视剧主角们或喜或悲。

"小米"的新潮，不只是它有着1厘米厚的超薄机身和超清画质，更在于它的智能化技术：它可以收看有线节目，又能无线上网收看网络节目，一下子颠覆了原来"看电视"的概念，让"看"变得随心所欲、自主轻松。它既可以回放，又能连续看，还可以收藏起来反复看。这不，最近妻子就迷上了网络节目，先看电影，后看连续剧。近一段又跟《大浪淘沙》和《跨过鸭绿江》较上了劲，一集接一集地看，不知疲倦。

"小米"还可以通过无线网络与手机连通，将手机上的文件呈现在电视荧幕上，以提升阅读质量。妻子闻知，说："咱也试试。"便忙不迭地将在老年大学合唱队和太极拳培训班的表演视频投放到电视上，津津有味地欣赏起来。

换"小米"了，收视效果好了，妻子心气也平和了，幸福指数自然就提升了一个档次。将5000块钱给儿子转过去，他却不肯收，说是算他孝敬我们的了。听罢，心里一阵温暖。

只是瞅着落寞地躲在墙角的"TCL"，我暗暗发愁：怎么打发你呢，我的朋友？

乔迁

乔迁，这个词来自《诗经·小雅·伐木》："伐木丁丁，鸟鸣嘤嘤。出自幽谷，迁于乔木。"乔木，高大的树木。乔迁，鸟儿飞离深谷，迁到高大的树木上去。也就是说从阴暗狭窄的山谷之底，忽然跃升到大树之顶，得以饱览明媚宽敞的天地，这的确是令人心花怒放的快事。

10月28日（农历九月十四）正式搬家已近一月。

从8月24日开始进料装修，到住进，到现在已整整三个月时间。想那时，夏意犹浓，匆匆间，已是叶黄风瑟冬渐近。期间忙里忙外，而今端坐在宽敞明亮的新居，享受着地暖肆意释放的热量，惬意中，不免忆起房子的事。

小时到结婚一直在老家住，真正关心房子还是从1988年开始。这一年，因夫妻分居从乡下调进城里，当时单位没有房子，便在附近村里赁得两间民房暂住。恰好房东是老家的一个同姓街坊，论辈分该叫"大姑"。大姑人善良贤惠，相处很是融洽。记得，当时向父亲提起要搬到城里住时，父亲没有拦阻，但从他低微的叹息中，还是感受到他的不舍……那一天，两个弟弟各驾一辆地排车，满载着生活用的橱柜、被褥、锅碗瓢盆，送我进城。从此离开老家，开始了独立生活。到今天我依然忘不了奶奶、父母送出家门时盈盈的泪眼。

在大姑家住了近两年，1990年好不容易在学校要到一间房，从房客摇身变成"房主"，自是兴奋不已。简单收拾后，便搬了进去。由于老房子长期无人居住，又加年久失修，地面十分潮湿，房顶瓦破箔烂，有的地方露着天，只得用塑料布盖住。特别是夏天，每当下雨时，便提心吊胆。像杜甫诗言"雨脚如麻未断绝"，只好将所有的盆盆罐罐对准漏点，叮叮咚咚听雨水的歌唱。最担心的是房顶的瓦片和泥块会塌落下来。于是便将儿子挪到靠墙的"安全"处，自己则两眼紧盯房顶，彻夜不眠。冬天里，为御寒，便用塑料布将后窗封死，屋内则生一蜂窝煤炉，可做饭，顺便取暖。但取暖又谈不上，一丝丝微弱的热乎气实在无法驱走冬的寒湿。也就是在那一年，我和妻子每人买了第一件羽绒服。好在房子的正对面有一厨房，可以做饭；门前有一大梧桐树，可以乘凉；左邻右舍，来来往往，却也乐意融融。尤其是三岁的儿子，走东家，串西家，爬进爬出，甚是自在。

后来，后排的蒋老师搬走了，我们便搬了过去。这一搬可以说是质的飞跃：原来的一间变成了一间半，宽敞了；关键是地基高，不再潮湿；屋顶牢，不再漏雨。还有什么比风雨无忧睡觉踏实更惬意的呢？房前是一宽敞的空地，春天里，便种下一架丝瓜，栽上几畦油菜，绿叶油油，花香清幽，蜂蝶翩翩。丝瓜架下，大人们拉呱、聊天、打扑克；孩子们嬉闹、游戏，不亦乐乎。在这里，儿子读完了幼儿园，妻子则利用闲暇时间，揽活儿，做餐巾，挣钱贴补家用，忙碌而充实。

住楼房，那还是1994年的事。这一年，学校西北角建设的宿舍楼交工。按积分，我分得了三单元二楼202室。当时，县城里住楼房的人还不是很多，能住上楼房，该是很自豪的事，欣悦之情，自不待言。在用瓷砖、地板革铺了地面，粉刷完墙壁后，便择吉日搬进新居。虽是75平方米的房子，砖混结构，也无暖气，但是，对于有过赁房、漏房经历的我们，却是天上人间了。怎能不激动不已呢？记得，搬家的当日晚上，一觉到天明，起床一看，居然入户的木门大开——原来是忘了关门。这便也成了日后经常言起的笑谈。自此便开始了"风雨不动安如山"的生活。我在院内上班，极方便；儿子隔一条街上小学；妻子在工厂，来回走马路……虽然做饭取暖还需要烧液化气、煤炭，但温暖方便了许多。

无忧无虑的日子总是过得飞快，转眼间十三年过去了。十三年来，就是住着这套房子，我们的单位先是迁址西关大街西首，后于2006年合并到原城东中学，更名"一中初中部"；妻子则在单位破产后，"下岗再就业"开小卖部若干年；儿子读完小学、初中和高中，2005年考入四川音乐学院成都美术学院。

十多年来社会发生了翻天覆地的变化，经济大发展带动了房地产业的发展，面积更大，配套更完善，管理更规范的住宅小区如雨后春笋。于是，原来在同一栋楼上居住的同事开始陆续购置新房，相继搬出。我与妻子虽然也几次起意，或因位置不理想，或因手头不宽裕，便一直坚守在原址，直到2007年。这一年，广饶镇政府在孙武路东建住宅小区，因为我们已经划归广饶一中管理，所以没有我们的份儿；一中盖宿舍楼，又因我们的关系不在一中，也不分给我们。这样我们就成了没人管的"舍孩子"，两头没赶上一头。好在弟弟在广饶镇，由于刚在家翻盖了老房子，便把名额让给了我。2009年5月拿到房钥匙，装修四个月，九月份搬入，自此告别了居住十五年的原广饶镇中心初中家属楼。

新小区的名字叫"惠泽园"。三号楼是南临大街的一栋，我住二单元301一室，视野极开阔。100平方米的房子，较之从前已扩大很多。三个卧室，客厅、餐厅，厨卫设计合理，大飘窗采光极好，是养花的好地方。特别是采取地暖式供暖，使冬天形同阳春。天然气顺到家里，一扭开关即可生火做饭，全没有了扛煤气罐、收煤、倒煤灰之苦、之累、之脏。全新的家具、电器，衬着风格简洁淡雅的装修，每每在自我欣赏中获得极大满足。同楼道甚至小区里好多亲戚、老同事、老相识，进进出出，迎来送往，欢声笑语，毫无隔阂。你有事，我帮忙，情同一家，无怨无悔。晚饭后或星期天，出小区门向东散步二百米就是县政府、法院、检察院新址，向北是一片待建的商务办公区，向南是乐安公园和超市。新颖的建筑，鲜艳的花木，葱郁的植被，粼粼的湖水，壮观的喷泉，是娱乐休闲的绝佳去处。看着霓虹闪烁、流光溢彩，听着铿锵的舞曲、欢声笑语，心想，这辈子就住在"惠泽园"了。可是仅仅三年，这种想法又一次改变了。

变化起于2010年冬天。在北京工作的儿子，在一次聊天中说起好多同事都在老家买下一套房子，让它升着值，以便而后在北京买房时可以卖掉交首付。并说自己也有此想法，贷款由他来还，也可以增加一点生活压力。我颇犹豫，因为住着的房子刚刚还完贷款。但是妻子一听却极赞同，母子俩一拍即合。第二天，妻子全然不顾我的反对，竟然跑到渤海房地产去定下了一套房子。然后东借西凑，交上了首付，不久完成贷款手续，拉开了还贷的序幕：每月儿子两千，我们一千。2011年一年央行不停地调高存款准备金率，每涨一次我都向妻子发一通牢骚，五六次后妻子也渐生悔意……到了年底交房时，才发现竟然不是妻子想象的那栋楼，鲁莽可见一斑！

楼到手了，趁着行市好，便想赶快脱手，就在网上发广告，找中介帮忙，然后，期待，期待……可是这套房子有银行贷款，即便卖掉，还上贷款所剩无几。于是周围的人便出主意干脆卖掉住着的这套，那边装饰一下住新楼去。道理如此，但情有不舍。毕竟才三年不到，一切还崭新如初，加上周边环境、邻里关系那样和谐美好，真要卖掉，于心何忍哪？但儿子大了，结婚是需要房子的，买房子钱从何处来呢？几番踌躇后，终于下定决心：卖。信息登出后，便有不少人问询。最后有一年轻人看中，决定购买。

暑假里去山西榆次儿子女朋友家一趟，与未来亲家会面，也基本确定下儿子的婚期。八月二十三日返回，二十四日便着手新房子装修。因为之前与购房人约定的是十一月交房，他把款打过来。时间紧，任务重，容不得丝毫懈怠。购料上料的同时，定下铺瓷砖的师傅；铺瓷砖的同时，约好木工师傅；做着壁橱吊着顶的时候，又找好刷乳胶漆的师傅。封阳台，整体厨房，安灯，装推拉门，卫生洁具，移窗帘，装空调，安热水器……一环接一环，周密紧凑。好在这季节，天气晴好少雨，整天窗户大开，让所谓的"甲醛"尽快发散掉。

十月一日，儿子与女朋友放假回家，此时房子装修进程大半，他们也表达了在北京买房的意向。十月二十八日，星期天，兄弟几个加上几个老同事和一个单元里的邻居，找来一辆车，一鼓作气，一个上午，就把楼上的东西基本搬完了。

搬完了，购房人也把款打过来了，儿子在那边也定下房子了。第二天，就把卖房款给儿子汇去交了首付，也算完成了一件大事。

现在住在渤海尚城的新家里，房子大了，上下有电梯，甚是方便。有时便想：要不是妻子"鲁莽"买下这套房子，现在还真成问题。那套房子卖不了，拿什么给儿子交首付？如今，尽管提起惠泽园，妻子还是眼眶湿润，尽管每月还要偿还一大笔贷款，一还十五年，但是让儿子在北京有了自己的家，一切都值了！

窗外飞来一只小鹦鹉

我从心里还是很喜欢花儿鸟儿鱼儿的，它们能带给人们美丽、生动与快乐。在日子单调时，在生活忙碌中，得空儿侍弄侍弄花草，喂喂鱼逗逗鸟，未免不是一种散淡情怀、怡养心神的好方式。

花常年养几种，都是皮实的，像昙花、虎皮兰、绿萝，不需要刻意打理，往阳台边角向阳的地方一放，旱了浇点水，它们就能蓬蓬勃勃地活，当叶则叶，当花则花。还有旱金莲也是如此，对生存条件要求极低，一养近二十年，每年都靠它自己长的种子繁衍，一茬茬没有止息。

鸟儿和鱼儿却少养，一来不好养，二来养死了会心生失落。所以闲来逛集，可以去花市看看，不买也赚个赏心悦目，而鱼鸟市场是鲜有涉足的。

今年元旦过后，小孙子思达就回老家来了，准备过他的第四个春节。仅仅是隔了半年，他已是一米一多的个头，手脚健壮。尤其是语言表达与交流已完全没有障碍。有时细瞅瞅，那做事儿的专注，说话时的一板一眼，对不喜欢的事儿干脆地说"不"，完全是个大孩子模样了。

农历每月逢三、八，是商贸城大集。闲来无事，便带思达去转转看看。卖菜的，卖肉的，卖瓜果的，卖鱼虾的，卖衣服的，卖玩具的，琳琅满目；男女老少，买这买那，熙来攘往，摩肩接踵……也让"15后"出生的大城市宝宝感受一下乡村"露天超市"的独特魅力。

腊月十八早饭后，我又开车带思达去赶集。集上东西南北的转一通，瓜果蔬菜杂七杂八就装满了拉杆车。正从商城北门向南走，忽闻前边鸟鸣啁啾。"黄鹂！黄鹂！爷爷看！"思达扯着我的衣襟急切地大声喊着。我循声望去，果然前面不远的地方是一个鸟市。走过去，他又喊："我要黄鹂！我要黄鹂！"北首卖鸟的是一个中年人，穿着一件长款的黑羽绒大袄，包着头，笑眯眯地说："这不是黄鹂，是鹦鹉。"我低头问思达："喜欢吗？""喜欢！喜欢！"我说："好。那你背一下'两个黄鹂……'。背过了，爷爷就给你买。"于是，思达头一扬就大声背起来："两个黄鹂鸣翠柳，一行白鹭上青天……"背完了，我说："好，那就买。"奶奶便问价格。卖鸟人说："一对一百五。""这么贵？不要！不要！""要！要！就要！"思达不依不饶。其实我也早有想法，就一个孩子在家，整天翻来覆去就是那一堆积木、那两本故事书也不免乏味。倒不如给他买些小鸟小兔一类的小动物养着：一来让他玩得开心，二来也可以培养一下爱心。于是我便与卖鸟人讲价，卖鸟人倒也通情达理，见小孩子喜欢，我又真想买，便慷慨地说："好吧，那就算一百三十五吧！"奶奶还想再往下砍，我说："好了。就这样吧。"思达选好了，卖鸟人便麻利地把两只小鹦鹉从大笼子抓到一个精致的小笼子里。"给你们搭上个鸟笼子。"他边扣着笼子门边强调似的说，"这是一公一母，以后会下蛋、孵小鸟的。"那神情好像我们捡着了个大便宜。回来的路上，思达不停地把眼凑到笼子前："鹦鹉，鹦鹉，真可爱！"

喜欢小鸟等小动物，其实也是孩子的天性，想来我们小时候谁没养过小鸟呢？只不过那时都是自己动手，就地取材罢了：屋檐底下砖坯洞里掏鸟窝儿，跐着梯子摸小燕儿，麦子地里找鸭蓝儿……那种浑身光溜溜的雏鸟，一张黄口裂得比头大，整天一副吃不饱的样子。我们便给它逮蚂蚱、捉小虫、喂小米，喜欢得不得了。但这种野生的小鸟大多活不长，不久便夭折了，惹得孩子们眼泪汪汪。

小鹦鹉买回来，思达的日常活动中就又多了一项内容：每天给小鹦鹉添米换水，晚上的时候用旧毯子把它们笼盖起来，以免冻伤。

思达倒是乐此不疲。没事了，我也陪他蹲在笼子边与小鹦鹉说说话，一同欣赏它们的表演。

甭说，这小鹦鹉样子还真漂亮！红红的尖嘴向里面弯着——这是它典型的特征——黑色的小眼睛，亮亮的，外面套着一圈白白的边。喙上端一道白色横线。头顶上是淡红的毛，围脖与腹部是浅黄色，翅膀羽毛墨绿，尾羽则由黑变蓝。两只爪子细长锋利，可以牢牢地抓住笼子细细的钢丝，上下前后左右，自由地跳转腾挪。

笼子一边留有两个小口，口外边分别挂着一个水盒，一个食盒。渴了、饿了，两只小鹦鹉就轮流在这喝水、吃米，不争不抢。它们特别喜欢吃一种带壳的红谷：啄一两粒谷子含在嘴里，不见嘴动，只听见一阵清脆的碎裂声，随即便有谷皮从嘴角飞出来，娴熟而迅速。

也许是惺惺相惜，也许是久处生情。两只鹦鹉大多时候是卿卿我我、亲亲昵昵的样子：你给我啄啄嘴，我给你梳梳羽毛。有时，一只鹦鹉踞在那儿，抻着脖子，一缩一缩，嗉囊一鼓一鼓，好像往外吣着什么。然后张大嘴巴，另一只鹦鹉就把嘴伸进它的喉咙里……这时，我忽然想起鱼鹰捉了鱼来后把它吐给渔翁，老燕子打食归来吐出来喂食小燕子的情景。假如是那样，那带着温热的濡软的食物，在一个的胃里研磨后吐出来再喂到另一个的口里，该是何等的亲密与情爱呀？

吃饱喝足了，两只鹦鹉就放开喉咙叽叽喳喳地叫个不停，一唱一和，传达着不为人知的愉悦和欢欣。但它们又很善解人意，中午和晚上，人们睡下时它俩也一声不吭很知趣地睡去——互相偎依着，像一对小情侣。虽然不打架，但有时调皮起来就会用尖利的喙去拉拽对方的尾羽，每拽下一根，就叼在嘴里，自在地摇来摇去。另一只也不生气。我猜：这是它俩闲极无聊的游戏，还是为了打磨长喙以利于进食？于是就捡些小树枝或硬纸板放进去，任它们撕啄。它俩倒也不客气，不多会就变成了一地碎屑。

毕竟生着一双翅膀，总也初心不忘。除了在笼中扑棱一番，小鹦鹉还有几次"越狱"成功。一回，我去阳台拿东西，顺便一看鸟笼：嗯，空空如也。再一瞅笼门，打开着。"鹦鹉呢？"四下环顾，不见踪影。"在这！在这！"小思达兴奋地在我身后喊起来。我一回头，哦，原来它俩儿正踞在昙花枝子上瞅着我们呢。于是，爷俩儿便一人一个，在鹦鹉极不情愿的大声抗议中，将它们送回笼子。并把笼门用铁丝拧紧，以防它们再次用嘴挑开。

那是一天上午，游戏间隙，我正在沙发上看书，忽然思达对着阳台惊呼："鹦鹉！鹦鹉！"我抬头一看，果然，阳台窗外防护窗的横栏上踞着一只小鹦鹉。看那颜色，我断定是和笼子里的一模一样的，只是毛羽更顺滑、更鲜亮。我示意思达不要说话，赶忙躲在客厅与阳台间推拉门边的窗帘后，打开手机录起来。只见这只鹦鹉正缩着脖子往里面瞅，不时用嘴敲敲玻璃，再伸长脖子左右摆着头，显得很急切的样子。笼子里的鹦鹉也发现了外面的来客，激动地扑棱着翅膀，大声叫着，来回跳着。外面的鹦鹉进不来，焦急万分，于是就顺着横栏跳着向左移动，似乎是想寻找入口。无奈，冰冷的玻璃最终阻断了它的努力。移动中，它一个失足，双翅一震，顺势向下飞走了。阳台上的鹦鹉鸣叫两声，一阵愣怔，随即安静了下来。小思达赶忙跑到阳台上，扒着玻璃向外望。已经不见了小鹦鹉的踪影。他失望地问："它还会来吗？"

"是啊，它还会来吗？"我也在寻思。这种小鹦鹉在我们这儿的自然环境里是很罕见的。它究竟是一直生长在野外的自由之身，还是养在笼中成功的"越狱者"呢？那么，它的来访是匆匆飞过时无意的落脚，还是听到了同类的鸣叫、瞥见阳台里绿的叶红的花儿，就以为找到了春天呢？茫茫鸟海，相遇不易。我知道，这一见太多偶然，再见很难。但我还是摸着思达的头说："等疫情过去了，它还会来的。"

也多亏了一对小鹦鹉，在春节疫情暴发时不能出门的两个多月里，给生活增添了几分欢乐与趣味。有小鹦鹉陪伴，小思达也很乖，不出去就不出去。每天黏着放长假在家的我做游戏、搭积木、讲故事、背唐诗……说起背诗，现在孩子的记忆力是很叫人惊讶的，一首诗两天就能背熟。有时周一我一次录下三首诗，在吃饭、游戏时就一遍一遍地循环播放，也不刻意教他。到周末一检查，除个别地方生疏外，基本能背下来。孩子的无意注意确实强大！这次一共来待了一百来天，就能背五十多首诗词呢。

因为时至春天，我特意选了七八首描写春天的诗让他背。背过了，我就跟他玩儿"飞花令"。我说"写花的"，他就背："竹外桃花三两枝""花重锦官城""春城无处不飞花"。我说"写雨的"，他便背："天街小雨润如酥""好雨知时节""渭城朝雨浥轻尘"。我提"写鸟的"，他便背："两个黄鹂鸣翠柳""月出惊山鸟""旧时王谢堂前燕"。我说"写柳的"，他便背："客舍青青柳色新""碧玉妆成一树高""绝胜烟柳满皇都"……这些诗给他讲一讲，也大致能懂得。有时看到思达自己搬着 iPad 摇头晃脑地边背边录，心里便充满欣喜：虽然还走不进室外的春天，但阳台上有鸟语有花香，室内有诗有儿童，这不就是最美的春天吗？

我喜欢看新闻，关注疫情发展，思达也跟着看。虽然他还搞不明白这个世界究竟发生了什么，但时间长了，他知道"疫情"是不好的事。所以每次出门，他都先喊一声："疫情，戴口罩！"还时不时冒出一句："新型冠状病毒感染的肺炎。"我想：在思达四岁的这个春天里，他的语汇里除了唐诗、宋词、伊索、安徒生、小鹦鹉，还多了一个由十一个字组成的传染病的名词。

有时疲倦了，思达也会站在阳台窗户前，双手握着栏杆往外看：看马路上零星驶过的汽车，看飞过天空的自在的小鸟，看东风摇动着翠绿的树梢。有时，偶然看见楼下或对过小区里出现孩子的身影，就兴奋地叫："快看，快看，有小朋友出来玩儿了！"急切得就像那只来访的小鹦鹉。

三月末，形势好转，疫情防控级别调低，小区解除封闭，小区居民戴了口罩可以自由出入。孩子们在大人的看护下陆陆续续走下楼来，如同一群久未谋面的小鸟儿迅速聚到一起，说说笑笑、蹦蹦跳跳，一张张稚嫩灿烂的笑脸衬着粉红的榆叶梅、金黄的连翘，明艳了春天的色彩，也将疫情带来的压抑与晦暗驱赶得无影无踪。

阳春三月，风光正好。我便开车拉上思达，带着小鹦鹉走进春的怀抱：去乐安公园放风筝、看芍药，去孙武湖畔划船、坐小火车，去沟渠田头摘香椿、剜荠菜……感受自由的美好，呼吸大自然清新的空气。

五月底，姥姥来带思达去北京。临行前思达问我："能带着小鹦鹉吗？"我说："小动物不能上火车。"思达嘴角一抿，不情愿的样子。停顿片刻，说："那孵了小鸟，给我留着。""好的。"我说。

思达回北京了，一双小鹦鹉还是那样快活地吃喝、歌唱、嬉戏。只是到现在大半年过去了，还没有像卖鸟人说的那样"下蛋""孵小鸟"。

但我常常想起那只来访的小鹦鹉：美丽孤单的它，现在去哪里了呢？

养花散记

我也"养花"。

但"花",姑且称之为花;说"养",似乎有点矫情。一是因为花的来路。多为自己扦插、下种培育,或者是别人相送,普普通通,不名贵。二是由于养花的目的。对花用不上太多的心思和精力,也缺乏养花的技术和经验,只为让这些皮皮实实的花儿们伴我一同粗粝地生活。

恒久的旱金莲

旱金莲,我们叫它旱莲,已经养了有二十来个年头了。那时还是在府前街西首镇中心学校上班。办公室里有个刚毕业的姑娘,她在办公桌南边的窗台上养着一盆旱莲——圆圆的叶子,每朵花五个红色的小花瓣,鲜鲜艳艳的,煞是令人喜爱。待种子成熟,我便向她讨得几粒,从此开始了养旱莲的经历。

旱莲是极好养的。弄个盆,装上土,埋上种子,浇透水,你就静等它发芽吧。我种旱莲多是在每年的八月十五前后,跟种小麦同时。种前先将种子泡一宿,以利于发芽。这样过十几天,嫩芽便破土而出。

旱莲,顾名思义是极耐旱的。当你发现盆里的土干硬时,只要给它浇足水,它便蓬蓬勃勃地长起来。它对土壤没什么要求,不用施肥;它不招病虫害,也不用打药。太阳光强点弱点、温度高点低点都能长,极泼辣。

从埋下种子到开花约莫得一个半月。因为阳台白天暖,晚上凉,

161

就很好地控制了它生长的速度，无形中延长了花期。从第一朵花开放，整整一个冬天都有花看。倘若你九月十五种上几盆儿，它的盛花期正好在春节前后。喜庆的日子里，一阳台如火的旱莲该是多么赏心悦目的事情啊！

旱莲属于藤蔓植物，如果光照、水分充足，它的蔓会长得老长，那就需要架一架。如果你想让它矮壮一些，那就少浇水，旱着它点。

在楼上养旱莲没有风，又没有蜜蜂蝴蝶的帮助，所以需要人工它传花授粉。你可以用一根棉棒，在那些盛开的花朵的花蕊上，挨个轻轻地蘸一蘸、涂一涂，这样黄色的花粉便互相传授给对方。授过粉的花朵当花瓣萎谢后，便在花蕊处留下米粒般的小豆豆，这就是种子的雏形。这些小豆豆慢慢长大，最后长成青豆般带棱的种子，颜色也由青变白，用手轻轻一碰便掉落下来。发育好的一朵花能结出三粒种子。三粒种子相拥而生，饱饱满满，叫人喜欢。将这些成熟的种子收藏起来，也收藏起了来年的希望。

旱莲种子的发芽率是极高的，一般种下几粒就会长出几棵。有些自己落在土里的也不时冒出粗壮的嫩芽儿，叫你都不忍心拔掉它——留与不留，有时是一种艰难的选择。

旱莲的品质又是极其稳定的。二十多年里，它跟随我家从中心学校搬到惠泽园，再从惠泽园搬到渤海尚城。不知盆儿换了多少个，土换了多少遍，但它依然是墨绿的叶子、深红的花朵，绿得那么纯，红得那么正。

这些年里，它伴着岁月的恒久成为生活的一部分。家有旱莲日日红，那份小情调自有心知——希望，期盼，关注，呵护，收获，满足，怡情悦性，等等不一。就如同养孩子，无时无刻不牵扯着你的情思，不能割舍。

无名的兰草儿

爱花的人便常有关于养花的交流。

去年秋，李老师送我几颗种子，蒜瓣状。告诉我现在种上春节可以开花，很香。但不告诉我它的名字，让我猜。

于是，怀着一分神秘，带着几分期待，在新买的花盆里极细心地将种子埋进松软的土里。

在秋阳的温馨里，在清水的滋润中，不久，种子便萌生出尖尖的嫩芽。白生生的芽尖，活泼而茁壮，噌噌噌地往上长，很快便变成绿绿的叶子。叶子越来越宽越来越长，像麦苗、像韭菜，绿盈盈地长满了盆子，看着煞是喜人。心想：只这一盆碧绿已是绝美风景，倘若日后花开又该是一番怎样的景致呢？

想着想着，茁壮的叶丛中便探出了一根根花茎，顶端一排青色花苞，碧玉簪子一般。花苞越来越大，颜色也由绿变白……

某日不经意间的一瞥："哇，花开了！"花苞顶端裂开成六片花瓣儿，中间是状如贪食花蜜的蚂蚁样的花蕊，其色白如玉、如瓷、如绢、如丝。奇异的是，在花瓣内侧有一抹橙黄点缀，愈显得花儿晶莹剔透玲珑别致。俯就轻嗅，香气幽幽，直达心腑。

此后，每条茎端花苞次第开放，从前到后，待开的，半开的，盛开的，开倦的……如高速摄像，一条茎就演绎了整朵花生命的全程。花开满枝，通室芬芳，让人感叹这微小的生命却有这般能量的释放。

夜幕严闭，将花盆轻移客厅，映着上面雪白的灯光，衬着下面洁净的地砖，每朵花都冰雕玉琢一般，尽显清丽雅致之韵味。

于是，又生出一探其名之究竟的想法。送花人不说我便不问，凭直觉应是兰草之类。上网搜寻，又确未发现完全相似之花，同时知道兰花有一个庞大家族。兰花原产中国，也叫胡姬花，有春兰、蕙兰、寒兰、建兰、墨兰、春剑、莲瓣兰等七大品种。古人有"一茎一花叫兰，一茎多花叫蕙"的说法。那就是蕙兰了？可对照图片又迥乎不同。春、寒、建、墨一一比照，几无相似，只好作罢。既然花已赏过，香已闻过，还管它叫什么名字呢？

初次种植经验不足，水分与温度控制不当，让它早早开放，也早早凋谢了，没能赶上春节。但心里没有遗憾，毕竟一睹了它的芳容。

我把花盆安放于阳台一角，薅掉枯萎的茎叶，将种子留在土里……

惜开的昙花儿

昙花开了，而我发现时已是第二天早晨，只有开败的花朵垂着长长的茎，像一只殒去的鹤。心里便有些许惋惜！

昙花开本是能感觉到的，因为它的香会浓浓地灌满一室。所以当回家打开房门的那一瞬间，浓郁的香气就会告诉你"昙花开了"。在平时，我便会急忙将廊灯打开，拿个板凳在它身边坐下。两三个小时，静静地看它花瓣慢慢地裂开，渐渐袒露出洁白如玉的心腹，再将满蕴的香气汩汩地吐出。然后，再徐徐地收起、合拢……

这次的错过是缘于前一晚的酒。两杯白酒入肠，人便微醺，酱香的香便盖过了昙花的香。嗅觉一失灵，虽然它近在咫尺，但却浑然不觉。

当然，感到惋惜，还是因为这次仅有一朵开。这已是昙花今年的第三次开放。第一次，是在春末，开了三朵，令人兴奋。第二次是在初伏天，一次竟开了十七朵，前前后后，从上到下，一树的白花，美艳到令人应接不暇，香气也要把人熏醉了。我不得不将阳台的门拉上，只留一道细细的缝儿。有了第二次的轰轰烈烈，我以为今年的它应该花意已尽了。没想到秋初的一天，竟又见一花骨朵孤独地躲在叶子的深处。我想，它独自悄悄地来，既不像第一波那样急着赶早，又不像第二波那样抱团扎堆儿，一定是性情文静又羞涩的一位。于是，我便留意它，看它的花苞一天天变大，花茎弯弯地向上翘起，感觉离开放已没有几日……然而我却错过了。

这棵昙花是五年前小段送我的。一根小拇指粗细的干上，垂着几片蔫软的长叶子，有七八十厘米高，栽在一个沿口缺了一角的陶土盆里。他让学生给我搬过来，并嘱我换个大盆，旱了浇点水即可。我照做了，去集上为它买回一个直径五十厘米的大盆。从此，在新的家里，它便从老干上、从土里的根处陆陆续续冒出一根根碧绿的新茎，直挺挺地往上钻，一米，两米，三米……茎端生叶，叶上长叶……如今已顶到楼板，成了翠绿茁壮的一丛。因为担心它厚重的叶子会把茎压断，再说弯折杂乱的叶子也显得邋遢，所以，我就在花盆中央埋上一根锹把粗细的铝合金杆，从下向上一层层用铁丝将茎干固定、把叶子理顺，这样，整棵昙花就显得利落、精神。2018 年开始开花，然后逐年增多，没想到今年却是如此热烈。

"昙花一现"，对很多人来说是难得一见的奢望。但家有昙花后，看昙花就不再奢侈，每年总有那么几次与它相遇的机会。尽管每一次都是在天色完全黑下来之后，它才显露真颜，而且时间很短。但每一次、每一朵的绽放，都是那么倾情、那么洒脱，全心全意，根本就不考虑有没有人欣赏。我开，故我在——也许昙花之美正在这里。

然而，我还是念想着错过的那朵昙花儿。既然相遇，便是机缘，要不留惋惜，为昙花，为赠者，为自己。

"骑"乐无穷

一个人蹲办公室时间长了，就会出现"办公室综合征"，比如食欲差，颈、腰椎痛，发胖，心脑血管问题，等等，因而运动就成了一种盼望。

去年冬季来临的时候，朋友说我们一起骑自行车吧，我欣然答应。于是便锁起骑了四年的"欧豹"电动车，买了一辆崭新的轻便"永久"。

从家到上班的地方有七八里的路程，这样每天两个来回就是三十里左右的路。开始的时候，感觉有些远，但时间一长轻车熟路便甚觉惬意。于是，锻炼也就成了一种自然，全没有了过去或早或晚那种为运动而运动的刻意。

这样每次比原来提前七八分钟出发，骑车到学校后浑身热乎乎的，手脚颈腰活动开了，心肺舒张开了，血液循环也通畅起来了。渐渐地腰不痛了，颈不酸了，食欲上来了，凸起的小腹也回去了，连原来冬天常有的几次感冒也不见了踪影。上一周在学校组织的体检中所有指标均正常，一切硬件都很"硬"。这大概就是骑车的功劳吧！

骑车最大的好处还是心的自由。

没有了骑电动车时精力的高度集中与紧张，心闲适下来，也便自由起来。结伴时，可聊东侃西，谈天说地。独行时，沿途自然风光尽收眼底，世间百态饱览无余：可尽情地沐浴春风的和煦，可恣意地享受夏雨的放肆，可散漫地欣赏秋叶的翩飞，可悠然地回望白雪碾压后的轨迹。看情侣相拥而行，边吃边窃窃私语；听小商贩们五花八门的吆喝，悠扬悦耳、此起彼伏；红绿灯前如龙的车流，大街两边闪烁的霓虹；枝头飞跃啾啁的小鸟，草地里几只追逐的猫、狗……一切看也随意，想也随意，任世间五彩缤纷，心中却自有一片自由的天地。

身心的获益使我更依赖于"永久"，一天不骑就觉得不自在。特别是双休日，回老家骑车，访朋友骑车，就连去孙武湖旅行也骑车。

现在天渐渐热起来，朋友说该骑电动车了，我摇摇头："算了，还是自行车好！"

在《读者》上曾读到一篇文章《牵一只蜗牛去散步》，觉得很有道理。是呀，在生活节奏愈来愈快的今天，自己适时地调慢一下速度，你将会有意想不到的收获。

又是麦花飘香时

春末夏初，小麦拔节抽穗，空气中便弥漫着幽幽的麦花的香味，甜丝丝直入心脾。每当此时，便会勾起我对高考的回忆。

那还是二十世纪八十年代初，高考对绝大多数人来说还是神秘而陌生的。毕业班里，教师自由地教，学生自由地学，家长供以衣食，各方都没有太多的压力。临近考试，时间依然宽松，下午第三节课后到吃晚饭足足有两小时的自主时间。于是几个要好的同学便相邀出一中南门，向西爬过一道大沟，来到一片麦地里，分头找个田垄或水渠边一坐，掏出书本便琅琅地背起来。时值五月，扬花时节，麦梢齐着眉梢，和风伴着清香。举目望，夕阳欲坠红霞满天；低头看，蛾飞虫爬野花点点。身处大自然的怀抱中，心神怡悦，故而记性特好。不知不觉中天色渐晚……有人招呼一声，大伙便东一个西一个从麦地里露出头，舒展舒展腰肢，拍拍屁股上的土，说笑着回校去了。日复一日，直到小麦被放倒，而此时距高考已为时不远了。

二十多年来，那段往事依然历历在目，特别是那幽幽的麦香一直芬芳在心中。而2005年的春夏，让我再一次亲历了那魂牵梦绕的一幕。

儿子在四中读书。三月份艺术专业过关后，为确保文考万无一失，我决定去"陪读"。于是乎，买电动车、赁房子、搬运起居用品……准备就绪，我便每天傍晚下班后骑车去稻庄陪儿子一宿。二十里的柏油路贯穿于碧绿的田野间，带着妻子为儿子准备的各种美味与营养品，也带着全家的希望与祝福，过桥、绕村、穿林，一路上清风拂面，路两边麦浪滚滚，心中是无限的惬意。到"家"时多已暮色苍茫，我就拖把椅子坐在院中梧桐树下听听收音机、看看书，消磨着时间。

所赁房子距学校不远，中间只隔着一大片的麦地，在院子里就能听到学校放学时的喧哗。儿子十点到家，洗涮一番，吃点喝点，就伏案苦读起来，我也捧本书斜倚床头静静看着。有时从城里捎几本"金考卷"之类的，仗着自己的文科功底尚可以与儿子切磋研讨一番。这样每天坚持到十二点。躺下后，父子俩再谈天说地闲聊一会儿，当然更多的是精神上的抚慰与激励，不知不觉中便沉沉睡去。夜风和煦，浓郁的麦香透窗而入溢满房间；窗外，月朗朗，星点点，虫鸣唧啾，一切都安适而静谧……每天早上五点，在《太阳出来喜洋洋》轻柔的闹铃声中，儿子起床去上早读，我也踏上返城上班的路。

三个月来去匆匆，心中有希望，儿子很努力，故而乐此不疲，一路风尘全淡化在那幽幽麦香之中了。小麦青了，黄了，收割了。不久高考结束，结果自然如愿以偿。

一年一度五月天，又是麦花飘香时。2006年高考在即，莘莘学子也开始了最后的冲刺，焚膏继晷，不遗余力，勤奋苦读。而每个学子的背后又有亲人多少关注的目光、热切的期盼和辛劳的付出呢？想必其中定然会有许多生动的故事，而每个故事里也定然少不了那麦花的芬芳……

茉莉花开

初秋的一天早上，到菜市场买菜，见一卖花妇女的三轮车上载着几株茉莉花。花株虽不大，却满枝的白色花骨朵。于是便花八块钱买一棵，回家找一空盆栽好，摆放在客厅宽大的窗台上。

窗台光线极好，暖暖的阳光很快就晒开了一朵朵洁白的花儿，满屋子茉莉香气。每每回家先深深地吸上一口，那真叫香透心脾。只是一茬花开的时间前后不过一星期，然后便一朵朵飘落在窗台上，花梗也渐渐枯萎。

但是，不几天，从萎落的花梗的两侧便又生出两片新的叶芽，而且每个嫩芽上都顶着花骨朵，在和煦的阳光下与枝条一同生长，然后绽放……

第二茬开完后，天气转凉，新生的枝条生长渐慢，可是从靠近根部长出的两根枝条却杆粗、叶大、长得快。它们不像其他枝条紧靠着枝干向上生长，而是向旁侧斜逸而出，足足有两尺长，舒展在阳台宽大的空间里，尽情吸纳着温暖的阳光，为本不美观的花株增添了几分姿色。我时常拨弄着它们，端详着它们，想象着它们花朵绽放、清香四溢时的情景……

一天，两天，三天……一周过去了，其他的花苞已渐露白意，可是这两根长枝却依然贴着玻璃向上窜，粗壮的枝条、墨黑的叶子、硕大的"花苞"……一日，我问妻子："这两根长枝怎么还不开花呢？""是滑条子吧！""滑条子？不可能！你看这儿都有花骨朵了。"妻子坚定地说："什么花骨朵，那是叶芽！"我不相信，如此茁壮、如此美观的枝条怎么会不开花呢？

耐心地等待，等待……又是几天过去了，其他的花苞已经咧开嘴，且有缕缕清香溢出了。再看那两根长枝，还是依然如故，貌似花苞的顶端不断生出片片叶子，延伸，延伸，拼命地掠夺着阳光。此时我相信了妻子的话，不再抱有幻想，不再怜惜这华而不实的东西。找来剪刀，"嚓、嚓"两下从根部剪下，随手一团，丢进了垃圾桶里。

　　如今，剪掉滑条子的茉莉又绽开了一层素雅的花朵，香气馥郁在这温馨的秋日里。

遥远的邮包

上午放学时，门卫师傅喊住我，交给我一份邮政快递单据，看着上面大而草的字体和寄出地成都，我立刻明白了。"这小子，搞什么名堂？"我寻思着。

回到家，妻子正在择菜，见我托着箱子，问道："什么宝贝？""是儿子寄来的东西。""快打开看看！"妻子边说边找来剪刀，我沿着箱子口轻轻地将胶带剪开——啊！原来是一箱四川风味小吃"泡凤爪"，足有20袋。翻倒箱底，有一纸条，打开，只见上面写道："祝爸爸生日快乐！"

妻子恍然大悟："噢，后天是你的生日。这是儿子给你的生日礼物。"

吃饭时，我斟上一杯酒，撕开一包"凤爪"与妻子各捏一根吃起来。四川风味的确名不虚传，那味道火辣辣的只往嗓子里钻。妻子一边倒吸着凉气一边感慨地说："儿子大了，懂事了。"

"是啊，儿子大了。"

儿子生于1987年，那时日子还比较清苦。妻子是服装厂工人，便很少买衣服，常用边角料拼对出小裤小褂给儿子穿；吃饭也是大人吃啥他吃啥，很少两样。幼儿园时换了仨地方，老师的评价都一样：老实，听话。不会骂人，更不会打架。最拿手的就是逼急了大吼一声，威慑对方。至于学了什么知识不记得了，唯一的记忆就是至今还藏在抽屉里的两张"美术作业"：一张叫《格子布》，一张叫《许多花》。

1993年秋，儿子入小学读书，由于是正月的生日，在同级孩子中，要小出半年，学东西有些吃力。但我总觉得还小，就随他学吧，加之我与妻子各忙各的工作，对他也不太用心，更无教育经验，所以小学的学业是平平的。唯一的爱好是语文，那还是由于在四年级的时候，语文老师生病，临时由一个姓曹的男教师代课，因为该教师很善于夸奖孩子，所以儿子上语文课特带劲，语文从此学得也好起来。最拿手的作文是《学校的小水池》，从三年级写到毕业，开头是这样的："学校的东南角有一个小水池，池子里有一些小鱼儿……"

上初中时，儿子来到了我任教的学校。那一年我刚好担任新生年级主任，而妻子下岗后开了一家小商店，于是白天忙，晚上也忙，常常留儿子一人在家写作业，商店打烊回到家儿子早已睡熟了，至于儿子作业完成如何，干了什么无从知晓。一次在家收拾房间，掀开褥子，赫然一片《七龙珠》连环画本，床体抽屉里缴出了一支冲锋枪，还有游戏机，满本子的变形金刚画得栩栩如生……每次考试成绩出来，常令我这"级头"很没脸面，有时气急了，也少不了训斥一番，甚至揍一顿。但过后，就常常自责与愧疚，用妻子的话说，就是"教好了人家的孩子，却耽误了自家的孩子。"是啊，细细想想能怨孩子吗？不觉间三年很快就过去了，儿子蹿到一米七几，身体健壮，篮球打得很好。毕业时有老师建议我给儿子报体育专业，考虑到将来就业，我还是谢绝了。

2001年儿子自费进入四中读书，分到理科班，可能是遗传因素，数理化不大行。高二时，学校要扩大艺术班，儿子打电话征求我的意见，我颇犹豫：一是学美术需要改学文科；二是没有一点专业基础，须从头来。可儿子兴致很高，加之学艺术进大学相对容易，所以就答应了，因为那时我唯一的想法就是"不管怎么着，先上大学"。可能是应了"兴趣是最好的老师"一句话，儿子的美术成绩突飞猛进，加上相对于纯美术生来说已"相当不错"的文化课成绩，儿子很快一步步跃入了班内前三分之一。信心上来了，加上老师的器重，自己更加努力，进步越来越大。

升入高三后，学校统一组织学生到济南一专业培训机构"视觉"

进行深造，临行前，打点行装，却发现包里装着一支双节棍（名之曰"防身"），还有一本黏满了周杰伦照片资料的大笔记本（足有2千克），联想到家中常见的李小龙的影碟，现在才恍然大悟儿子高一那年元旦时为什么两手是伤。在我的坚持下，双节棍最后留在家里，但一路上却是老大的不高兴。

学习一直到年底结束，回家时，穿的羽绒服已经被画画的颜料和铅笔灰涂成了迷彩服，妻子抱着儿子笑着笑着眼泪就哗哗地下来了。休息一周后，专业统一考试开始了。儿子便与同学一齐拎着包，背着画夹，踏上"赶考"的路——前后一个月，上济南，下潍坊，赁房子，报名，考试……为增加保险系数，只要时间允许就尽量多报多考，有时一天要跑俩考点，上午还在济南，下午却坐在了潍坊的考场中。

考试跨着春节前后，正是寒冬腊月天，想来很是不易！考试结束，我和妻子去车站接他，远远地发现儿子的裤缝亮亮的，走近一看，原来是自下而上别着一排关针，一问才知道，那是去济南一报名点报名时，由于人太多，儿子被挤得裤腿从脚跟一直撕到腰部……唉，真难为了孩子！但这一次也使我真正认识到儿子的独立能力。

专业成绩单很快陆续寄来了，所报考的九所学校有八处过关。唯一一所没过关的原因，据儿子说是在潍坊考点，由于座位紧挨着门，画水彩时颜料一上画布就冻住了，根本抹不开……专业考试的"出色"成绩，给全家燃起了希望，从此儿子完全像变了一个人，他把李小龙和周杰伦们锁到了抽屉里，把心爱的篮球送给了小表弟，开始埋头于文化课学习。想到以前欠儿子太多，至此关键时刻应该牺牲点，帮儿子实现大学梦。我便在四中边上的稻三村赁了一间房子，每天下午下班后，骑电动车去那里，等儿子晚放后，陪伴他再学两小时，一直到12点，天天如此……

三个月转瞬即逝，六月高考结束，七月成绩公布，儿子以文化课348分，高出省合格线128分的"优异"成绩被四川音乐学院成都美术学院卡通艺术系录取，努力终于换来了丰厚的回报。

高中三年，可以说是一路坎坎坷坷。但儿子毕竟是成年人了，我一改过去的简单方式，有问题时，更多的是与他耐心交流与沟通。由于见面少，书信成了最好的媒介，有时一写四五页，动之以情，晓之以理，开诚布公。儿子也不隐瞒，有什么话也对我说，朋友一般……想来，那时用得最多的方法，一是形势教育："爸爸草民一芥，无钱无权，将来一切靠你自己。"二是反面刺激："考不上大学，人家上大学的同学聚会时也不叫你。"三是利诱："考上大学后，给你买电脑，全家去旅游。"管用吗？不知道，反正结局是让人满意的。

电脑非买不可，因为它是学习动漫的必备工具；但旅游却变成了我和妻子的"九寨—黄龙"之旅。

九月里天气已变得凉爽起来，我们一家三口愉快地登上了去成都的火车，经过两宿一天 36 小时 2400 公里的长途跋涉，终于到达目的地。一路上儿子拎着大包上车下车，途中提开水，洗水果，倒垃圾，跑里跑外，俨然大人一般。下车后，走在成都街头，高高的个子足足长出路人一头，黝黑的皮肤，大大的步子，一身的阳刚与健硕。

一转眼，他已是大三的学生了。

儿子在学校表现得很努力：大一时就参加学生会干部竞选，获体育副部长一职，负责学校篮球队和跆拳道队的训练比赛；还参加了入党积极分子学习培训。大二时却忽然专心于学业，心无旁骛。2006 年 4 月，有感于在校学习频率太慢，便与同学去北京"火星时代"自费学习 3D Studio Max 三个月，为此休学一年，却学到了不少东西。回校后，白天上学，晚上就在外办起辅导班，既锻炼了自己，又巩固了所学，也挣够了自己的生活费。由于路途遥远，回家很不方便，2008 年暑假就到重庆师哥的公司里帮忙，一个暑假，七个人制作了一部 6 分 49 秒的动画片《龙族武士》，他为此兴奋不已，打电话让我上网浏览一番。大三上学期，各大网络游戏公司招聘会在学校举行，儿子也前去一试，结果以其扎实的3D功夫被"网龙"相中，因未毕业，学校不放人，问我如何，答曰"先拿毕业证"，他最终放弃。我相信儿子有实力，将来会有更多的机会。

儿子很懂事，怕家里惦念，每到周末，都会打电话、发短信过来，问候一下。有时用公用电话，跟他妈一聊就是大半小时，娘俩有说不完的话，尽管多是老话题。特别是奶奶、姥姥等长辈生日，总不忘打电话道一声"生日快乐！"我有时还纳闷"真好记性"。去年，5·12大地震发生时，家里还浑然不知。下午4点多，我正在上课，忽然手机响起，一接是儿子急促的声音："爸爸，我们这地震了！家里没事吧？"我一惊，"家里没事，你要注意安全……"话未说完，那边已挂断，忙用手机打过去，已是音信全无。后来得知，地震发生时，他们正在二楼教室上课，等女同学跑完后，所有男生全部翻过走廊栏杆一跃而下。稍事平静，便匆忙赶到公话处给家里打电话，怕家人担忧。由于手机信号中断，好多人都在焦急地排号，所以足足等了一个半小时。再后来儿子还为灾区捐了款、献了血……我曾回短信表示赞许。

儿子的进步令家人高兴，更是妻子津津乐道的话题。很多人见了我就说"你儿子真好！"我笑笑，心想："一定是妻子的功劳。"回家就打趣妻子说："你这宣传部长做得好，宣传得全县人民都知道。"

一年没见，2009年春节回家时，发现儿子很瘦，却成熟了许多，言语间多了对就业的考虑和对家的眷顾。妻子整天换着花样做好吃的，生怕儿子吃不饱的样子。春节买衣服，儿子怎么也不要，最后拗不过，买一双篮球鞋作罢。看到儿子穿上新鞋子，妻子高兴地说："多好看呀！"儿子也笑一笑。

一个月的假期，一晃就过去了。临走的前一天晚上，一家人到"鸿安"吃团圆饭。你一言我一语，千叮咛万嘱咐。儿子一直很少说话，我知道一定是分别了，心里不好受。回家的路上，踏着积雪，风凉凉的。

儿子说："以前走没感觉，这次心里不是味儿。"一句话说得我和妻子鼻子酸酸的……

"别吃了，都辣出泪来了！"妻子一喊，我回过神来，忙用手抹一把眼，却忘了刚才捏过"凤爪"，顿时眼泪汹涌而出。我连忙跑进卫生间，将脸埋在洗手盆里……

焦点

妻子看电视有"两大好"：电视剧和天气预报。

好看电视剧恐怕是女人们的共性，尤其是对那些婆婆妈妈、闹闹哄哄、哭哭啼啼、拖拖拉拉的家庭剧情有独钟。尽管我百般离间、猛泼凉水，说"那不过是编剧导演在合伙骗人罢了"，但她依然痴心不改，执着投入，对主人公的喜怒哀乐极易产生共鸣，每至情动处则常常泪水纷飞。每晚看到十一点多，躺下第一件事就是先找眼药水……

第二好是看中央台的天气预报，这就跟儿子有关系了。从前的时候，妻子是不太理会天气方面的消息的。自打 2005 年儿子上学去了成都后，收看中央台一套《新闻联播》后的天气预报，就成了每晚看电视剧前的一个固定节目。有时一忙耽搁了，那一定要在三套、四套的游动字幕中补上。

四年多来，儿子的行踪牵动着当娘的心，风霜雨雪，阴晴冷暖，通过天气预报将远隔千山万水的家乡与成都联系起来，一条条短信传递着做母亲的一片怜子之情："天冷了，要加衣服啦！""这一段流感很多，要早吃点药啊！""那边下雨了，出门要注意安全哪！"……

2007 年 6 月儿子去北京学习，于是，妻子看天气预报时目光便由成都转向首都，三个月目不转睛。见北京风沙大，就叮嘱儿子出门戴口罩、打出租……

2008 年暑假，儿子到师哥在重庆的公司帮忙，妻子便又关注起山城的天气。重庆雨多，她便嘱咐儿子出门别忘了带伞……

今年暑假，儿子到山西同学家玩，她的目光就又跟到了太原……

这不，12 月 11 日儿子要到北京上班了。想必，在今后很长的一段时间里，看天气预报时，北京的天气将再次成为妻子关注的焦点。

岁岁清明，今又清明

春分多日，清明已不远。想想又该上坟祭扫、缅怀先人，总不免心意沉沉，思绪纷纷……

一

2008 年清明节的前一天下午，我正在上班，忽然弟弟打电话说要回家上坟，我问不是明天吗？弟弟说明天是"阳公祭"，不上。我正匆忙准备回家，这时母亲来电话说不用回去了，她已经去上过了。听后，心中很是不安。

因为杜牧的一首《清明》，从晚唐起清明节就变得有些悲悲戚戚。其实，上坟大多不是悲伤的事，特别是清明等年节，更多的是缅怀先人，汇报一下家里的情况，温馨而轻松。在孩子们眼里无异于踏青和游戏，故而说说笑笑、跑跑跳跳也无妨，更被看作是人丁兴旺的好事。

伯父、父亲在世的时候，清明、中秋、年三十上坟都是他们操办，我和小辈们只是跟从：挎着圈盘，点上一炷香，提着酒瓶，跟在他们的身后。沿一条沟畔小径来到坟地后，小辈们有的抢着去压坟头纸，有的忙着在柳枝上挂鞭炮。伯父、父亲边摆好祭品，边愿慰着燃起纸钱。待纸钱烧透成灰，他们便招呼一声，于是大家一起匍匐在地，给先人磕上三个头，仪式就结束了。

那时自己年轻，有长辈在，所以一切也不往心里去，上坟仪式程序也不太懂。自从父辈过世后，这一切自然成了我这个"长子长孙"

的使命。开始时不大适应，有时就记不起来。在母亲提醒过几次后，只好将上坟日子记在笔记本上以备忘。但对民间的一些风俗习惯，仍搞不清楚，像七月十五十四上啊、一月不上两次坟啊、什么"阳公祭"之类，等等。这次就是。

去上坟的路上，我和弟弟默默地走在前面，就像从前的父辈；一帮侄子跟在后边，边跑边采着田垄上的野花，就像从前的我们……

"飘飘何所似，天地一沙鸥。"想想人类不就是这样吗？人这一辈子都不过是大自然中的一名匆匆过客，生生死死，来来去去；一代代地繁衍生息就像在进行一场没有终点的接力，老的老去后，接力棒就传到你的手上。上坟就是对接力者的时时提醒：要跑好这一棒，继续传下去……

愿逝者安息，生者幸福！

二

2013 年清明节，很不寻常！

因为村庄已整体拆迁，所以列祖列宗们的魂灵居所也要迁往新址了。

中国人历来安土重迁，特别是先人的坟地更是看得神圣而庄重。年近七旬的母亲一改年轻时的爽直泼辣，对这件事的态度变得谨慎而虔敬。从老早就一遍遍问询，反复斟酌迁坟的有关事项，前前后后，大大小小，细致入微，为此常常夜不能寐。

家里的坟共有三座：爷爷奶奶（合葬）的、三爷爷三奶奶（合葬）的和父亲的，都在村子的东坡里，相距不远。

爷爷、三爷爷去世得早，那时我还未出生。三奶奶一直跟二伯父一家生活，有个朦胧的印象，大约去世于二十世纪七十年代初。

奶奶性格爽快开朗，把我们一手拉扯大，因此我与奶奶感情特别深。她老人家一辈子吸烟喝茶，偶尔抿一口白酒。奶奶 1995 年农历八月去世，享年九十三岁。

父亲自幼在农机系统工作，工资微薄，为了一家老少含辛茹苦，奔忙劳碌。待我兄弟仨成家立业，日子稍见宽松时，却突发重症，虽做手术挽救，终究回天乏力，生命在痛苦中延宕一年后与世长辞，那是 2004 年的农历四月，年六十一岁。父亲为人处世豪爽耿直、诚实仗义、乐于助人、孝敬长辈，在村子里有极好的口碑。父亲心灵手巧、制造修理、写写画画，皆有所长。父亲性嗜酒且喜食辛辣，每有酒场，往往酩酊，其后生病，恐受此害。父亲一生不易，将近退休，安度晚年时，却溘然长逝。每念及此，我辈无不痛惜扼腕！

4 月 1 日，发钱粮，以告知先人。

4 月 2 日，动土。一天细雨纷纷。

4 月 3 日，天气晴暖，东北风稍强。正式迁坟。兄弟六人从早到晚，在母亲指挥下一切按既定计划来办，一步步稳当顺利，至 19 点左右，圆满完成。

新的坟址位于村子正东四里左右的一片空旷的田野里，四周麦田与杨柳环绕，远离村庄和喧嚣的公路，实在是一块难得的僻静地。墓地是开发区统一规划建设的崔宋王邵吴杨六个村子的公墓。一样的规制，显得很是整齐、肃穆……

4 月 4 日，清明节，是上坟的日子。四邻八村，男女老少，熙来攘往。在各家各户的活动结束后，7 点钟，村里举行集体仪式：发钱粮，放鞭炮，以纪念坟地乔迁成功，告慰先人在天之灵，祈求神灵护佑众生……

沧海桑田，在活着的人完成了一次家乡的变迁之后，逝者也作了一次魂灵的迁移。

而今，生者与逝者各得其所，愿阴阳两界永世安宁！

三

伯母伯父一年前先后去世，2020 年的清明节便有四座坟。

八年的时间，墓地里一行行小松树，都已是丈把高，郁郁苍苍，更显肃穆。午饭一过，便有车陆续向墓地驶来。接着，缕缕青烟升腾，鞭炮声也接二连三地响起来。祭扫的人们或三五一帮，或八九成群，聚拢在各自先人的墓碑前，压纸、燃香、烧钱、告慰、祭酒、叩首、燃放鞭炮，一切循着从前的规矩，虔诚认真。

　　我们兄弟也一样，四座坟，按先祖辈后父辈的顺序一座座地上。每一座都毕恭毕敬，每一步都细心周到……等伯父母坟前的纸钱燃尽最后一缕火苗，我们站起身，扑扑身上的灰土，心里便觉几分轻松。

　　环顾四周，来来去去的人们，多是原来的左邻右舍、街里街坊。递烟打火、寒暄问候间，也留意他们中多是两鬓染霜的半百者，鲜有年轻人的身影。

　　是啊，看看我们一家不也如此吗？来上坟的我们堂兄弟六个，皆是知天命之年。下一代子侄辈们共九人，全都没有来——侄女四个，不兴上，没来。儿子加四个侄子：两个上班，一个在北京，一个在苏州；两个读高中，一个在高二，一个在高三；一个上大学，在章丘。

　　想想，这就是现实。

　　如今，年轻人要么在外地工作，要么在外地求学，在家的也往往为生计四处奔忙，再加上像新冠疫情这样的特殊情况，因而，他们就很难再像我们和前辈人那样，一辈子生活工作在家乡的小圈子里，一切循规蹈矩，有时间和路途上的便利。

　　随着村庄拆迁，特别是土地流转，祖祖辈辈耕地为生的农民逐渐变成城镇居民。没有了土地，人们也没有了牵绊，成了无根的浮萍。特别是年轻人，不再关心土地，作为农耕文明重要元素的二十四节气，在他们眼里，便没有了内容的鲜活和丰厚，只剩下不接地气的空泛概念。那下一代呢？下下一代呢？他们注定会走得更远、回得更少，乡土观念逐渐淡化，"故乡"最终成了祖辈们歌谣中的传说和档案里那个没有温度的"籍贯"填项。

　　现实如此，须得思变。节气是传统，更是仪式。传统不能丢，但仪式可以变。世事沧桑，拘泥于老的一套，显然是不合时宜了。比如，儿孙远又忙，平素回不来，可以打个电话问候一声、视频一下；遇节气，可以从网上献束花，或者微信留个言、点个赞、发个红包，形式灵活多样。现在，购有快递、吃有外卖、喝有代驾……谁知道，将来"清明"等节气又会催生出什么新产业来呢？社会发展变化之快，往往是让人始料不及的。

人之死兮，魂魄散矣。所谓在天之灵，不过是唯心论者的妄言，是告诫后人心怀敬畏、不可僭越礼法的警示。何况，我们这辈人，在"少生优生，利国利民"的基本国策下，将来的养老问题变得紧迫而现实，谁还会计较百年之后儿孙们会不会按时叩首祭拜的那点儿事呢？

未必儿孙亲到，记着就好；未必香火缭绕，心诚就行。相信先人们长辈们都是通情达理的，因为他们是爱他们的子孙的。

本家的上一辈人，而今只有母亲一人。虽年近耄耋，但身体尚健。从年轻就为子女操心受累一辈子的她，正享受着新时代的美好时光。孙男娣女尽心行孝，不敢怠慢，以图让她老人家晚年过得幸福舒心。

四

岁岁清明，今有清明。

……

愿未来一切安好！

"7954"

由于忙着装修房子，已有好长时间没回家了。今天傍晚装修工人走后，我便匆匆赶回家看望母亲。吃过晚饭，与母亲闲聊一会儿，见天色已晚，便起身告辞。母亲送出大门后照例叮嘱一番："眼神不好，路上小心！"

出村后，穿过孙武路，沿正和电厂前马路向西行驶。晚风拂面，清爽宜人。路灯洒下橘黄色的光，宁静而温馨，照着悠闲散步的人们……

车行到团结路拐向正南，一直通向城里。由于行人车辆增多，便格外小心，瞪大眼睛，减速慢行。大约行至党校大门处，见后面一辆电动车飞驰而过。"这么黑的天，骑得这么快，多危险！"我正寻思着，忽然听见前面"咣"的一声，"不好，有人摔倒了！"待我赶到，只见右侧路边石上躺着一辆电动车，一个男人坐在人行道上呻吟着。我连忙下车去搀扶，只见他满嘴是血，站起后身体摇晃。"是不是喝酒了？"我问。"喝得也不多。"那人一边说，一边吐着血。见他磕得不轻，我说："打个电话让家里人来接你吧？""不用，不用！"那人连连摆手。"要不去中医院看看？""不用，不用！谢谢啦！你帮我把车扶起来就行啦！"我替他扶起车，他把散落在地上的钥匙、单据，还有一团黑的东西，捡起扔在车筐里。"你在哪里住？"我问。"建筑公司。"他吐一口血，很自责地说，"嗨，快六十的人了，教训哪！""要不打120？""别别别，没事，你走吧！"见他那么执意，我说声"那你慢慢走"，便骑上车离开了。

"都是酒精惹的祸。"一想起那人的样子，我就难受得牙龈发麻。未行出二百米，只见刚才那人又推着电动车赶上来，并从几辆正在路口等红灯的汽车缝里钻过，一路南下，消失在朦胧的夜色中。

我长叹一声。

想起一个笑话——

某单位有一员工常常喝酒耽误工作。领导为提醒他注意，就在该员工的办公桌上放一纸条，上面写上"7954"，谐音"吃酒误事"。该员工看到后，就在纸条上画上了一只知了，意思是"知道了。"过了一会儿，领导看到知了，又在它的尾部画上一道烟，是说"你知了个屁"。

大凡喝酒的男人，谁没在酒坛留下一段"佳话"？有洋相出尽者，有头破血流者，有以身试法者，有因酒舍身者……不一而足，全身而退者微乎其微。然而又有几人真正吸取教训，从此与酒精拜拜呢？大多是好了伤疤，忘了疼一类的。想想自己不也是其中一分子吗？

"英雄难过美人关"，"男人难过美酒关"哪！

不知那个喝醉的男人怎么样了？

相约夏日
——东营微文化新泰参观交流纪实

盛夏炎炎，绿树苍苍，蝉鸣声声……

应新泰文友之约，7月21日，东营微文化作者团一行十几人，在总编郝立霞带领下参加了"东营微文化新泰参观交流"活动。

凌晨4点半，大巴车从黄河入海口出发向着五岳之首泰山的方向疾驰。尽管多数人一夜未得安眠，但一路上兴致勃勃，欢声笑语不绝于耳，心中充满热切的期盼。

高速路宽阔而顺畅，两旁青翠陪伴，赏心悦目。韩健备有水与小吃，边行边嘘饥问渴，温暖体贴。

上午9点多，车到目的地。一下车，早有新泰文友在此迎候。握手相拥，一见如故，亲同家人。

巍峨的新泰明珠电视塔高耸云端，一家人以此为背景来一张全家福，也拉开了参观交流活动的序幕。

参观由几位新泰文友陪同，岁月如金（毛尚举）担任全程讲解，雪花飞舞（薛荣俊）则挎着相机跑前跑后，为参观团留下一张张美丽倩影。

新泰是一座历史悠久的城市。据史料记载：西汉时置县，时称平阳县。西晋泰始年间，大臣羊祜表奏晋武帝，取新甫山、泰山首字为县名。1983年成立新泰市。它地处鲁中腹地，北倚五岳独尊的泰山，南临孔圣人故里曲阜，清音湖如一颗明珠点缀其间。钟灵毓秀，历史上这一方水土曾孕育出乐师师旷、名相鲍叔牙、和圣柳下惠、书法家羊欣、政治家军事家文学家羊祜等一大批杰出人才。

历史的回声犹在耳畔，一行人又徜徉在现代都市的时空里：从体育公园到平阳河畔；远眺巍巍青云山，近观泱泱青云湖；清音公园"一言九鼎"的誓言，滨湖绿地"扬帆远航"的信念；"凝聚精气神，建设新新泰"的壮志……处处昭示着儒家文化的厚重与现代文明的开放，并且把二者凝结成当代新泰的灵魂，浓缩进那句醒目又温馨的标语"新泰好，好心态"。

虽是汗流浃背，但大家的心情正如王松林高擎的那面东微大旗火红而热烈，意兴盎然。流连间，不觉已是正午。而细心周到的新泰文友早已给预定好了就餐酒店。宾客团坐，笑语喧然。逐个自报家门，于是大家便一睹了一直活跃在东微的新泰著名诗人顺其自然（王周先）、曲径通幽（曲也贵）、麦穗儿（王秀银）、延子飞翔（贾延祥）和一直默默奉献着的幕后英雄编辑娟娟的真容，更添一份亲切。

作为东道主，顺其自然（王周先）的欢迎辞热情而真诚。主副陪的"十二气"（带酒一年）每一"气"都承载着美好祝愿。左手右手端杯的风俗、一碰喝俩的讲究，更让大家体验到新泰酒文化独特的地域风采。席间交谈自由、酒水自便，轻松而惬意。为了助兴，在郝总编的提议下，大家八仙过海各显才艺：先是老班长的笑话风趣幽默；接着，兰亭夫人的京剧清唱字正腔圆；娟娟的印度歌曲风情万种；曲径通幽（曲也贵）的朗诵款款深情；顺其自然（王周先）的新泰小调原汁原味；而兰亭夫人与钟声的诗朗诵《四月的纪念》配合默契、情真意切，更把气氛推向高潮。而这一幕幕欢乐的场景早已被郭杰瑞结结实实地收在录像机里，作为永久的记忆。

气氛高涨之际，话题自然转入关于"东营微文化建设"的交流。大家推心置腹，开诚布公，讲意见，提建议，共谋"东微"发展大计。编辑晓娣、娟娟谈了来稿存在的问题及稿件修改的原则；毛尚举就版式设计怎样能更适合阅读发表了意见；新泰的"诗人们"则着重就题材多元化，尤其是突出诗歌地位提出建议；老班长、兰亭夫人、钟声从文章选材与立意的高度各自阐明自己的观点；陈爱花、安静、李素英、王松林、韩健结合个人创作感受，从拟题、语言、篇章结构、表现手法等方面和大家进行了探讨……

大家谈兴正浓，不觉已是下午 2 点。最后，总编郝立霞就本次参观交流活动作了总结。她对新泰文友的精心安排、热情接待深表感谢，对大家提出的意见和建议表示欢迎并将研究吸纳，对东微今后的发展明确了思路和方向。

"相逢总有离别时。"返程时间到，带着太多的不舍，与新泰文友们依依挥别，并约定秋天到黄河口去看"红地毯"。

短短的一天，大家都觉得不虚此行：了解了新泰城市厚重美丽的人文与自然风景，感受到了新泰人热情淳朴真诚的品性，更为这种走出来开阔视野、活跃思维、觅得文化发展良方的交流方式点赞。

大家边行边聊，边就着黄瓜辣椒小咸菜吃着娟娟送的那略带酸头的煎饼，慢慢回味着新泰的真滋味……

车快到家，收到曲老师发来的一首诗：

掬一滴荷露

捧一声蝉鸣

磨一砚清香的浓墨

炎炎夏日里

来一场翰墨相约

相遇相识，相知相守

同在的缘分

同在的幸福

我们对文学的憧憬

如太阳今天的火热

相约夏天

相约炽热的执着

是啊，干一件事就需要心有憧憬，更需要有执着的信念和不懈的努力。那就让我们扛起"东微"的大旗，肩负着所应承当的文化使命，一起向前走！

过年一样的感觉

东微团拜会结束返程的途中，山水兄颇有感慨地说："怎么感觉像过年一样！"

过年，那是团圆、热闹、喜庆、祥和的节日。再回眸咱东微团拜会，可不就跟过年一个样？

为筹备这次盛会，主编以及诸智囊，精心筹划，无微不至：看日子，定地点，排议程，邀嘉宾，发通知，布置会场，安排宴席……忙前忙后，诸事周全。多像那新年前辞灶扫屋、割肉买鞭，添新衣、购盘碗，蒸年糕、炸鲤鱼的一通忙活。那番紧张忙碌的准备，那份热切期待的心情，你说这不是过年又是什么？

你看那会场布置可谓匠心：鲜红的横幅，五彩的气球，大红的地毯，芬芳的鲜花，喜气盈盈。多像那新年贴在大门上的对联、门楼上高悬的灯笼、客厅里新买的花树和墙壁上刚刚贴上去的年画儿。那份新鲜气儿，那股喜庆劲儿，你说这不是过年又是什么？

再看与会的各位：有的红帽红衣红围巾，火热一片；有的旗袍裙袂高跟鞋，翩然若仙；男士们面净发整西装革履，绅士风度；女士们则淡妆浓抹秀发飘逸，优雅恬然。有老者鹤发童颜精神矍铄，更多年轻人活力四射青春无限。多像那新年一家老老少少理理发、烫烫头，穿新衣、戴新帽，改头换面，除旧布新。那崭新的形容，那盎然的精气神儿，你说这不是过年又是什么？

主编的开场白热情周到，主席的讲话高屋建瓴，文友的发言激情似火，长者的寄语语重心长，一句句扣人心弦、暖人心窝、令人振奋！自我介绍或风趣幽默，或真诚坦率，或谦逊低调，各显风采，不拘一格。多像那过年时长辈的厚望、兄姊的叮咛、众人相互的祝福，以及每个人对未来的祈愿。那份勤勉、那份期望、那份憧憬，你说这不是过年又是什么？

你瞧那满桌佳肴，有鸡有鱼有丸子，有荤有素有海鲜。席间觥筹交错，推杯换盏，欢声笑语，亲密无间。多像新年的年夜饭，一家人围桌团坐，敬老人、让孩童，尽兴饕餮，大快朵颐。暖融融、香喷喷儿、无拘无束！那份丰盛，那份香甜，那份惬意，直醉透你的心坎儿，你说这不是过年又是什么？

为助兴，文友们八仙过海、各献才艺——诗文朗诵、京剧清唱、旗袍秀、快板书……字正腔圆、身步蹁跹、情意饱满。台下面一声声喝彩、一阵阵掌声，发自肺腑、挟着欢声笑语溢满整个大厅。多像那除夕夜一家人观看央视春晚，只是更有现场感、更生动、更本色，气氛也更热烈。你说这不是过年又是什么？

兴到酣处，各桌主携本部一行人等列队举杯，逶迤于宴席间。由主及次、先老后少，熙来攘往，以表敬羡。新朋老友握手相拥、喜笑颜开。酒杯碰时一饮尽，寒暄声中情谊真。这场景多像那初一的大拜年，东家出，西家进；李家来，张家往。大爷二叔胖小子、大婶二嫂新媳妇。一街的人流，一街的欢乐。那份热闹，那份祥和，你说这不是过年又是什么？

是啊，这就是过年！这就是咱东微的团圆年！

文子在他的快板书里写到"东微一家人"。是的，东微就是一个家，一个宽厚、包容、和谐、温馨的家。尽管平素里众文友天各一方，但东微鲜红的文化血脉却把大家紧紧联系在一起。在这里，大家以文相识、以文相聚、以文相交。志趣相投，情同手足。大家浸染着东微高雅的品质，沐浴着自由开放的阳光雨露，在这片文化圣土上勤奋耕耘，播撒着智慧和心血。苗壮的苗、鲜艳的花、丰硕的果，更把东微装扮成一个生动美丽、欣欣向荣的百花园。

今天相聚过大年，是总结也是展望，是相聚更是出发。想起一句歌词，化用一下："我们都有一个家，名字叫东微……"既然是一家人就啥也甭客气啦！为了家的兴旺发达，让我们同心同德、携手并肩，一路前行，去迎接东微更美好的明天！

又想起一部电视剧：《我爱我家》。也化用一下：我爱东微！

你两岁了，我的宝贝儿

今天是个好日子！

阴沉过去，天空又现丽日；冰雪消融，马路依然坦途。

你两岁了，我的宝贝儿。

看，一家人是多么的高兴！

庆贺的宴会设在离家最近的大酒店里，宽敞的大厅来了那么多人：有长者，有小辈；有大师，有新人。男男女女、各行各业，四面八方地赶过来给你祝贺。那可全都是真心喜欢你、爱你的人啊！

他们带来了丰富的礼物：有歌、有诗、有舞、有戏；有激情的表白，有谆谆的告知；有细心的倾听，有会心的微笑⋯⋯初见的惊喜，重逢的幸福，真诚的祝贺，更有助力成长的秘籍。

两岁了，我的宝贝儿！

你是一个多么可爱的孩子！就像邻居家的那些个两岁的孩子，你有圆乎乎胖嘟嘟的脸；那白嫩的腮啊，一捏就会出水；你的眼睛啊，大大的圆圆的，水灵纯净多像你身边的那个湖。

会说了，小嘴就闲不住：稚嫩的话，叫人捧腹；成熟的话，令人惊异；平常的话，从你的小嘴里蹦出，为啥还会让大人们脸红呢？更多爹爹娘亲、吃喝拉撒的呢喃，听得叫人亲，叫人醉，叫人幸福得两眼泪。

那一双小脚丫，啪啪啪地跺地响，撒欢似的到处去：东跑西奔，登高下低。探小径，见幽微；踏崎岖，寻乐趣。跌倒了，爬起来，趔趄继续；受伤了，哭两嗓，破涕为笑。风霜雨雪你都愿看，酸甜苦辣你都想尝。一身土、一身泥、一身阳光、一身帅气。你脚下没有羁绊，世界就都是你的。

孙武湖自然是你的最爱，因为你第一声啼哭就响在岸边。从此注定了你与湖的不离不弃。

一湖碧水是你甜美的乳汁。吸一口，有天光云影的徘徊；吸一口，有源头活水的新鲜；吸一口，有晨光暮色的晕染；吸一口，有大地泥土的芬芳……大气，包容，美丽，有营养。

湖里的水鸟是你的翅膀。可以是东风习习时的飞舞，可以是疾风暴雨中的穿越；可以是云霄间的翱翔，可以是轻点水面的掠过……潇洒，自由，无畏而坚强。

湖里的芦苇是你的四季。春芽，夏绿，秋黄，冬枯。是轮回，更是不息。蜻蜓立上头，伊人隐于旁，芦花白、芦花飞，枯枝静立冰面上……虚心，娴静，蓬勃，飞扬。

还有那水中的鱼儿、岸边的垂柳、悠然的垂钓者、蹒跚如你的小儿郎，都是你的风景、你的玩伴和你的家。

倏忽间，你两岁了！

看，一大厅的人全都关注着你，为你的成长而快乐而幸福。而你也高兴得欢天喜地：一会儿，你钻到音箱里探看秘密；一会儿，你趴在人们肩膀上窃听私语；一会儿，你变成酒杯间叮当的脆响；一会儿，你又化作镜头中那一幅幅美丽影像。最后，你爬上蛋糕吹灭蜡烛，一闪身跳进大家祝福的歌里："祝你生日快乐！祝你生日快乐……"

歌声停止，人们深情地回眸，眼中充满慈爱。寻觅你生动蓬勃的身影而不见，人们齐声唤起你的乳名："孙武湖畔——""哎——我在这里！"一个响亮的童声从每个人的心底飞出……

海棠花开

清明小假期后，第一天上午，又是两天一轮的核酸检测时间。在楼间连廊下做完检测，正值大课间，便信步向运动场走去。抬眼望，北边篮球场四周围栏外一片粉红的云霞——知是海棠花开了。

放假前，海棠树还是满枝的点点猩红，犹如小姑娘的嘴，偷抹了妈妈极浓的口红，噘着嘟着，艳而不俗，透着几分俏皮。仅三天，海棠树变成了小姑娘粉白粉红的素面，带着未洗净的口红印痕，恣意地笑着，晃着，抖着。

近来雨多，加上不断攀升的气温，树木们纷纷窜出嫩芽，拃开翠绿的叶子，各种花儿也红的黄的紫的粉的，争奇斗艳起来，一下子让怯怯的春意变得灿烂而饱满。

昨天是清明，响应政府号召，防疫情，不聚集，人们就都提前几天陆续上坟，既不违上边要求，又沿袭风俗习惯，足显乡亲们的淳朴与厚道。

没有其他事，便与妻子带母亲去湖边转转。天气很好，阳光温暖。母亲一路上很兴奋，边看边指点着窗外的花树，与妻子交流着。从后视镜里，正可以看到母亲一头如雪的白发。唉！所谓"年年岁岁花相似，岁岁年年人不同"，年复一年中，母亲已是八十岁的老人了，不过身体依然健康。

孙子文化园以前去过，就开车去了湖东。

一条南北路可以直达湖边，有许多私家车停靠在路边和停车场里，大人孩子三三两两散布在四周树林草坪里，有的在漫步，有的在放风筝，有的在赏花，有的围坐在帐篷里，说着笑着，一派悠然自在。

　　湖边是一游船码头，问过价格，便包租了一圆形游船——六十元，一小时——只是得自行驾驶。工作人员看过健康码，帮我们穿好救生衣，介绍完驾驶要领，还把一部对讲机交给我们，以便急用。上船时，母亲有些紧张，粗大的手一边扶着船柱子，一边紧紧抓着我的胳膊，颤颤地把脚伸进船舱。以前泼辣利落的她，如今行动变得小心而迟缓。

　　在经过一阵摇摆、旋转之后，我渐渐熟悉驾驶要领：一根把杆，旋转加速，左右推可反向转弯。于是将把杆旋到底，左一下右一下轻轻地推着，船便向前缓缓驶去。

　　水色青黑，平静如镜。岸上看本来细长的湖面，一旦置身其中，竟也是那样的辽阔，可以用"浩渺"来形容了。东岸的树木，西岸的文化园，远处的居民楼和大桥，都矮去了七分。久居城里的那种压抑、纷扰之感，在这水天高远间，瞬间杳无踪影。

　　湖上微风清爽，偶有白色水鸟从船前翩翩掠过。妻子忙着拍照，母亲靠着椅子背静静地看，我轻轻地把着舵，随着船桨拨水的哗哗声，心也涟漪似的荡漾开去……

　　时间到，上岸沿湖边公路驱车继续向西南——到孙武湖湿地公园凑凑热闹。平时这里来得多，知道四月正是风景最美的时候。这两天，又在朋友圈看到好多人在此拍的图片：有绿柳掩径，桃梨斗艳；有小桥流水，湖阔汊曲；有鱼跃鸟翔，枯苇新芽；有帐篷顶顶，风筝点点……天地间真是一幅绝美的图画。

　　经水岸华庭，过潍高路口，向南不远就是景区。本不宽敞的路面，因两旁停着许多车愈加逼仄。料想人一定少不了。果不其然，车子一从景区入口斜坡下去，就堵住了，右侧停车场已停满，向前去的路被不远处一辆公园管理处的中巴车横栏住，告知后来者里面已经人满，不再放行。

　　是啊，这一段疫情形势严峻，周边地市均已"沦陷"，唯有东

197

营严防死守，阵地孤存。能生活在这方干净自由的土地上，人们怎不倍感幸运与自豪呢？不能远足，那就来趟市内游、县内游，不负春光，不负全社会的抗疫付出，共享美好生活，何乐不为？所以人必然多。可以想见景区内，该是怎样热闹的景象啊！而这热闹里也会有一番别样的滋味。

热闹凑不成，只得回返。"不如到离家不远的乐安公园看看。"我想，"那里的风景自有它独到之美。"

其实，一路走来，哪里不是美丽的风景呢？经过十几年的努力，城市面貌焕然一新：万里晴空下，水系蜿蜒，草木葱茏，花团锦簇，小区新齐，市容整洁……所到之处，无不赏心悦目。身处其中，真有如在花园里的感觉。

校园不也是如此吗？四季里，树有柿子、法桐、青桐、银杏、女贞、杨树、塔松、黄山栾，或葱茏，或常青，或零落；花有牡丹、芍药、紫荆、碧桃、海棠、樱花、蔷薇、月季、红叶李，姿色俊美，次第开放。何时何处不是一幅生动的风景画呢？她们美丽了校园，也美丽着在此工作学习的每一个人。

海棠花绽放的时间很短，却把最美的容颜开在最美的时节。一周不到，微风一摇，她白色的花瓣就纷飞如雪，铺满甬路。那依然娇嫩的、泛着淡淡红晕的花瓣，轻柔地堆集，像是怕压坏了彼此，更显一份楚楚动人。

此刻，老师们三五成群，漫步在运动场，流连在海棠下，边欣赏，边拍照。特别是女教师艳丽的衣裙，与盛开的海棠花相映成趣，更绚烂出十分的美丽。

◎

第四辑

风景有约

它们洗去一身轻尘，
柔软一下筋骨，
将蓄满的绿一滴滴地从树干里、
从枝丫间慢慢洇出，
然后兑着柔滑的雨，
用一只只巨大的画笔
在天空中把春天涂画成了立体。

苏北三题

随团，三天，去三座城市，走进春天的苏北。

宿迁的刚与柔

宿迁，"北望齐鲁、南接江淮，居两水中道、扼二京咽喉"，是最称得上"苏北"的城市之一。加上那条穿境而过的大运河，两千多年来将长江与黄河交汇通融，更使这座城市兼具北方的粗犷豪放、刚强勇毅和江南的温婉柔和、细腻精致的文化个性。

"项王故里"是宿迁人给你递上的第一张名片，它久远又厚重，是宿迁的自豪与荣耀。项羽，这位昔日的"西楚霸王"虽然是一位悲剧英雄，但因他随了宿迁（时称"下相"）的性格，所以世世代代受到人们的景仰和爱戴。

在"故里"，不论是那一尊立刀跃马昂然屹立的巨型雕像，还是那威仪厚朴秦汉风格的宫殿建筑；不论是英风阁内十二幅浮雕呈现的惊世骇俗的英雄壮举（吴中起兵、渡河救赵、破釜沉舟、分封诸侯、鸿门设宴、彭城之战、垓下突围），还是"故里"随处触手可及的一件件英雄遗物（古槐、拴马槽、铜鼎、霸王弓、霸王枪等），无一不满溢、鼓荡着霸王雄风，令人热血沸腾。

"力拔山兮气盖世。时不利兮骓不逝。骓不逝兮可奈何！虞兮虞兮奈若何！"一出《霸王别姬》是绝唱，更是项王性格的自我剖析。他有"拔山"的勇力，又有英雄爱美人的似水柔情。兵败垓下，却不肯过江东的自尊男儿，为颜面可以去死，但面对虞姬，勇武果决的他真的手足无措了："怎么办？怎么办？"一次次追问里是百般的爱恋，一声声叹息中是万千的不舍。"有情未必不丈夫。"正是这种亦刚亦柔才成就了一个真实可爱的项羽。后人有联曰："鸿门垓下，大英雄，哪关成败；骓马虞兮，真情种，不易生死"。横批："英雄情种"。字句间道出了项王，也是宿迁人的真性情，彰显出他们"不以胜败论英雄"的大度包容。

虞姬一定是绝代美女，要不项王怎么会生死相依？"故里"的导游，是清一色的年轻女子，着汉服，长裙曳地，轻纱遮面，漫步轻盈，燕语莺声，似隐似现的轮廓透着十分的玲珑与俊美，恍若虞美人再世……"故里"有虞姬的塑像，她双手一高一低叠于胸前，白颈颀长，微微昂首，面含笑颜……紫红色的丝绸上衣交领右衽、广袖飘逸与洁白的裙褥搭配，衬托着她的美丽与尊贵。但我又知道，再生动的雕塑终不能尽显真人之神韵。

虞姬是美丽的，又是刚烈的。四面楚歌声，她泪眼盈盈，与项王一杯清酒饮尽，是誓言也是诀别。然后，利刃齐颈，一扭头，一抹殷红飞落，洁白裙褥瞬间旋出一片鲜红……

鲜红？鲜红？好熟悉的颜色。我蓦地忆起了在"玖久丝绸"展馆里看到的一件大红的袍子——仿武则天的龙凤袍。作为公司的镇馆之宝，它选用上好的桑蚕丝，由多名能工巧匠精心完成。鲜红的袍子，长长的拖尾，绣以金色牡丹、流云和凤羽，端立展台之上，如一只浴火的凤凰，高贵华丽，把这位武女皇威仪中的阴柔之美恰到好处地表达出来。

蚕，乃"天虫"。蚕丝，是上天所赐宝物，自然带有一份神圣与尊贵。洁白、纤细、柔滑、温润、通透、纯净的天然品性，像极了江南的女子。美女配丝绸，可谓珠联璧合。那从《诗经》和《汉乐府》中一路飘逸而来的桑蚕丝，婀娜出虞姬、罗敷、武则天、宋美龄等一代代佳丽名流的风姿绰约。

好水土长出好桑树，好桑树养出好蚕茧，好蚕茧织出好丝绸……

这一切，宿迁都有。钟灵毓秀，万千宿迁女子慧心巧手，将日月精华、天地灵气一丝丝一缕缕，织进一匹匹美轮美奂的绫罗绸缎，让它们走遍华夏，走向世界，走进寻常百姓家，提升当代人的生活品质，点亮亿万女性的华丽梦想。

自古英雄豪杰爱美酒，几无例外。项羽喝酒，自不待言：吴下起兵，有豪壮的酒；诸侯分封，有得志的酒；鸿门设宴，有智谋的酒……还有霸王别姬，那杯诀别的酒，亦苦亦甜，亦刚亦柔……是啊，他的性格里怎能少了酒呢？

宿迁自古出名酒，"福泉酒海清香美，味占江南第一家。""洋河""双沟"，是现代江苏的酒业龙头……豪爽的宿迁人酿造着美酒，美酒更滋养着他们的豪情。"梦之蓝、海之蓝、天之蓝"的"蓝色风暴"席卷中国，"喝洋河"，一时成了活动庆典、招待宾朋最热情、最尊贵的标志。江南的花雕黄酒，喝下去生出来的是微醺与缠绵，太过柔性；"洋河""双沟"是能激发血性、生出万丈豪情的——符合北方人的性格。

那天去衲田花海，赴一场"梨兰会"。路上，经过宿迁体育公园，公园大门矗立一块巨大的宣传牌："2021京东宿迁马拉松比赛。"设计靓丽活泼，显露出宿迁这座年轻城市的青春与活力。

冠名赛事的"京东"，其掌门人就是一个地道的宿迁汉子，而今，他正成为宿迁又一张响当当的名片。刘强东，正如名字里的"强"，他自强不息，眼界高远，凭着宿迁人的勤奋、智慧和创造精神，几十年商海打拼，搏击风浪，把"京东"做成了国内屈指可数的电商巨头。

刘强东是宿迁人值得骄傲的新时代人物，更是宿迁人朴素忠诚的子弟。他念念不忘上大学时乡亲们赠送的七十六枚鸡蛋，对哺育自己的乡亲始终怀有一颗拳拳感恩之心。一旦事业有成，便倾全力反哺家乡，为学子教育、老人赡养、年轻人就业不遗余力，为宿迁的持续快速发展尽一片赤子之心。

衲田花海绝对是一片海。据说，四五月间，600多块共2000多亩高低错落的花田连缀成片，各色花卉争奇斗艳。游人或乘观景车或步行，徜徉其间，仿佛驾小舟荡漾在由五彩丝缎汇成的波浪起伏的大海上，心旷神怡。

我们来时，季节尚早，花海还是一片波澜不惊的绿。但"梨兰会"却恰逢其时地让我们欣赏了另一番景致。

500亩梨园，2000多株已是五六十岁的老树，在三月东风轻盈、阳光和煦中一同绽放，堆雪砌玉一般，响应春天的召唤。树下连片的二月兰不负邀约，迅疾铺开一地的紫，兴冲冲来赴"梨兰会"。从此，梨与兰相互依伴，相互守望；白与紫相互映衬，相互熏染，氤氲出无边的浪漫诗意。

移步不换景。顺甬路往里走，永远是漫天的白、遍地的紫……在白与紫的巨幅绸缎间走着走着，人们便走成了一只只翩翩的蝴蝶，伴着微风传来的阵阵清香，流连在枝头花间，如痴如醉，"不知何处是他乡"了。也怨不得一群群盛装的姑娘，在保安的再三劝阻下，仍禁不住往花丛里钻……

走出梨园，犹如走出一场梦幻。回头望，景区大门两侧有联曰"梨韵皑皑传素雅，兰香缕缕润芳华"。一低头，顿觉满身幽香……

真得感谢宿迁人与大地携手奉献给春天的这份厚礼！

一方古老的土地，一座年轻的城市，在苏北春天的大地上正张扬着它鲜明的个性——刚柔相济、厚重又有活力。

泰州的夜与昼

都说江南风景如画，其实地处长江北岸的泰州也是一幅画。

上午飘了一阵小雨，天有些阴沉，没有了刺眼的阳光，让去泰州路上风景的色调柔和了许多。

泰州在宿迁东南，南临长江。于是，越往南走，水便多起来：

先是东西向的大河不多时显出来一条，河阔、水大、有船行；然后便有沟沟渠渠纵横地穿插，湖塘串联成片，明晃晃的，颇是水乡风味了。水多，土地湿潮，现出黑褐颜色。旷野下有村庄在远处缓缓地向后移，灰的瓦，白的墙，高高低低的绿树和庄稼。

路远，人就有些昏沉。不知多久，瞥一眼窗外，忽见有一抹抹金黄鲜亮着，知是油菜花来迎接了：它们或簇在房前屋后、篱内墙外，或散在路边田头，或围在水塘四周……犹如天地间有一支巨大的画笔，正蘸着金黄的颜料，或点或线，或挫或拍，或抑或擦，或涂或扫，在大地上恣意挥洒，衬着天地草木，衬着白墙灰瓦，轻灵飘逸……

车往前行，那金色渐渐接连汇拢，越来越多，越来越大，引得人们都直立上身兴奋地向外眺望。那画笔似乎也兴致勃发，揉、砌、跺、摆，笔走龙蛇，信墨倾洒……肆意宣泄着它的豪情。在人们的阵阵惊叹声中，一幅气势恢宏的巨大的画卷就铺展在眼前——千垛油菜花景区到了。

你也许去过青海门源、云南罗平或江西婺源，也见过油菜花在平野、梯田的盛况，但是兴化千垛的油菜花有其独特之处——是长在水里的。

千垛的"垛"，即垛田，是水乡一种特有的耕作方式。兴化是泰州北部的一个市，千垛景区位于兴化城区北20公里处。这里北靠蜈蚣湖，东西南三面环河，水系发达，加之地势低洼，历史上故常生水患。七百多年前，当地农民就在水中挖土堆田，整齐如垛，在上面种植农作物，形成垛田。垛田大小不等，形态不一，互不相连，形成独特的地貌景观。而今，农民在垛田上种植油菜，每年三四月间，万亩油菜鲜花盛开，形成"河有万湾多碧水，田无一垛不黄花"的奇丽景观，吸引着四面八方的游客。

因为水多，所以乘船便是首选。船有两种，电动大船和手摇小船。我们坐大船。大船色彩华丽，红船、红柱，金顶篷，能坐二三十人。

船在宽阔的河汊中缓缓向前，两边的垛田便像一架平卧在水上的巨型水车的辐条，一根接一根地向后旋过去。水面低，垛田高，看油菜花就像密匝匝排列着无数金头碧挺的簪子，一行行，一垄垄，齐整饱满，静静地立着，衬着灰蒙蒙的天，倒映在如镜的水中……途中，有一样的大船不断地从对面驶过，船上所有的人一律侧身向外对着垛上油菜花。我们船上几个衣衫华丽的女子按捺不住，一起挤上船尾高处，摆出或俏丽、或帅酷的姿态，把自己拍进油菜花里。有时动静太大，把船坠得向一边侧歪，急得船老大一个劲地提醒。

"在别的河汊里该是有小船在划的。"我依靠在船柱上边看边想，"大船固然好，若坐小船，有戴红头巾、穿蓝花布衫的船娘轻轻摇着木桨，哼着吴侬小调；游人三四个，或向或背，听桨声欸乃，随小船摇荡，该是怎样一种美妙的感觉呢？"

因为船离岸的距离，游人总不能靠近油菜花，所以下船的码头都在菜花深处，上岸后，总还有一大段步行栈道可以走。这样，游客就可以近距离观赏油菜花了——也算是景区的一种用心。

船靠码头，上得岸来，游人便融进了油菜花里。极目望去，一片金色的花儿，像一幅无边的黄绸缎。四周，不时有人头隐现在花朵上面。远处，花田中央有一高塔，人影绰绰，该是登高观景的人。栈道边，油菜高过人肩，茎秆粗壮，叶子肥厚，花朵儿娇嫩，绽开着似童子的笑脸，刚刚好，生动活泼，没有一丝委顿、松懈……每朵花下都是一个嫩绿的尖荚，自下而上，密密匝匝。这到五月里又该是一个多好的收成啊！

抚着花儿，有缕缕清香入脾入肺，便也心生感慨：从无到有的垛田，到油菜价值的开发，都证明了泰州人在面对生存困境时，化劣势为优势，既获得经济保障，又将生活升华到美学层面的聪明智慧。

天色渐暗，观光塔是来不及去了，便失去了登高俯瞰的机会，有些遗憾。但是，还是很感谢今天的天气，若不是阴天，那金黄的油菜花在灿烂阳光的照射下，该会怎样叫人眼花缭乱啊！

离开景区，一片金黄便印在心里。

泰州的夜是从路灯一盏盏亮起来开始的。

经过一个多小时奔波，路灯拉出的那一条橘红的线，最后把大巴车牵引进一片灯火璀璨里——泰州城到了。

去泰州城，是为了游览凤城河夜景。凤城河位于泰州城区中心的海陵（泰州，汉时称"海陵"）区，是泰州老城护城河的一部分。而今的它，集自然风景与人文特色于一身，正成为休闲、参观、旅游胜地，向人们展示着历史名城的厚重与大美。

人多，排队颇费了一番周折。终于坐上大舫，心一下子便荡漾进如画般的凤城河里。

两岸远远近近的亭台楼阁，装饰以红的、绿的、橙的、黄的霓虹，前后高低，横直弯曲，蜿蜒成光的长龙。霓虹倒映在水里，就把岸上水里氤氲成一片，像给夜罩上了一层温柔的纱。随着水波荡漾，各种影像在拉长、压缩、起伏、摇曳，变化出百般姿态，带得岸上的景物也好似一起摇动起来……

各色光影里，最突兀的是"望海楼"，虽是影影绰绰，但从灯光勾勒出的轮廓依然能见其气势。望海楼始建于宋代，被称为"江淮第一楼"。历史上它曾五废六建，大多毁于兵火而起于盛世。今楼再建于2006年，楼高30多米，取宋代建筑风格，外观三层环廊，气势恢宏，古朴典雅。

楼取名"望海"，实早已不见了海，只为纪念一千年前那远去的潮声，更表达本地仕人"身居村邑而志存高远，徘徊泥途而心在沧海"情怀。明朝万历年间官员泰州人刘万春曾写过一首《登望海楼》诗，中有："落日凭栏望眼开，苍茫气色接蓬莱。千家井灶孤城合，万里帆樯一水回……"可见当年盛状。

名楼，必然伴有名胜、名人，三者相得益彰，缺一不可。在历代登临望海楼的那串长长名单里，有施耐庵、王艮、郑板桥、柳敬亭、梅兰芳，有陆游、范仲淹、欧阳修、岳飞、孔尚任……本土外客，名流大腕，每一位都足以为望海楼增添一份沉甸甸的厚重感。

因为《岳阳楼记》我更关注范仲淹，巧的是他与滕子京曾同在泰州为官。而二人那段有关"岳阳楼"的佳话，都是二十三年后的事了。既有同科进士的渊源，又有为官理念的同合，更有文人雅士的志趣相投，所以，对建楼堂馆所情有独钟的滕子京，便在泰州州署内修建一座文会堂（重建后异址望海楼旁），取"以文会友"之义，常在此与范仲淹、胡瑗、富弼等有志之士，切磋学问，吟诗唱和。范仲淹作有《书海陵滕从事文会堂》："东南沧海郡，幕府清风堂。诗书对周礼，琴瑟亲羲黄。君子不独乐，我朋来远方……"其中"君子不独乐"一句，与他后来提出的"先天下之忧而忧，后天下之乐而乐"同一机杼。可见，泰州正是他"忧乐观"思想的萌芽与起源地。

望海楼，东有梅园、桃园，南有三水湾、柳园，西有文昌阁、文峰塔和南山寺，可谓众星拱月，它已成为凤城河景区的核心地标和泰州城的文化坐标。

船向前行，光影流转。河风习习，吹得人心神清爽。船行一段就会有一座桥凌空飞架——文峰桥，迎春桥，鼓楼大桥，不同的造型饰以多彩的霓虹，与两岸的光影形成纵横交叠、错落有致的立体层次，为凤城河的夜增添了一份别样韵味。一座桥又好似一个镂空的隔断，"隔而不隔，界而未界"，将两岸景色自然分成几个既统一又独立的空间，在延续与变化中起到别有洞天的艺术效果。

船静静地驶过迎春桥，便有莺燕般婉约的戏曲声从水上飘过来，心头一振，抬头寻觅，便见前方河岸左右两侧，一近一远有两处灯火通明。船渐靠近，那戏曲声便大而清晰起来。渐渐看清楚，左岸边是一座戏台，亭榭结构，飞檐翘角，正有一旦角边唱边舞，白衣素裙，长袖广舒，远远望去，翩若仙人。是越剧？是昆曲？说不清。但是，唱的该是《桃花扇》不会错的吧？因为早先知道，孔尚任的《桃花扇》就是在泰州定稿并首演的。"桃园"即为纪念此事而建。

船后余音未绝，前面右岸又有歌唱声缕缕入耳——这个我熟：从那脆亮、甜润、又宽又圆的嗓音，可以断定是梅派京剧。船头与戏台齐平，见一青衣装扮如刚才所见，且唱且作，身手法步（眼，看不清）轻盈俊美……京剧大师梅兰芳就是泰州人，梅园曾是梅氏故居。泰州人听梅戏、唱梅戏，以此表达对先生的热爱与怀念，并把它作为特殊礼物献给远方的客人。

船在走，水在流，风轻轻，歌依依，光悠悠，一切的一切，似都被织进一匹丝滑柔顺的锦缎，飘逸在凤城河上，并向四下里无边的蔓延……

上得岸来，天已不早，肚子饿，便惦记着黄桥烧饼、"皮包水"、"干丝"，几个人于是匆匆奔泰州老街而去……

如果说白天的泰州田野是一幅明丽的油画，那么夜晚的泰州城就是一副朦胧的水粉。

昼也如画，夜也如画，这便是泰州。

扬州的丰与瘦

扬州与泰州东西相邻，都南偎长江，地理位置差不多，最不缺的就是水。滚滚的长江、静谧的大运河、浩渺的高邮湖等，大大小小诸多河流湖泊，纵横交织，星罗棋布，织一张细密的网，滋润出一片生动、灵秀、蕴藉、柔韧的水乡风光。

扬州论水，自然绕不过瘦西湖。

瘦西湖，居扬州城西北角，它是最不像湖的湖。一般意义上，河，狭长，有水流淌，且流且逝，且逝且新；而湖呢，辽阔，水有入有泄，更多的是积聚、蒸腾、沉淀、酝酿，有年份感，愈久愈醇。因此，从形状上看，它像河（类似家乡的环城水系），但实际上，它更具湖的属性。

是湖而瘦，是瘦西湖的独到之处，使它在众多名曰"西湖"的湖里自成一格，于是便成了扬州城的一张名片。来扬州，必到瘦西湖。

其瘦，从"瘦西湖风景名胜区全景图"上看更明显，自上而下，它的水体部分形似汉字笔画"乚"，窄窄细细的。衬以两旁的风景名胜，倒像是一位身段苗条柔曲，着了华美旗袍的女子，玲珑精致、生动妩媚。

由西门进入，沿湖堤向东便是"乚"中间的一横，是瘦西湖曼妙的腰肢。时值三月，杨柳夹岸，垂丝青青；梅桃灼灼，姹紫嫣红。任何一个角度看过去，或柳或桃，映着碧水，衬着远处的桥廊亭榭，都是一幅幅极有层次的风景画。

这一段湖面最宽处也就百米，加上两岸的柳梅，探身水上，如少女对镜梳妆；湖上不时有小船或静止或慢摇，更让它瘦了不少。

湖瘦，湖上的景观也都随之瘦下去。

湖上遇见的第一个建筑，是五亭桥，建于清朝乾隆二十二年。桥两侧有对称石级斜坡与湖岸相连，"上建五亭，下列四翼，桥洞正侧凡十有五"是"中国最秀美的、最富艺术代表性的桥"（茅以升）。拾级而上，即步至亭中。五个亭子，中间一，南北各二，对称分布，皆红柱，金瓦，飞檐翘角，紧凑别致。远看，宛如盛开在湖面上的一朵金黄莲花。

从"金莲花"东望，似有一群乌色野鸭围拢浮于水上的，便是凫庄。正如叫"庄"未必显其小一样，像石家庄；同样，叫"庄"也未必能显其大，凫庄便是。它是当地乡绅陈臣朔1921年在湖中岛上建起的别墅。湖本瘦，岛亦小，别墅格局可想而知。

岛东南靠岸有一小门，窄窄的仅容一人过，上题一匾：凫庄。进门是弯曲的小桥，一折一折地引你进庄。庄上东边有客厅卧房数间，低矮；西南两面是拂水曲廊，窄仄；北有一亭，小巧。柳、樟茂盛，遍植空闲处。绕庄一周，五六分钟足矣。记得，廊中某处悬一匾，曰"枕涟"——雅虽雅矣，也足见其局促。想见当日，此庄也就仅容一客一主，各带一童，品茗聊天，林荫漫步，听水观鱼而已。顶多再配一二红衣丫鬟，奉茶执扇，别的怕是盛不下了。

"二十四桥明月夜，玉人何处教吹箫？"二十四桥，这在唐诗宋词里频频出现的"网红桥"，就坐落在"勹"字一横西首向北转弯处。历史上的二十四桥早已颓圮于荒烟衰草，今桥修建于二十世纪八十年代末。它为单孔拱桥，长24米，宽2.4米，栏柱24根，台阶24级，处处应和"二十四"。时间紧张，无暇登临。只能在湖北岸斜望过去，衬着熙春台，二十四桥一色汉白玉栏杆，卧波湖上，犹如女子裙袂间飘逸的玉带。

至于其他景观，如白塔，就只好远眺其花树之上白瓷酒瓶一样的塔身和葫芦状的铜顶了。

三月里，虽不是旅游旺季，却也游人如织。但再多的人，也得入乡随俗。在瘦西湖有限的空间里，都被"瘦"成一溜溜，或一簇簇的。

然而，瘦西湖之瘦，不是瘦骨嶙峋、形销骨立的病态。她就像一个极会生长的江南女子——不是小家碧玉、乡野村姑那种，而是一位大家闺秀——将所有的雍容尊贵、沧桑悲喜都裹敛进俊俏的身段里，呈现出来的是玲珑、优雅、精致，不臃肿、不拖沓、不懈怠。

瘦西湖是与扬州（别称邗、广陵、维扬、江都）城相伴相生的。自吴王夫差始，两千多年来，她在邗沟、大运河源源不断的清流滋润中，慢慢孕育、生长，逐渐联通汇聚各朝代城濠、河湖之水，在现代人精心装扮下，出落得愈发丰盈秀美，终成今天碧波荡漾的姿容。

当年，李白一句"烟花三月下扬州"，实实在在为扬州做了一个免费广告，名人效应使扬州名扬华夏，影响至今，令无数国人心仪之、向往之。

得近水之利，便捷的水运交通促进了扬州城市的兴起与繁荣。先有春秋时邗沟开凿，接通江淮，使盐铁业迅速发展，稻丰桑茂，扬州兴盛初现，并渐成军事重地。后有隋唐运河贯通，遂成八方通衢，城市发展突飞猛进，高度发达的经济、文化与商业，使她成为镶嵌在神州大地上的一颗明珠。至元明两代，名城扬州，更吸引外国人纷纷慕名而来，经商、传教、从政、定居，成为国际大都市。马可·波罗就曾在扬州为官三年。他在《马可·波罗游记》中这样描述扬州："城甚广大"，"此扬州城颇强盛"，"制造骑尉战士之武装甚多"，"居民……使用纸币，恃工商为活"，"第一为盐课，收入甚巨"……马可·波罗再次为扬州广而告之。而这次，扬州就名扬世界了。出东关老街东头不远，古渡岸边矗立一尊马可·波罗骑马的塑像。再向北，即是"马可·波罗纪念馆"，馆舍不大，馆藏颇丰。可见，扬州人民还是给予这位国际友人极高礼遇的。

繁华的城市，文人骚客总不会缺位。他们眼中的扬州又是怎样的景象呢？"天下三分明月夜，二分无赖在扬州"；"春风十里扬州路，卷上珠帘总不如"；"十里长街市井连，月明桥上看神仙"；"夜市千灯照碧云，高楼红袖客纷纷"；"如今不似时平日，犹自笙歌彻晓闻"，"谁知竹西路，歌吹是扬州"……有美景如画，有美女如云，有发达的商业，有热闹的夜生活，有袅袅不绝的笙箫歌乐。此情此景，就怪不得有人高呼"试问江南诸伴侣，谁似我，醉扬州""人生只合扬州死"——宁愿醉生梦死在扬州了。

扬州城的灯红酒绿，倒映在瘦西湖粼粼波光里；扬州城的笙箫歌唱，弥漫在瘦西湖喧嚣的昼夜里……

事情往往就是这样，你享受多少繁华荣耀，也必然要承受多少痛苦磨难。

繁荣的经济、重要的地理位置，历史上的扬州一直是拥有者的荣耀、觊觎者的猎物。一旦风云变幻，它便成各方所逐之鹿。一回回刀光剑影，一场场血雨腥风，使扬州屡次成为"芜城"。最悲惨的，莫过于明末那场浩劫：督师史可法率部抗清失败，扬州城陷，清军屠城十日，死者数十万众。"过春风十里。尽荠麦青青……都在空城。""二十四桥仍在，波心荡、冷月无声。"（姜夔《扬州慢·淮左名都》）火炽风腥，血流成河，漫进瘦西湖，染红一湖清水，也染红了天上的月亮。蹂躏之痛，彻骨锥心，瘦西湖，躲在城隅，战栗，哭泣……

"山无棱，江水为竭……乃敢与君绝。"以水为誓，爱的宣言铮铮，同样，生的意志坚定。长江不枯，运河恒存。有水在，自然万物不绝。兵燹也好，天灾也罢，都不能让扬州低头。一次次毁灭，一次次重生；一次次重生，一次次繁荣，表现出不屈不挠的韧性。

想起"扬州八怪"郑燮的竹子。他的画，"盖竹之体，瘦孤高，枝枝傲雪，节节千霄，有似君子豪气凌云，不为俗屈。"（《郑板桥集·题画竹》）形神兼具，瘦而不弱，柔而不折，坚韧，有骨气，正和了扬州性格。

还有那首著名古琴曲《广陵散》，一经嵇康之手，便铿然天地间，成千古绝唱。扬州旋律，铮铮铁骨，浩然正气，如"白虹贯日"，震撼古今。

千百年风雨兼程，一路走来，而今的扬州，正借天时地利人和之势，以最美的姿态走在新时代的行列。

瘦西湖是扬州人的骄傲，他们给予了她女儿般的宠爱。因而，他们对于"瘦西湖"名称来源于乾隆元年钱塘（杭州）诗人汪沆的诗"垂杨不断接残芜，雁齿虹桥俨画图。也是销金一锅子，故应唤作瘦西湖。"一说，普遍不予认同。"天下西湖三十六"，他们觉得"瘦西湖"就是扬州的瘦西湖，和杭州西湖没有半毛钱的关系。因为它见证了扬州的沧桑变迁，浓缩着扬州盛世繁华和衰萎悲凉，蕴含着扬州包容开放与坚韧品质，有其独特的神韵。这里没有自恋与自大，它彰显的是扬州人一种自尊、自信与自豪。

景区西大门门匾上的"瘦西湖"三字，为泰州人孙龙父所题，饱满遒劲。初见时还纳闷，字体笔画处理的细瘦一点，不是更符合景区名称特点吗？现在才恍然大悟，题写者正是用那份厚重的金石之气、轻盈的浪漫之风，完美诠释着瘦西湖的精神内涵。

瘦现于外，丰蕴其里，有形之美，更具气之胜，此乃瘦西湖，此乃扬州。

只想醉倒在你怀里

　　生活在黄河口，千里平畴，一无遮拦。目之所及，天与地与水相连，苍茫一片。居久了，便常常想山。

　　莱芜有山。朋友说，茶业口镇有个小山村叫卧云铺，很值得一看。"哦，山村！"我闻山则喜。于是，便约二三好友欣然前往。

　　清晨出发，自驾车，向着西南。三个多小时，天越走越亮，路越走越窄，坡越爬越高。驶过一大段坡陡弯急，上山顶、跨齐长城遗址，然后一溜下坡，"桑塔纳"粗重的呻吟变成轻快的欢唱，不久，卧云铺便来到眼前：一条横亘的山脉，先东西走，后折向南。山势柔缓的臂弯里，一座座灰白房子，高高低低，错落有致，静静安卧在苍翠树林间。

　　出主路，向右下方拐一个"C"字弯，车子便直接开到村头。村头也是村子的最低处，一个广场，两块篮球场大小。人不多，三三两两。一块石碑，"山东省乡村记忆工程文化遗产单位"，提示着卧云铺的文化价值；一棵老树，婆娑沧桑，如一位伫立迎客的老者，昭示着村子的悠久历史。树荫里几个小商贩，正兜售着冷饮、土特产、玩具及纪念品……

　　我们在广场稍停，就照石壁上的"景区游览图"指示，沿一条大街向上，蜿蜒进村里。

　　山村自然靠山吃山。所到之处，都是石头：石路，石桥，石房子，石槽，石凳，石碾子……

　　房屋院落依山势而建，高低错落，成立体式分布。绝少有两户等高并排如平原的平面式布局。正应了那句"屋是挂在山坡上的"

（吴伯箫《山屋》）。受山势约束，每家每户房屋却又规制各异：有正南朝向，有侧斜；有宽敞，有逼仄；有平房，有双层；有独院，也有套院……各式各样的院落里，部分保存相对完好，如刘家大院、王家大院、闫家大院等。

刘家大院，坐北朝南，大门虽小却严整。拾级而上进入院内，正面是两间北屋，东西各有偏房一处。正屋与西偏房之间有一小门，穿门而过，西边豁然又一小院。小院西边、南边又各建有小屋一间。顺着北边一溜儿向上的石阶抬头望，在大院北屋的后上方，竟然还建有一座房子。这种院连院、房上房结构，复杂而有变化，实用又平添情趣。可见当初设计者的匠心，也显示着主人的勤劳与富足。

登台阶，穿小路；出大门，进小院……我们边走边看，随意漫步。及至一院落深处，忽见有一二层石屋，赫然耸立，尽管窗棂黢黑、门板破损，顶上替换屋草的石棉瓦，有的已风化脆折，但底层屋门两边，却各挂有方形牌匾一块，金底红字，很是醒目。我快步上前，见右边牌匾是"红色传承教育基地"；左边牌匾是"泰山时报旧址"。噢，原来这个僻静山村的普通院落，竟然是解放战争时期的一处文化宣传圣地！

可以想象，当年这个小院里，机器是日夜地响，墨香是四下地飘。多少慷慨雄壮、热血沸腾的号令讯息、文章诗赋，随着一份份时报，鸽子一样飞出卧云铺，飞向泰莱山区，飞遍齐鲁大地，为革命呐喊助威，为胜利欢欣鼓舞……思绪飞扬中，我对眼前的小山村肃然有了一份敬意，更从那一块块坚硬方正的石头上，触摸到曾经滚烫的历史余温。

时间总会让一些事物朽腐，让一些事物消亡，也让一些事物永恒，于是成了历史。据介绍，卧云铺始建于明朝嘉靖年间，距今也有四百多年。现在村子里人们居住的房屋，多为后建的砖石混合结构。原来纯石头垒砌的房子，多已闲置，整理保护后供游人参观。偶尔也发现几处破败荒弃的院落：或屋顶漏天，徒剩四壁；或地陷墙裂，摇摇欲坠；或断壁残垣，青藤蔓延……昭示着几多沧桑变迁，展露着山村最真实的风貌。

房依地势建，而路则因院落修。

村里除了几条略微宽敞的大街，多是石头山土铺成的羊肠小路，陡峭处偶砌台阶，从家家户户的门前房后，或院墙东西，弯弯曲曲连到大街上，随地势高低起伏，织成一张密密的网，将全村人家"网"在一起。

无论大街还是小路，你可以随便捡一条走，纵有千绕百回，最终都会回到你出发的地方。坡缓的，可信步从容；坡陡的，则需随时刹车。石板路，平整宽敞，走来轻松踏实；碎石路，凹凸不平，需留心慢步。

更有几条从山上挂下来的"路"，当是经年累月雨水下泄冲刷出的天然小道："路"坡高弯曲，坚硬的山土不时露出嶙峋的石尖，底部一层细沙，随时都可将你滑倒在地——反正我是打了几个趔趄的。从小路石缝里，不时见到的黑色粪蛋蛋可推知，这里该是牧羊人每天赶羊群上山下山的通道。那一群群白的花的山羊咩咩的鸣叫，伴着牧羊人清脆的鞭响和吆喝，当是小山村温馨的晨曲和暮歌。

石头！石头！就是这寻常的石头，造就了卧云铺；就是这无言的石头，让人们读懂了卧云铺。

虽是伏天，但行走在村子里却不感到炎热。行至高处，还不时有清风扑面——这里树多。除了房屋道路，几无一处空闲，举目俯瞰皆是郁郁葱葱：香椿树粗枝大叶沉默不语，栾树顶着一头金黄发带，洋槐抻着细长的脖子使劲往山外看，板栗们则大口大口吐着浓郁的香。花椒、山楂、山梨、山桃、核桃树，枝果弯弯，拦着你的路，牵着你的衣，拂着你的面。

更有几株古槐散布村中，老干虬屈，树身龟裂，像静默沧桑的老者，回忆着过往；村中心一株大榆树，耸立九丈，枝繁叶茂，蓬勃茁壮，更像血气方刚的山里汉子，憧憬着未来。

犄角旮旯里，皆是土生土长的一丛丛大小灌木、野花野草，不修边幅，肆意地点缀其间。像山荆，正开着一穗穗紫色小花，散发着幽幽香气。特别是临大街一户人家石墙上那一丛如火的凌霄，到如今还一直燃烧在我的心头。

卧云铺是生长在森林之中的。

山若少了水，就没了灵性，显得呆头呆脑。也去过一些景区，本是荒山土岭，却用机器把水抽送至高处，然后让它自上而下作"飞泻"状，制造出"瀑布"景观。对这种玩意儿，我是很不屑的。

可是，在卧云铺你是看不到水的：悬泉瀑布？没有！溪流淙淙？没有！甚至连一个小小的水潭也觅不见。你会失望了吧？可是你留心观察就会发现，它是有水的，而且是无处不在的。几条大的街道，一边是人家院落的石壁，另一边必有一条沟渠相依相伴。沟渠上或搭一小桥，或横一石板，或砌一涵洞。沟里溜圆的卵石，沟帮上湿黑的水渍，以及丛丛青苔，仿佛都在告诉人们，这里曾经也有山雨来时奔腾飞泻、声如震雷的壮观。

村里聚族而居的几户大姓的场院里，石碾的旁边必有一井。碾随人姓，井随碾姓：刘家井、王家井、李家井……透过盖在井口的石板的缝隙，你会看到井里粼粼的闪光——那就是水，来自大山深处的清冽的山泉水。原来智慧的大山，将平素天降甘霖蓄积起来，化作汩汩甘泉，绵绵不绝地滋养着它的子民：树木、牲畜、庄稼、百姓……数百年来，成了卧云铺繁衍生息的不绝命脉。只是它们平日里深藏地下，像沉静平和的山里人，不喜欢显山露水罢了。

小山村里，很少碰到人。由于其原生态（未深度开发、不收费），没有大型旅游团队，稀稀拉拉的游客，多为慕名而至的自驾游，他们三三两两地出没在石头院巷里。所以到处静静的，偶有几声母鸡下蛋后的咯嗒声和家犬呓语般的吠声，从山上或山下飘过来。

在一处街道的岔路口，靠街边三五个老年妇女坐着撑子，有的面前用簸箩篮子盛着桃啊苹果啊，以及不知名的红的紫的山果；有的就在石头地上摆一把豆角、几条黄瓜、一小堆西红柿；还有的守着山上采挖来的一点点何首乌、山蘑菇。她们慢慢地摇着蒲扇，也不叫卖。有游客走近来，她们就向前探探身子，用蒲扇指指面前的东西，轻轻地说："自家种的，挺好的！捎点儿吧！"有买的，也不计较价钱高低，还把秤给的高高的；没买的，客套两句就又坐回身子，同旁边妇女继续闲聊，有一搭没一搭的。

村里鲜有年轻人和孩子，不时见有古稀老人在悠然休憩：在一高处院子的门口外石桌前，两位老汉正边喝茶边下棋，不言不语，落子无声。一条小黄狗就窝在石桌下醋醋地睡着。在小巷拐角处一户人家的山墙角，一老者正独自安详地静坐，鹤发童颜，气定神闲。见我们经过，轻声招呼道："来家里喝茶。来家里喝茶。"淳朴热情得简直叫人有点感动了。还有那个用篮子挎着一个西瓜去看孙子途中为我们指路的憨厚村民。

就在这古朴山村里，还遇见了一位"艺术家"：六十多岁的一个男人，不高的个头。没有梳背头，没有着唐装。一件白衬衫，扎着外腰，朴素得跟村民没有什么两样。见我们在院子外逡巡，便从远处快步走过来，招呼我们到家里看看。院子建在一处高台上，不大，但方方正正，北西南三面建有房子。走进北屋"展室"，狭小的空间里摆满了艺术品：地上是大大小小各种造型的根雕，靠北墙一溜架口上是各式各样的奇石。我们边看边问，主人热情地介绍：根是莱芜山上的根，石是莱芜山上的石。当我们称赞他的艺术品位时，他一脸谦卑地说："自己弄着玩的。"声音低哑，且面带羞涩。观赏交谈片刻，离开时，他寒暄道："有空来玩儿！"简单、真诚。但我们知道，他有些话还是羞于说出口的。这就是山里的艺术家，不吆喝，不推销，不张扬，一如街边那些卖菜的妇女，低调而淡然。

就这样，不管大街，也无论小巷，几个人信马由缰，见路就走，见台阶就上，在石头中穿行，在林荫中漫步，细细品味着小山村独有的气质与风韵。

当我们踱回来时预约下的农家乐"香遏行云"时，已是正午时分。刚一落座，一盆柴火炖笨鸡就香喷喷地端上来。开车的不喝酒，司机倒一杯开水，我们仨要一瓶五十二度兰陵大曲，围在凉棚下的矮桌旁，边吃边喝边聊。

卧云铺，一个很有诗意的名字。每到暮色降临，小山村就被团团云雾缭绕，直至次日太阳从山梁上升起。我们来得晚，那如梦如幻的美景未得一见。但从散布村里的农家乐的招牌上，还是觅到了"云"的影子："彩云间""云霞山庄""白云飘飘"……可见，这云雾已经成了卧云铺的一块鲜亮的招牌。今日不见，虽有遗憾，但细想想，其实那洁白的云雾是一直都在的：它早已洇染了这里的一草一木、一石一瓦，早已浸润了卧云铺人祖祖辈辈的血脉肌肤，并伴着农家乐的原汁原味，一同飘进每一个来过这里的游人的记忆里。

一杯"兰陵"下肚，不胜酒力的我，顿觉脚下生云，人便飘飘然起来。这时，脑海里竟冒出在村中遇到的那个中年汉子说的话："有啥看头啊！"是啊，卧云铺有啥看头呢？我捏着晕乎乎的额头冥想着：是它的山它的树，还是它的水它的雾？是它的悠悠过往，还是它的现实存在？是它的纯朴自然、与世无争，还是它的宁静祥和、真诚热情？

……唉，不想了！

卧云铺，这会儿，我只想醉倒在你怀里。

南京观梅

听说南京梅花山的梅花开了，于是决定去看一看。

三月十日周六一大早，便与妻子乘上了去南京的旅游大巴。到目的地约需八个多小时，一路上边听导游小孟讲故事，边闭目养神想象着梅花盛开的美丽景象。

梅花与兰竹菊并称"四君子"，还被喻为"岁寒三友"之一。过去由于气候的关系，在北方是很难见到梅花的。但是对梅花的热爱与神往却是由来已久。当然，这很大程度上归功于那些耳熟能详的诗词歌赋们。如，励志名言"宝剑锋从磨砺出，梅花香自苦寒来"；脍炙人口的歌曲《一剪梅》《红梅赞》《梅花三弄》；诗词名句"梅须逊雪三分白，雪却输梅一段香""疏影横斜水清浅，暗香浮动月黄昏""零落成泥碾作尘，只有香如故""待到山花烂漫时，她在丛中笑"……梅花的形象早已深深印在脑海里：美丽，高洁，雅致。

车到南京已是下午四点多，一行人马不停蹄去了游览的第一站"中山陵园"。在瞻仰完孙先生陵园的庄严景象后，傍晚时分，又赶往南京繁华的夫子庙。此时恰逢秦淮灯会，古秦淮大街两旁商铺张灯结彩，通明一片；游人如织，接踵摩肩；各种小吃，琳琅满目，香气缭绕。著名秦淮河上，霓虹倒影，游船如梭……一派歌舞升平。

至此，一天的行程结束。舟车劳顿，到宾馆睡下已是夜半时分，沉沉地一觉到凌晨四点多。起床简单收拾一下，便匆匆下楼集合出发去往梅花山。

五点多的大街上路灯依然亮着，尚无行人，一片寂静。车行二十多分钟到达梅花山景区一入口（应该是一号口），见早已有许多人在等待入园。大门外微弱的灯光下，几株梅树正朦胧地开着，一轮弯月静静地斜挂在幽蓝的天幕上……

园门一开，人们蜂拥向前，无奈回形针状的铁栏杆仅容一人通过，于是人们只好耐着性子鱼贯而入。进得园来，沿着一条窄窄的小路，导游带着我们走向山坡的高处。梅花山不高（海拔只有55米），坡势低缓，走来全不费劲，很适宜边走边赏景。这时天色渐明，两旁的梅花也已能分出红白颜色。有的游客已按捺不住，举着相机跑到梅树下拍起照来。

来到梅花山顶时天已大亮，这里早已游人众多。但见平阔地势上，左边矗立着一块石碑，上书"第一梅山"四个遒劲大字；中间是仿古建筑"博爱阁"，雕梁画栋，碧瓦飞檐；向右，几株树龄有几百年的古梅树错落其间，粗大沧桑，却花开正艳。导游小孟刚刚强调完下山的时间和集合地点，一行三四十人便一哄而散，瞬间淹没在茫茫花海之中。

自由活动时间，我和妻子就放慢脚步，随着大多游人沿着观景主路缓缓向东。路两边梅树掩映，不见尽头；暗香袅袅，淡雅清幽。迤逦前行，不时被盛开的梅花牵绊住脚步，停下来边观赏边拍照……行进间，渐觉人流慢了下来，停了下来。人们纷纷涌向路左边远眺并拍照。我料定必然有非常景色，就紧赶几步，从人缝中一瞥，不由一声慨叹："啊，好美！"随着观景主路由此向左边山坡下延伸，视野一下子开阔起来。极目望去，下面盛开着的红梅白梅连缀成片，整个山谷简直就是花的海洋，又像飘荡着一团团或白或粉的云霞，如梦如幻，宛若仙境。不免令人想起陶渊明笔下的"世外桃源"。于是随着蜿蜒的游人，我们也一同走进了这水粉画中。

这时，下行上行的游人已汇聚成流，源源不断。有被儿女搀扶着的古稀老人，有相牵相拥的少男少女，有奔跑雀跃的儿童，更有被父母吊在睡袋中尚在安眠的婴儿，偶尔还会发现个别"老外"掺杂其间。人们边走边看，不同的方言却表达着同样的惊叹。大家都想方设法把这美好瞬间留住，同时也把自己留在这美丽之中。曲背扭胯的"摄影家们"架起相机不断调整着镜头焦距；结伴的则你来我往或蹲或立，互相拍下娇美的姿势；那些独行的就把自己埋进花丛，举着手机，绽出一脸的灿烂。有那么五六个花枝招展的女士，裙袂飘飘、丝巾绕肩，时装模特般干脆在路边走起秀来，摆出各种姿势。那份美丽，真说不出是她们衬艳了梅花，还是梅花映俏了她们，引得路人连连喝彩。

　　路上远观还嫌不过瘾，好多人干脆钻进路旁的梅林里。喜欢拍照的我自然不放过这与梅花近距离接触的绝佳机会，也随着走了进去。走近了你才一睹梅花的真芳容：她的花朵有大的有娇小的，有单瓣的有重瓣的，有白色的淡黄的，也有粉红深红的；绽放的尽态极妍、千娇百媚，含苞的朱唇点绯、抱珠含玉……五色斑斓，姿态万千。我细心地寻找着自己心仪的景致，极认真地调整着手机角度、距离和光线，力争把每一幅图片都拍成最好。一张，一张，一张……无奈，偌大梅林，步步风景，美不胜收。于是干脆用视频来一个全景，并第一时间发给远方的朋友，一起分享这千里之外江南醉人的春色。徜徉流连时，忽觉眼前一亮，抬头看，只见东方日出，正把灿烂的光芒撒在梅花山上。顿时，整个梅林一片通明，梅树立刻鲜亮起来：白梅如雪，粉梅如绸，红梅如火……令人心旷神怡。正痴迷间，忽闻妻子呼唤。毕竟时间有限，便不舍地走上主路，原路返回。此时，路上已是拥挤不堪，大批的人流正瀑布般向下倾泻。

　　翻过山顶，寻一条小路向山下走去。与刚才游人如织不同，这里只有稀稀落落的散客，悠闲地漫步、赏梅。然曲径通幽，竟然也有意外发现。只见路旁一株梅树花苞淡黄微绿，粒粒分明，犹如珍珠，在旭日照耀下尤其皎洁醒目，很是别致。我凑近看一下树上的铭牌："哦，绿萼梅！"于是我边走边留意起梅树的名字，白梅、胭脂、宫粉梅、红梅、照水梅、大玉蝶梅、洒金梅、朱砂梅、跳枝梅、垂枝梅等，数不胜数（据说这里有三百五十多个品种）。正低头寻觅，忽听一阵鸟儿鸣啼，婉转悠扬，叫得人心里一阵舒畅。拐过一片跳枝，循声走去，只见几只鸟笼挂在形如龙爪槐般的垂枝梅上，俊俏的鸟儿衬着粉黛欢快地跳跃着、啼唱着，竞赛一般。几位老者悠闲地坐在梅树下。我趋前询问，方知是"画眉"。"画眉——梅花"，这颠倒的谐音难道仅仅是一种巧合？其中不也正隐含着某些机缘、和谐与相得益彰吗？伴着愉悦的鸟鸣，很快便来到集合地点一号门——也正是来时的入口。再看门外来时那朦胧的梅树，确是新新艳艳的宫粉，正美美地绽放着。

八点多，去往最后一个景点——阅江楼。阅江楼位于南京市狮子山巅，屹立在扬子江畔，饮霞吞雾，是中国十大历史文化名楼，有"江南第一楼"之称。楼高五十二米，外四层暗三层，共七层，碧瓦朱楹、檐牙摩空、朱帘凤飞、彤扉彩盈，为典型的明代皇家建筑风格。来不及停歇，大家便扶梯而上，一口气直达顶层。凭栏北眺，大江茫茫，一桥飞架，气势磅礴；四下俯瞰，高楼林立，车水马龙，气象万千。

下午一点多，全部行程结束，便踏上返回的路。虽然游览只有短短一日，来去匆匆，却也收获满满。细细回味，比起中山陵的肃穆、夫子庙的喧嚣与阅江楼的壮观，我更倾心于梅花山的清新与自然。它集天地之灵气，吸日月之精华，孕育了这一方人间仙境，令人陶醉，使人沉静，叫人物我两忘，真不愧为"第一梅山"称号！倏忽间，梅花山顶那块书有"第一梅山"的石碑又浮现于眼前。我忙打开手机，搜索题字者"杜平"。得知他是一位戎马倥偬、功勋卓著的无产阶级革命家。他在书法等方面有着极高造诣，被称为"将军书法家"。这时一句歌词忽然冒了出来："若非一番寒彻骨，哪得梅花扑鼻香。"是啊，如果不是那个年代出生入死艰苦卓绝的浴血淬炼，又怎会煅就他方正端庄苍劲大气的书法之风呢？

思索间，大巴车已驶过长江大桥，向北疾驰。看窗外，树木吐翠，小草萌芽，湖水微漾，春色似乎正追随我们一起向北方款款铺展开去……

沂水一日游

六月四日星期六，临时起意，决定随团去临沂来一次短途一日游。

三小时左右的车程，我们来到了游览的第一站：雪山彩虹谷。彩虹谷是国家 4A 景区，国内独有的世界彩虹文化主题公园。进了大门，沿着一条竹林间的小路，踏着块块石磨盘，便开始了一段美妙的旅程。

竹林青翠，碧草葳蕤，脚边时不时就会飘起一阵水雾，童话一般。小路尽头，每人撑一把橘黄的伞，便进入了彩虹谷。长长的山谷植被葱茏，头上细雨蒙蒙，脚下溪水潺潺，空中阳光朗照，别有一番情趣。

我们跟导游坠在队伍的后面，边看风景边拍照。忽然导游大喊："彩虹！彩虹！"急忙抬头望："在哪里呢？""回头！脚下！"果然，身后不远处碧草之间、小径之上，一弧微缩的彩虹就朦胧地悬在那儿，宁静而美丽。导游说好幸运，她只是第二次见。我不信。彩虹得有灿烂的阳光、充分的水汽、适当的视角和不急不躁寻找美的心情，难得一见却是实话。今天算是天公作美，各种机缘巧合，让我们一睹美景，确实幸运，不虚此行。惊喜中，也庆幸自己落在后面。倘若像前面的人只顾低头匆匆走路，又怎能欣赏到这难得一见的景致呢？脚步慢一点，时常回头看一看，也许你的人生就会有许多惊喜。

站在彩虹谷尽头的亭子里回头望，美景一览无余，如诗如画，天上人间，仙境一般。

由山谷的尽头拾级而上，从袅袅薄雾中左拐，过一小桥，算是结束了这段如梦如幻的旅程，灼人的阳光和脚下的沙土把我们从仙境拉回到现实。

　　沿着蜿蜒的山道，一路漫步，一路风景。桃子已经是红红的嘴，羞羞地藏在绿叶后面，躲避着骄阳的追逐。滑草的滑道像从空中铺下的彩虹，又像一条飞泻而下的彩色瀑布。静静的水车更像一个紧张劳作后小憩的农人。过惯了四平八稳日子的人们，争先恐后到大转盘上体验一下被离心、被抛弃的感觉。篱笆中的骏马昂首奋蹄渴望着驰骋的日子。摇摇晃晃的索桥让你感受跨越峡谷的步步惊心。太阳花上，贪婪的蜜蜂旁若无人地采集着花蜜，酿造着自己的甜蜜生活。池塘里黑天鹅在静静地休憩。竹篱、竹门尽显自然与淳朴。

　　彩虹谷景区游览完毕，乘电瓶车返回停车场，已是下午一点多。稍一修整，便乘大巴赶往下一景点：天然地下画廊——天谷。

　　大巴车沿山路急驶约半小时，来到了位于沂水院东头镇的天谷旅游区。

　　导游说："天谷溶洞是当年农民打井时发现的。"亿万年地质变迁形成的地下天谷，融入在地上天谷之中，构成了沂蒙风情旅游区的核心。

　　下了车，从崖边逐级而下，山谷中开着白花的板栗树，散发着浓郁怪异的味道。走到山谷对面，攀上台阶，就来到了飞瀑直下、碧水漫流的天谷洞口。

　　进到洞里，先是一宽敞的大厅，清爽宜人，先前的暑热顿消。一直向前，稍一左拐，眼前一片霓虹迷蒙：溶洞到啦！溶洞或宽或窄，或高或低，蜿蜒向前。脚下有时是窄窄的石板路，有时是跳跃的石墩儿。旁边就是洞中积水汇成的小溪，无声地陪伴你一路向前。洞中漫步，琳琅满目，应接不暇。亿万年大自然的鬼斧神工在人类的回春妙手下大放异彩。钟乳石形形色色、千姿百态，诉说着各自成长中的不平凡经历。五彩的霓虹将溶洞辉映的光怪陆离、斑斓多姿。乳石上水滴叮咚，洞顶缝隙处"天雨"哗哗，使溶洞愈显幽静与空灵。溪水宽阔处，有各种彩灯点缀，似荧光，似珍珠，似星星。

溪水最终流成小河，钟乳石也到了尽头。尽头却又是开端。这里是一日游的最后一个项目漂流的起点。漂流一半在洞里，一半在洞外，是国内唯一的"穿越时空和地域"的体验项目。

穿好雨衣，抓紧扶手，坐稳身子。工作人员一松手，橡皮舟顺水而下，沿着窄窄的河道越漂越快：有时屈曲回环，有时上下起伏；河水四溅，惊呼连连。惊心动魄间，完成了"从远古到现代的穿越，从地下到地上的漂流"。

上得岸来，心狂跳不已，连呼过瘾……

短短一天，却经历了人文与自然、地上与地下、晴朗与雨中、山道与水路、燥热与清凉、轻松与刺激的多重体验。更值得一提的是小蒋导游，活泼热情，能说会唱，负责周到，使大家有宾至如归之感。

一个好导游难道不也是一道美丽风景吗？

圆明园小记

周末去北京参加由教育部语言文字报社举办的活动。

大巴到站，健与琳琳接上我后，陪同我打的去翠园大厦报到。去客房安置好行李，又请我到"大鸭梨"吃饭。吃着烤鸭，喝着豆浆，见到分别好久的孩子，心里自然高兴。临别时，健与琳琳叮嘱我坐地铁要注意的事项，并且给我一张从广告上剪下的北京地铁线路图。

第二天：上午开幕式，听报告；下午、晚上"百佳语文教师技能大赛（说课与板书）"。我是 133 号，被安排在晚上测试。

第三天：上午测试，听报告；下午和晚上继续测试……

测试结束后，我一身轻松，便想出去转转。到哪儿去呢？忽然想起地铁线路图上标注的"圆明园"就在大厦正北不远，于是打定主意前去一观。一来，从小所受的教育，被八国联军焚毁的"万园之园"的圆明园一直是刻骨铭心的痛，很值得亲临现场凭吊一番；二来，此行也可借机熟悉一下地铁乘坐要领，为返程做好准备。

吃过午饭，带上相机，独自一人来到不远的国家图书馆地铁口。口袋里装着北京地铁线路图，心里记着儿子的叮嘱。买票，进站，上车；一站，两站，三站……大约七八站的工夫，目的地到了。走出站口，一条宽阔的东西大街，车与行人不多。向东走不过二百米，便见圆明园公园南大门。门票很便宜，成人通票二十五元——也许因为是"爱国主义教育基地"的缘故吧。

一踏进园门，便心生庄重，也有了急于看到印象里的"圆明园"那残破的石碑石柱的冲动。然而呈现在眼前的却是结冰的湖、连绵的山（土堆）和落尽叶子的老树。于是按着路标的指示，一路向北。

沿着湖边，转过小山，岔道处路标上依然是"西洋楼遗址向北"，于是继续向北。沿途景物几无差异，湖相通，山相连，白草衰萎，游人稀落……

一路走，一路看，一路想：当年此地原本必是荒野一片，被风水先生看中后，得皇上开发圣旨，集天下能工巧匠，耗千万国库白银，历一百五十年，挖土成湖，垒土为山，遍种名树贵木，奇花异草，建亭台楼阁，修栈桥回廊，搜世间珍宝，寻中西古玩，终成皇上皇后妃嫔们怡心养性、逍遥自在之人间仙境……在瞻仰了园内唯一的一座石桥遗址，登临了"仙女承露"处，观赏了圆明园缩微模型全景图，感受了黑天鹅一家四口温馨游戏进食的场景，约一小时后，终于来到了西洋楼遗址处。

西洋楼遗址地处公园（长春园）东北角，自西向东近千米，由谐奇趣、线法桥、万花阵、养雀笼、方外观、海晏堂、远瀛观、大水法、观水法、线法山和线法墙等十余个欧式建筑和庭园遗址组成。纵目望去，断壁残垣，石条石柱横七竖八，狼藉一片。但从仅存的几处依然矗立着的汉白玉石质构件，和随处可见雕刻着花纹图案的石块来看，就可以想象当时西洋楼建筑群的宏伟与精美。而今经过历史的风吹雨打都变成了一地冰冷的石头……

驻足间，有几个旅行团陆续到来。在导游引导解说下，回味着每一处遗址、每一块石头上面所承载的那段辉煌而又心酸的故事。我也不由得加入进他们中间，去感知那段历史的本真。

西洋楼的主体，其实就是人工喷泉，时称"水法"。特点是数量多、气势大、构思奇特。主要形成谐奇趣、海晏堂和大水法三处大型喷泉群。说海晏堂可能一般人不甚了解，但一提十二兽首大家一定印象深刻。前几年闹得沸沸扬扬的十二兽首回归事件，曾激起了亿万华夏子孙的爱国热情。由鼠、牛、虎、兔、龙、蛇、马、羊、猴、鸡、狗、猪铸成的十二个兽面人身铜像，就是海晏堂正门阶前大型水池中呈八字形左右排列的喷水口。导游说："各位回去以后，要打听一下另外五个兽首的下落。有找到的，立刻报告国务院！"他严肃又诙谐的话，引来游客们一阵笑声。

大水法是西洋楼最壮观的喷泉，其遗址就是我们在各种书刊及影视作品中经常看到的圆明园标志性图片所展现的部分。因此，游客们纷纷在此拍照留念。据导游讲，原建筑造型为石龛式，酷似门洞。下边有一大型狮子头喷水，形成七层水帘。前下方为椭圆菊花式喷水池，池中心有一只铜梅花鹿，从鹿角喷水八道；两侧有十只铜狗，从口中喷出水柱，直射鹿身，溅起层层水花，俗称"猎狗逐鹿"。大水法的左右前方，各有一座巨大的喷水塔，塔为方形，十三层，顶端喷出水柱，塔四周有八十八根铜管，也都一齐喷水。当年，皇帝是坐在对面的观水法，来观赏这一组喷泉的盛景的……游客们于是又随导游来到观水法遗址旁。

观水法主要是安放皇帝宝座的地方，高高的台基后面依然树立一组完好无损的高大的石雕屏风。据说，当年好多大臣反对修建这一坐南朝北的观水法，认为有悖皇家规制，恐不吉利。但皇帝坚持，于是就在宝座的后面立起高大的石雕屏风，以阻挡鬼魔妖邪。又觉得国产的神仙菩萨法力不够，便让工匠们在每块屏风上面雕刻上欧洲的洋枪洋炮。站在观水法的台基上，端详着屏风上的火枪大炮，不禁令人感慨万千：高大的屏风非但没有抵挡住妖魔鬼怪，而恰恰是这些辟邪的法物却成了强盗们打开清国大门的利器。想来是多么滑稽可笑啊！

看看太阳西下，冬日惨白的光已渐渐变得通红，其他景点草草走走，我便决定早早返回。十五元一位的电瓶车缓缓驶向南门，四周的树、湖、建筑全都橘红一片。风凉凉地吹着我的脸，心头装着那一堆堆的石头，沉甸甸的……

乐安晨曲悦耳鸣

每天早上五点，眼皮便忙不迭地打开，脑子也骨碌碌地转起来。脑子一清醒，睡意全无，再躺着就变得毫无意义。于是，我便起身，外出走走。

天早，外面人少。第一个碰上的常常是同楼道九层的小×，但她已是运动回来了。她的习惯是真的好，一年四季早晚散步，四十多岁的人体态轻盈，健步如飞，运动员一样。偶尔还会遇见三楼的大哥，骑自行车，车筐里载着篮球，朝气一点儿不输青年人。

小区在县城中心位置，步行一刻钟，过孙武路向东南不远便是乐安公园，也就是我每早要去的地方。

乐安公园2009年6月底竣工，占地二十八公顷，地处城市中心，四周居民小区、商业区和行政中心环绕，是人们文化集会、休闲观赏、体育健身的好去处。公园成正方形，中心是一圆形激光喷泉广场，四周环绕文化柱、浮雕墙。广场的东北、西北、西南三角则点缀着玲珑的人工湖，碧水荡漾，荷花盛开，菖蒲繁茂。再向外，便是各种乔木、果树、花树掩映下的文化景观和蜿蜒迂回的甬路，千姿百态，美不胜收。

我从西北角进入公园。瞬间，浓浓的绿意便包围过来，一股清凉立马浸透全身。身后的高楼大厦、马路、车辆立刻被屏蔽在另一个世界。单纯的色调与清爽的空气也使心很快沉静下来，于是便有各种各样美妙的旋律涌上耳畔。

一

沿着民间艺术长廊东侧甬路向南，不多时便有一男声伴着有节奏的音乐徐徐飘来："一，二，三，四；二，二，三，四……"舒缓，轻柔，似是一种体操的口令。向前走，透过树木枝干的缝隙，便见一些男女站在"绿荷听雨"湖岸西侧、"齐翰苑"南北空廊处，正随音乐活动着腰颈四肢：或伸或屈，或拍或揉，或俯或仰……有晚到的，便静悄悄地在队伍边上找个空地儿，跟着做起来。一群人，年龄有大有小，体型有胖有瘦，动作有精有糙，服饰也各式各样，但都专心致志，认真去完成动作要领，不偷懒，不敷衍……

走不出几十米，音乐声便好似被四周的绿树紧紧包裹住一般，听不到了一丝一缕。我忽而生出些许感慨：他们把音响音量尽量调控到最低，既保证活动的有效进行，又不至于对周边环境造成声音污染。方便了自己，不影响他人，这是多么的用心啊！可见，那树木包裹住的不只是声音，更是一份自律，一份公德，一份修养。他们健了身，更健了心。

二

沿甬路向东南去，一池的月季依然红花如蝶，而前边的牡丹园与芍药园里却只有一枝枝苍绿的老叶寂寞地等待着秋天了。

在牡丹园与芍药园之间，是景观"古井飞虹"，取朱熹诗"问渠那得清如许，为有源头活水来"之意，为公园水系涓涓不断地提供水源：古井成六角形，中心有一喷泉汩汩。在外围圆形池子里，对应着古井的六个角有六个小喷泉，也哗哗地唱着歌与中心喷泉应和着。

井水沿着一条先窄后宽的小溪向东边的湖里流去，在靠近湖边处被一条南北的甬路截断。于是在甬路的西侧，溪水便聚成了一个小潭：潭水明亮如镜，清澈见底。小潭南北两岸砌以嶙峋石块，石上攀附着虬曲的蔷薇，掩映在黄栌和水杉茂密的树冠下。一份幽静，一份清爽，不禁让我忆起柳宗元的名篇《小石潭记》。不同的是这里的潭更小，更不同的是我的心境。聚满的潭水，就从甬路铺砌的方形大理石砖之间留出的空隙里溢向东侧。由于与湖面有一米多的落差，于是一股股细亮水流垂下来，如同挂在山壁上的悬泉，发出或哗哗、或叮咚、或淙淙的声响，如琴，如铃，如瑟，悠扬悦耳，绵绵不绝。水落处，不时有一群群小鱼儿游来游去。听到脚步声，它们便在水面上画出一轮轮涟漪，消失在湖水深广处。

三

从"琴风吕韵"和"博弈台"之间的甬路向东过广场轴线南端，就步入公园东区。这时，常有天鹅或孔雀明亮空灵的叫声从公园西南方向传过来。

乐安公园文化景观是以"西文东武"理念来设计的。东区之"武"即以孙子文化为主要元素，从南向北"武略画廊""栈道伏兵""尚武汀岸""得水为上""百将长廊"，以及与"百将长廊"遥遥相对的西区的"屈兵台"，均体现了兵家思想的内涵。漫步其间，心神不免激荡起来。

而此刻，恰有一嘹亮的号子声穿透密林雄壮地飞来："立——正——齐步——走——一——二——三——四——"我不禁一震：是谁在喊号子？能发出这样雄壮豪迈声音的又该是怎样一位高大威猛的壮汉呢？此时，身边不断有健步者经过，看他们的步伐似乎也和了那号子，铿锵有力起来。我循着号子声传来的方向眺望，层层树木遮蔽，不见人影。行至"抚琴台"，号子声再次高亢地响起。我急转头，见东面百米外树木掩映中，一白衣男子正阔步在坡中小路上：个不高，发白而稀，但昂首挺胸，高摆双臂，迈着大步，劲

233

头十足。

那一早，我正在"百将长廊"前合欢树下石墩上压腿，忽闻号子响起，如在耳边。猛抬头，见白衣男子就在不远处大步朝我这边走来：一米六上下的个头，七十岁左右的模样，黑红的脸膛，健壮的身体。我忙打招呼："老先生一早走多少里啊？""二十多里吧。"他答道，声如洪钟。"你声音真洪亮啊！"我夸赞说。"我当了二十多年兵哩！"他语气里透着自豪，但脚步并不停止。

哦，原来是一老兵！个头不高，却底气十足；年龄不小，却朝气蓬勃。可见，青春与健美是不能完全用年龄来划分的，它很大程度上取决于心态和坚守。

四

有道是"风水之法，得水为上"。"得水为上"景观位于公园东北角地势的制高点，由玻璃景观亭、装饰构架、汀步和照明石墩构成。从东、南、北三面，可以拾级而上。东西向的装饰构架南面是一开阔的缓坡，站在构架下望去，坡底碧草尽处便是一片粗壮高大的乔木：桑树、法桐、构树、白蜡、金叶槐、塔松……枝繁叶茂、郁郁苍苍。密林中不时有鸟儿在自在地叫：独奏，合鸣；这边一声唱，远处一声应……沉静舒缓，妩媚悠扬，如同荷露滑进池塘，好似蜜糖溶进温水，醉透人心。

沉醉在大自然的美妙旋律中，环顾四周，便又见右边不远处，环形木制坐台围成的圆圈里，那月白小衫的女子，她几乎是每天准时来到的。白色小衫，黑色筒裤，苗条身材。她时而匍匐压腿，时而直立抻臂，时而俯身转腰，时而后仰摇颈，动作舒展。一个人，悄悄地来，静静地做，阒无声息，沉静安详。映着木槿花婆娑的树影，她如同碧草溪畔一只悠然的白鹤，清澈水面上一株淡雅的白莲。从远处你是看不出她的年龄的：二十？三十？四十？我自愣神间，那月白的小衫已飘然而去……

想起《诗经》里的一句诗："静女其姝。"是啊，生活要有黄钟大吕的高亢，也要有洞箫牧笛般的悠然。激越固然需要，娴静之美更是必不可少的。

五

行至公园北口时，太阳正从树冠上露出金色的笑脸。它用温柔慈祥唤醒了沉睡的蝉儿：先是一声、两声、三声，像儿童拿哨子慵懒散漫地吹；继而是百声、千声、万声，似军营里集合出操的号角，雄劲而嘹亮起来。你看不着出处，辨不清方向，就从那漫无边际的波涛样的树冠中铺天盖地汹涌而来，充塞一切空间，淹没所有声响。

有的人总是嫌弃蝉鸣，抱怨它们整天"火烧屁股似的"聒噪。其实，是你没有静下心来仔细去聆听，去感受。一只蝉，生命从三四年前那根纤弱的枝条开始，度过漫漫黑暗，经历重重凶险，才有了今日羽化飞天，其间任何的偶然都会终结它生命的进程。虽九死方得一生，几多不幸，又几多幸运，难道不值得纵情欢唱？生得艰难，活着不易。蝉自然不会去计算一生中黑与白的时间，更不会因二者的极端不成比例而慨叹命运不公。它们只知道黑暗染黑了身躯，心灵不能再变得黑暗，于是珍惜光明，过好每一天，就成了它们生命的信条。几多乐观，几多豁达，难道不值得纵情欢唱？当然，这叫声里有爱情的追求与欢愉，有生命的制造与延续。几多浪漫，几多责任，难道不值得纵情欢唱？

我想，如果没有了蝉声，夏天该是多么的寂寞啊！

六

走走停停，看看想想，一圈下来大约一个半小时。来到迎宾路惠泽园门口时，路南侧的小食摊上已是攘往熙来，热气腾腾，香气四溢了。每天早上四点多，小摊主们便早早来到，按照习惯的顺序，搭灶，生火，制作。或炸、或煎、或蒸。油条、蒸包、煎饼果子、肉夹馍、豆腐脑……现做现卖，新鲜香甜，满足着不同食客的口味。客人们有就地吃的，坐在南边小桌前边吃边喝，津津有味；有带回作一家人早餐的，掐算着人头，合计着数量……油条吱吱、馅饼滋滋、砧板当当，加上客人与摊主的寒暄、付款到账的报告声，此起彼伏，汇成一曲烟火红尘的温馨乐章，伴着升腾的蒸气和飘逸的香味儿，铺满宽阔的街道。

我禁不住也购得一份儿，匆匆回家填充早已辘辘的饥肠。

葵花黄，石榴红

童年的记忆里，有两种颜色是永远鲜亮在心中的：一种是向日葵的黄，另一种是石榴花的红。

一

在向日葵许许多多的别名如朝阳花、长寿花、望日莲等之中，属我们老家的叫法最没诗意——杆子头：一根杆子上，结着一个头——仅描其形，直露浅白。虽然名字土，但是人们又是真正地喜欢它，就像喜欢自家那小名叫"狗儿"呀、"石头儿"呀的孩子。而喜欢的原因大概有二：一是可以当花来看，二是可以有瓜子嗑。

向日葵那花瓣儿的黄是一种地地道道最纯正的黄，有金子般的尊贵，有火苗般的灵动，有阳光般的温暖，用手摸一摸，又有黄绸缎般的细滑、柔顺。就是这种鲜亮的黄，从绽开之时起，便如同照相馆里的大灯，一截截地拔高，照亮了一个个灰头土脸的农家小院，也灿烂着人们的脸。

当然，在没有应时的四季干鲜果蔬可以享用的日子里，葵花籽（瓜子）便成了大人孩子们的最爱。在人们的热切期待中，向日葵卸去花絮，长出一圈圈密匝匝的种子，被太阳由白嫩晒成黑硬，由瘪虚晒成饱满……深秋时分，大人们便将葵花的头割下来，用绳儿一系挂在房檐下，慢慢晾晒。去掉水分的瓜子更加香脆，倘若上锅一炒，便满口余香，百吃不厌。于是，葵花籽就成了孩子们口袋里的常客，成了招待客人的美味。

那时，每一个农家小院里是都栽种向日葵的，少则几棵，多则几十颗。房檐下，院墙根，影壁后，边边角角，都会见到它们的身影。每年三四月间，人们将种子埋进土里，七八天的功夫，它便顶着裂开的壳破土而出。然后借着夏天火辣辣的光和瓢泼似的雨，噌噌地往上蹿，不久便高出了墙头。再瞧那葵花，如同一群群被大人们关在各自家里好久没见面的孩子，互相伸着脖子，打着招呼，说着笑着，一脸的兴奋，一脸的纯真，一脸的灿烂。从此以后，它们便在嬉闹中与日子一同成长。

而今，看着葵花的黄，便不自觉地哼起那首熟悉的儿歌：向日葵，花儿黄，朵朵葵花向太阳……

二

如果说向日葵像一帮调皮的男孩子，那石榴花简直就是一群红褂红裤红脸蛋的农家小丫头。

每年一进入夏天，石榴树黄绿的枝叶间就冒出一丛丛鲜红的花骨朵，如小姑娘点在眉间的朱砂。五月的骄阳已是似火般热烈，可是石榴花似乎更享受这种炙烤的感觉。不久，她们或兴奋地高挑树梢，或羞涩地隐匿叶丛，或好奇地探身墙外，裂开了那如同抹了口红一般美艳的嘴唇，笑盈盈地注视着周围的一切。"一朵佳人玉钗上，只疑烧却翠云环"，"日射血珠将滴地，风翻火焰欲烧人"……那种如血如火般的红艳，怎不惹人怜爱、令人心醉？

在老百姓的眼里，石榴花红红火火是喜庆的象征，其果实籽粒丰盈又有"多子多福"的美好寓意，于是家家户户便都在院子里种上一棵或几棵石榴树。他们把最宽敞最向阳位置留给她：正房的门外两侧，院子的东、西北两角，或者是影壁墙前……让她们尽情舒展着蓬松的腰肢、吸纳着温暖的阳光，自由快乐地生长着。石榴树又是极泼辣的，就像农村养孩子，不需要太用心去打理。不消几年，她便出落得丰满俊俏、蓬勃茁壮，然后花满枝头。试想，盛夏时节，你随便推开一户农家小院的大门，猛抬头，一团红彤彤的火焰扑面而来，那又是一种怎样的惊喜啊？

记得，院西胡同里的三爷爷家就有这么一棵老大的石榴树，枝干虬曲，高及房檐，苍老的树皮如同三爷爷的手和脸。三爷爷七十多岁，孤身一人，石榴树就是他的命根子。每年从石榴树一长骨朵儿，他便一个撑子、一根拐杖，一屁股蹲在树底下，片刻不离。鸟来了，轰；猫来了，赶；甚至连那些爬上爬下吸食花蜜的蚂蚁都被他一个个挑落树下。三爷爷家的石榴树是与众不同的，听大人们讲叫"玛瑙"。它的花儿是重瓣的，有一绺儿白边儿，好像绢子攒成的，很是好看，常引得一群孩子在栅栏外探头探脑。三爷爷喜欢孩子，从不驱赶。他将他们唤进来，排好队，然后，佝偻着身子在繁密的花丛中精挑细选摘下一大把花儿（他知道哪些该留，哪些不该留），分给焦急等待的孩子们。孩子们也守规矩，不胡来。他们相信三爷爷说的话"听话的孩子秋后有石榴吃"。那石榴，他们吃过，大个，紫皮，里面一颗颗玉石玛瑙般晶莹剔透的籽粒，咬一口汁水四溢，甘甜入心……花分完了，男孩子捧在手里，女孩子戴在头上，咧着缺牙少齿的小嘴笑嘻嘻地散去了。

"五月榴花照眼明"。一棵棵石榴树就如同一支支火把映红了庄户小院儿，映红了整个村庄，也映红了人们心中美好的希望。

谁与春雨伴

　　惊蛰前一场春雨，淅淅沥沥，应时而至，可谓"好雨"。"好雨"之"好"在于它：安适静谧，不经意间地悄然而至；温润舒缓，有着玉一般的品质；带来生机与活力，引发期盼与遐思……一场春雨就是一幅好画，雨中的一切事物，或静或动，或高或低，或大或小，或实或虚……因与春雨相伴，于是都成为绝美的风景。

　　"天街小雨润如酥，草色遥看近却无。"春草因了接地气，因了春阳暖，一场春雨过，它们便急匆匆钻出了小脑袋，最先呼吸起春的气息，描绘起春的色彩。温润的春雨一场接着一场，小草在雨中纵情欢歌，跃跃欲试。它们渐渐茸茸一片、渐渐没过马蹄、渐渐碧色映阶，最终为大地铺成春的底色。"绿树含春雨，青山护晓烟。"已经伫立久了的树木们自然也不甘寂寞。春雨是滋润，更是唤醒。它们洗去一身轻尘，柔软一下筋骨，将蓄满的绿一滴滴地从树干里、从枝丫间慢慢洇出，然后兑着柔滑的雨，用一只只巨大的画笔在天空中把春天涂画成了立体。

　　"小楼一夜听春雨，深巷明朝卖杏花。"春雨是最能引起人们联想与想象的，它们就像盛开的花朵，斑斓而鲜艳。春雨多随风入夜。一宵春雨晴，便见红杏枝头，嘤嘤蜂闹；便见梨花带雨，楚楚如美人粉面含泪；便见菜花满地，吐着金黄的蕊；还有那驿外梅花，竹外桃花……赤橙黄绿，争奇斗艳，在那块绿色的大画布上，色彩缤纷地渲染出春天的本色，使天地间霎时亮丽起来。一场春雨一场暖，春雨滋润百花娇。呼吸着幽幽的花香，你仿佛已看到那果满枝头，杏黄桃红。

"细雨鱼儿出，微风燕子斜。"蓦然间，一抬头，你发现燕子飞回来了，春天立刻变得灵动起来了。花丛中，柳丝间，碧水上，美丽的燕子，一袭黑色的礼服，简洁得体，姿态优雅。她不嫌草屋陋，也不羡华堂美，唯愿能自由来往、安定宁静。温顺的燕子，不作疾状飞，翩然轻盈；不作叽喳鸣，软语呢喃。她懂得春光易逝，绝不学鸳鸯睡暖沙。趁着春雨泥融，啄泥垒窝，打虫育雏，早出晚归。如此可爱，谁家不希望春雨蒙蒙时能有双燕子自外飞来，"一时衔在画梁西"呢？家有燕子，日子自然就多了一份温馨与生动。

　　"青箬笠，绿蓑衣，斜风细雨不须归。"人自然是闲不住的。他们脱下冬的臃肿，也卸去心的慵懒，趁着春雨，走进春天：农夫耕田，童子放牧，少女踏青，恋人们撑一把油纸伞痴痴地漫步雨巷……更有超脱者，或"竹杖芒鞋"游走山林之中，或泛舟柳树荫下，或垂钓碧溪岸旁……"风渐渐，雨纤纤，难怪春愁细细添。"即便是那些思妇们，在霏霏细雨中或倚窗伫立，或银簪挑灯，或凭栏远眺……丝丝的雨，淡淡的愁，缠绵悱恻，凄楚哀婉，竟也是一幅幅绝美的图画。

　　"微雨洒芳尘，酝造可人春色。"而今，春雨正好，春色渐浓。还在彷徨的人们啊，何不抖擞精神，寄身自然，伴着春雨，一块儿融进春天那美丽的画卷之中呢？

野花儿赋（外一篇）

　　相较于人们悉心呵护供养的娇艳的、浓香的、硕大的名花儿，我倒是更喜欢那些默默生长、悄悄绽放的野花儿！

　　它们不卖弄姿色，不渲染香气，就那么清清淡淡的、低矮匍匐的，在人们的不经意间完成了生命的绽放。因为它们明白，低微的身份不需要姹紫嫣红、争奇斗妍、蝶飞蜂舞的浮华，默默地孕育生命的种子才是自己唯一的责任。

　　因此，它们不嫉妒。它们从不羡慕那些富贵的花儿所享受的特殊待遇，更不在意富贵的花儿所赢得的赞美和阿谀，只需要一缕阳光、一丝空气和方寸的立锥之地。

　　它们不慨叹环境的不济。任凭风儿把它们随便带到一个地方，只要有一点点的泥土，那便是它们安身的家园——于是生根，于是发芽，于是开花……所以马路边、瓦砾间、砖缝里、草丛中，到处都有它们幸福的影子。

　　它们不在乎生命的旦夕祸福。它们知道一阵风雨，一粒石子，一只飞鸟，一个蝼蚁，或是人们不经意的踩踏，都可以在瞬间轻易地终结它们生命的进程。所以，它们分秒必争不懈怠，遭遇灭顶之灾愈顽强，以全部的能量乐观应对生命的无常。

　　野花之野在其泼辣。迎风雨，顶烈日，不屈的灵魂焕发着生生不息的活力。

　　野花之野在其恣肆。不矫情，不雕饰，本色的性格呈现出肆无忌惮的风姿。

　　野花之野在其奔放。没有篱笆，不要修剪。没人挑剔，无须褒奖。

可以自由地生，可以自由地亡，一颗狂野的心永远自由地飞翔。

一尾孤独的鱼

生物老师做实验，不知从哪儿弄来十几尾小鲫鱼。尽管用湿布小心翼翼地将鱼儿包起，只露着尾巴，放在显微镜下让学生观察它们血管中细胞的运动，但六个班转完，仅有三尾活下来。

于是，我便将盛鱼的盆子放置在办公室中间花盆的空隙间。

第二天，那尾腹部出血的鱼最先去了。

第五天，那尾脱掉很多鳞片的鱼也去了。

第八天，最后的一尾却还活着……

但它看起来很孤独、很寂寞。它紧贴盆壁静静地浮在水中，一动不动：几分钟，几十分钟，甚至数小时……一副沉思的样子。

我想小鱼一定是从鱼贩的手中买来的，可它的老家又是哪里呢？

是那荒野中的小溪？是那偏僻处的水洼？是那泱泱的江河？还是那浩渺的湖泊？或许就是农民的三亩鱼塘？

它在想什么呢？

是那曾经的潺潺溪水、苇草低拂，还是兄妹们黎明、黄昏时的追逐嬉戏？是惊涛骇浪中的潇洒冲浪，还是跟在妈妈身后娇娇地觅食？

庄子说，你不是鱼，你怎么知道鱼的快乐？当然，不是鱼，我也不知道鱼之思。

但我还是妄加揣想：何必呢，小鱼？你是幸运的，一网捉来的那么多兄弟，如今就只剩下你了。小鱼，你是幸福的，从此你远离了大鱼的追食、饕餮者的觊觎。更何况你的四周还有鲜花环绕，还能吃到面包、火腿，还能听到你同龄孩子的朗朗笑语……

小鱼不动，依然在沉思。

在想什么呢，小鱼？

哦，我不是鱼，我不知道鱼之思。

花的随想

桃花

准确地说，今年城区的桃花应该是在农历三月初五前后开放的，而之前"夭夭""灼灼"的"桃花"却是桃梅、榆叶梅或红叶李——远远看去，一树树粉白的花朵，密密匝匝，鲜艳美丽，清香缭绕，蜂飞嘤嗡，恣意欢笑在料峭的春风里……对于对植物没有太多认知的人来说，那不是桃花又是什么呢？然而，她真的不是桃花！当繁花落尽，一切水落石出：桃花儿开过后结出的是桃子，而桃梅、榆叶梅、红叶李花凋谢后冒出的是叶子。

人生如此，凡事不为假象迷惑。要认清事物的本质是需要在浮华褪尽之后的。

石榴

当连翘抖开一身的黄在风中轻佻地摇着手臂，当玉兰咧开大嘴对着天空骄傲地哼着流行歌曲，当杏粉桃红匆忙地卸去浓妆穿起时尚的绿衣，而石榴皲裂的老干上仍看不出丝毫生命的气息。然而石榴又的的确确是在活着，而且正在将冬的冷与春的暖酝酿成无限的能量，汹涌翻腾如火山的岩浆，在嶙峋厚重的岩石掩埋下寻找着喷薄的出口。但是它又不急躁，不像那些个花花草草，小女子般一见天气转暖便急切地穿起红红绿绿的裙子，招摇在马路广场。于是，在众花逐春的喧闹渐渐平静时，石榴在初夏的四月开始爆发了：一簇簇的花朵在阳光下次第炸开，火一样燃烧在翠绿的梢头。"似火山榴映小山，繁中能薄艳中闲。一朵佳人玉钗上，只疑烧却翠云鬟。"燃烧、燃烧……整整一个夏天，天愈燥它烧得愈旺，天愈热它开得愈浓艳。它要把积聚的全部能量毫无保留地释放出来，烧出一个火热的夏天。风刮不熄，雨浇不灭。

火山熄灭，会造就黄金与钻石；榴花谢处，必定是果满枝头。那浑圆的、努着小嘴的石榴，带着火的颜色在夏天里出生，骄阳中长大；在秋天里成熟，在细雨中咧开嘴，笑对一个清凉的世界。而笑口处现出的一排美玉般的牙齿，晶莹剔透，不正是火焰燃烧后炼成的宝石吗？

蔷薇

取名蔷薇似乎就注定了它生生世世与墙的缘分。宽敞明亮的庭院中心、千姿百态的花坛中央没有它的身影，蜿蜒小径的两旁、池沼溪流的岸沿也难觅它的踪迹。只有那僻静幽暗、人迹鲜至的墙脚，才是它的安身立命之所。它不惧寒冷，不畏干旱，愈折愈强，越剪越旺。年年春天踏着时令的节拍，从灰石瓦砾间、枯梗老干上，继续着自己葱茏绚丽的梦想，永无止息。

无意苦争春，一任群芳艳。春来了，蔷薇先是一墙的绿，郁郁葱葱，完全不见墙的影子。那时，你会认为"墙就是蔷，蔷就是墙"。整整一个春天，它如一个悠然的闲者，静观红尘喧嚣、百花竞媚，心如静水，没有艳羡，没有嫉恨。

当桃李杏海棠牡丹芍药们急匆匆地来又急匆匆地走，当蜂蝶在惶恐怅惘中慨叹春归难觅时，一夜间蔷薇绽放了：一朵、两朵、三朵、四朵，接着是十朵、百朵、千朵、万朵……整面墙就像一块绿色的巨幅画布上滴上一大滴粉红的颜料，先是一点、一角、一边，不消几日，便慢慢洇透整块画布，绚烂成一幅粉色彩缎。成千上万朵花儿就如同多胞胎姐妹，同样的个头，同样的肤色，同样的微笑。互相偎依着、拥抱着，在艳阳下、在微风中快乐地成长。

蔷薇喜静，故不愿外人打扰。所以，它有玫瑰之形，却不用浓郁的香气招引蜂蝶，微风中荡漾的清香不用心品味是感觉不到的；它有芍药之色，却不以柔媚花瓣招摇风中，阳光下无数朵小花共同绘就美丽画卷，不必在意哪一笔淡哪一笔浓；它最不屑被人折断了带回家插进花瓶，最痛恨被人掐下来嗅一嗅弃于路旁，绿叶后那一根根坚硬的刺就是它品格的证明。

它就这样情愿孤寂地安守着一份宁静，哪怕栉风沐雨，哪怕骄阳日炽，哪怕红颜褪尽。

这就是蔷薇花，你兀自地绿，兀自地红，兀自地绽开，兀自地凋零。孤独是你的所爱，宁静是你的品性。默默地坚守，不随波逐流。因为你懂得生命的根本是生，生活的意义就是活出一份真自我。

公园夏夜

　　闷热的夏夜，最喜欢去有水的地方。

　　于是，晚饭后便直奔乐安公园。公园是新建的，植被茂盛，设施齐全，自然成了人们消夏的好去处。

　　当然，最吸引人的还是公园里的水。

　　公园的中心是一座大型音乐喷泉，每到夜幕降临，喷泉便开始喷涌：和着音乐的旋律，时而如一柱擎天，直插夜空；时而如仙女的曼舞，轻盈柔美；时而成一面宽阔的水幕，波浪起伏；时而呈圆形的簇拥，时而排箫般缓缓升起；时而是盛开的玫瑰，一层层向外翻卷……在五颜六色的灯光照耀下，变化出梦幻般的精致：或高或低，或缓或急，如诗如画，令人如醉如痴。

　　此刻，喷泉的四周绝少不了纳凉的人们：或扶老，或携幼，里三层，外三层。有的在静静地欣赏，有的在雀跃欢呼，有的在忙着录像，要把这美景变成永久的记忆。小孩子们则追逐着飘散的水雾，进进出出，不亦乐乎……

　　我却更喜欢喷泉广场东西两侧的小湖。比起明艳、喧嚣的喷泉，这里显得暗淡而幽静。各色的霓虹，或明或灭，勾勒出湖岸蜿蜒的曲线，与远处建筑上的灯光辉映出一派朦胧的气氛。此刻拨开拂面的垂柳，寻湖边一块石头坐下来，面前是幽幽的湖水，荡着轻柔的涟漪；脚边是一簇簇蓬勃的莲，顶着一朵朵白色的花蕊，散发着幽幽的香气；埋在水里的彩灯变化着五颜六色，引来鱼儿的嬉戏；远处角落里不时传来青蛙的鸣叫，起初是一只，接着是两只、三只……很快便响成一片，此起彼伏，悠扬悦耳；探向水里的木桥边，有母女脱去鞋袜，把脚泡到水里，不停地撩着温润的湖水：哗哗、哗哗……水面一漾一漾，摇动了霓虹五彩的光影，惊停了远处欢悦的蛙鸣，把飘浮的莲颠成了一只只轻盈的小船……

　　柔柔的夜风，吹送来健美操轻快欢乐的音乐，营造出一派幸福祥和的气象。

小城快雨

北方的夏天毕竟是夏天！

近几年小城变化很大，虽也绿树婆娑、草地茵茵，但宽阔的马路和栉比的楼群在六月如火般太阳的炙烤下，整个宛如一个热烘烘的大烤箱。"热！热！热！"是人们共同的感觉。于是乎，白天里行人匆匆，出租车车窗大开着狂奔；傍晚广场喷泉的四周便围满了男女老少。几个孩子干脆就钻到水池子里，任由水丝淋着、浇着，直到夜半更深；家家户户的风扇、空调二十四小时发疯似的连轴转着……

对生活在这燥热夏天的人们来说，最爽意的莫过于下雨了。

夏天的雨是说来就来的。

刚才还是天晴日烈，一眨眼，西边天空上就有乌云伴着沉闷的雷声滚涌而来，迅速地塞满了天空。墨云飞过，那亮亮的地方便是雨头，豆大的雨点"劈啪"下来，惊走了那些刚才还望云盼雨的人。随着一声炸雷，一道闪电，大雨滂沱而下，顿时天地之间成了水的世界：雨脚如麻，扯天扯地，哗哗如飞瀑自天而降，如洪水决堤而出……雷声不断，脆响的，如晴空礼炮当头炸开；沉闷的，如列车隆隆奔向天际。再看那闪电，直直的，有如银剑劈过；曲折的，恰似游龙过江……整个世界成了一首声光电的立体交响乐。胆怯之人是万万不敢出门的啊！

此时最欢的当属玩车一族了。公交车、的士、私家车一路飞奔在江河般的马路上，似快艇驶过水面，溅起高高的浪花，车顶上刮过蒙蒙雨雾。几个骑车的小伙子干脆脱光膀子，任由雨水浇着，一路高歌扬长而去。

忽然雷停了，雨也渐渐小了。被撵进屋里和被隔在房檐下避雨的人们，慢慢探出头，走到外面，仰头看看天，用脚撩撩路面上滚淌的水流，深深吸一口湿漉漉的清新空气……猛然迎头一声炸响，人们还没愣过神来，大雨又倾泻而下。人们惊呼着再次跑到屋内、檐下，慢些的已是落汤鸡一般，引来阵阵欢笑。

又一波次的骤雨来到了！

上天纵情地倾泻着甘霖。就在这紧一阵、慢一阵的反复中，当人们还沉醉其中，意犹未尽之时，一幕激情澎湃的大戏已渐渐接近尾声。如幕的乌云夹带着隆隆雷声慢慢滚向天边，似刚刚打了一场胜仗的军队，高奏凯歌班师回朝了。一会儿天空裂开点罅隙，露出巴掌大的蓝天，一束阳光似箭一样直射下来，宣告了这场大雨的结束。

一场豪雨湿透了大地，湿透了空气，湿透了高楼，也湿透了绿树。连日的暑气一扫而光，每个人从里到外都透着无限的爽意。几个蹒跚的孩子得意地追逐着路边的积水，小裤衩已沾在屁股上，大人也听之任之；阵阵微风摇落了树叶上冰凉的雨珠，将树下的行人惊得仓皇避闪，身后留下阵阵欢声笑语；鸟雀们纷纷飞出，在花间枝头跳跃鸣叫，几只黄鹂啄着花瓣上的露珠，精心梳理着自己的羽毛……

啊，这小城的快雨！

紫红的桑葚

关于葚子的最早印象，是来自三十年前读过的鲁迅先生的《从百草园到三味书屋》，里面"紫红的桑葚，高大的皂荚树……"的描述，曾引起少年时的我无限的遐想。然而真正见到桑树并品尝到葚子的甜美却是在今年的春夏了。

去年暑假后，上班的学校临时搬迁到了原城东中学院内，于是便有了这段与桑树相识相知的机缘。

经历了一个漫漫的冬天，春天又如约而至。三月新芽初萌，四月嫩叶如钱，不久便是葳蕤满树了。校园里的各种树木，争先恐后地释放着它们全部的绿色，迎接着生命中又一个轮回的开始。

"吃葚子了！"一日，一位同事边推门进来边摇着手里的树枝。"什么？葚子？"我一跃而起，一把把树枝抓在手里仔细端详着，只见一簇簇碧绿的桃形树叶，枝丫间结着青豆般大小的果实。"不能吃！不能吃！"同事劝阻不迭，我已掐一粒塞入口中，一嚼，果然涩涩的。

在同事的指引下，终于见到了桑树——噢，原来就是生长在楼前的花坛里，天天从下面经过，却从没引起注意的那两棵树。它们有碗口粗细，微微弯曲的树干，团状的树冠，翠绿的叶子，遮掩在婆娑的垂柳和挺拔的白杨之中很不显眼。听原来就在这边工作的同事介绍，这两棵树与教学楼同龄，大概有十三四岁了，正值壮年期。"葚子熟了甜得很哪！"她言语间也流露出几分甜美。我凝眸仰视，果然每根枝条上都缀满了青绿色的葚子，密密麻麻的望不到顶。这时树下聚拢来不少人，多是像我一样只闻其名而未识其形的。大家兴奋地指着、看着、说着、笑着。树上几只不知名的鸟儿也在树枝间跳来跳去，欢快地鸣叫着。

从此，课余便有了一个好去处。白天自不必说，尤其是晚自习的课间、办公久了的时候，我都会独自或邀同事到树下走一走，看一看。此时，月光淡淡，清风习习，树影摇曳，桑叶私语。几个人绕树一站，扶着树干伸伸腰、抻抻腿，想象着葚子成熟的模样；谈谈学生，再聊聊中考，备感轻松与舒畅，同时心中也充满了许多期待。

在五月热烈的阳光和夏风的催促下，葚子慢慢由青变红了，犹如少女含羞般从绿叶后面露出红红的脸。这时人们已经有些迫不及待，纷纷踮起脚尖伸手掐几粒来尝一尝，从酸酸的味道中已能咂摸出丝丝甜意……

就这么看着，尝着，盼着，不觉间时光已近六月。

一夜小雨淅淅，清晨空气新爽宜人。来到校门，远远地望见昔日宁静的校园今天却有些异样：桑树下围着许多学生，边说说笑笑，边弯腰捡拾着什么，见到我竟没有丝毫躲避的意思。有几个活泼的女生反而迎着跑过来："吃，老师，葚子熟了！"我定睛一看，果然，女生的手上托着一粒粒晶莹剔透紫红紫红的"水晶"。我忍不住拈一颗放入口中，一丝清凉甘甜瞬间沁入心底："是啊，葚子熟了！"

成熟的季节，一阵微风或一场细雨，树下草坪里便会落满熟透的葚子。自此，树下愈发热闹，时常会碰到捡拾葚子的人，大家品尝着、互赠着、赞叹着，脸上漾满甜蜜与喜悦。更有几个细心的女教师，把捡来的葚子洗净后用手帕小心包好，以便带回家与孩子分享。上课的铃声一响，树上便成了鸟雀的乐园。它们尽挑选高处那最成熟、最饱满的吃，边吃边叽叽喳喳地唱个不停，引得教室里临窗的学生频频侧目。于是，每天傍晚吃晚饭的队伍经过树下时，总会有几个学生蹦跳着摘几颗，边走边吃边叫着。有时晚自习课间，几个馋嘴的男生干脆偷偷溜上树，先自己吃个够，然后再摘一大把带回教室。一进门，见他们个个满嘴黑紫，便引来一阵哄笑。继而，大伙又在惊喜中争抢起葚子，复习迎考的紧张与疲惫一扫而光，也算是苦中有乐吧！

就这样，桑树下边枝条上的葚子刚落尽，中间的又紫了；中间的葚子还没吃完，树顶的早已熟透；第一茬刚过，第二茬又接着红上来了……在六月灿烂的季节里，桑树慷慨无私地奉献着它的甜美。

中考后，便一直没有到校，但却时刻挂念着葚子。一日，搬出词典翻检着，只见"桑树"一条注释道：落叶乔木……叶子是蚕的饲料，嫩枝的韧皮纤维可造纸，果穗可以吃，嫩枝、根的白皮、叶和果实均可入药。啊，殊不知，这普普通通的桑树不只果实能吃，浑身可都是宝哇！此时，真为自己过去认识的肤浅和功利而惭愧，同时也油然生出无限敬意。

九月，学校就要乔迁新居了。桑树呀，你是继续留守，还是随我们同行，抑或另觅栖身之地呢？也许一别后再难相见，但就今年这一面，桑葚在我的印象里已不止是那紫红的颜色，更溢满了许许多多永远值得回味的甜美……

——啊，那紫红的桑葚！那甜美的桑葚！

致一棵树

其实在你来之前，这个位置站着一个叫"塔"的松。可是他脾气太倔，尽管好吃好喝、小心伺候，但他依然整天冲冠地怒，所以不长时间就走了。

于是，你来了——瘦且小，黝黑的皮肤，浅浅的根，顶上也没有绿的披离。但你似乎很喜欢，就这样干净又安静地待着，风来不摇，雨来不泣。

我猜你一定是来自山里——水湾的旁边、山梁的深处，或是农家的院子……那里曾经孤单、贫瘠，走出去一直是你日思夜想的梦。也许是偶然，更多是天意，这一天，你终于走出大山，来到了现在这个地方。

尽管有时你也想念老家，想念小时候的日子，想念那曾一同长大的姐妹，但你又很知足：你亭亭地站着，与风儿低吟，和鸟儿呢喃，同阳光亲吻，跟路人致意。寒来暑往，你绿着你的绿，红着你的红；葱茏着你的葱茏，凋零着你的凋零。四季轮回，那么自然又那么惬意。根渐渐地深，冠慢慢地大。愈加水灵，更加生动。

于是人们开始关注你——关注你春的萌芽，夏的葳蕤，也关注你叶的飘零；关注你花开花落，果的青涩，也关注你的成熟雍容；关注你风中的姿态，雨后的娇媚，更关注你白雪皑皑中的独立庄重。

于是人们逐渐喜欢你——喜欢你年复一年的美丽姿容，喜欢你始终如一的温婉沉静，喜欢你骨子里透出的那份坦然从容，更喜欢你平凡中所蕴藏的生命智慧：你绿了自己，也绿了春夏；你红了自己，也红了天地；葱茏时你不张扬，凋零时你不忧伤。你用全部的心血酿成一树金黄，却唯独没有一颗属于自己。你默默地承受一切，奉献一切，又享受一切。在恬静寡言、无欲无求中，把自己活成了一幅画，幸福而优雅。

于是人们深情地欣赏你赞美你——从最佳角度把你摄入镜头，观瞻流连；用最美的词汇把你写进诗文，吟诵咏叹。你的一颦一笑都是最好的素材，你的一静一动都牵引着人们的目光。你已成了心仪的偶像，注定永远留在人们甜甜的梦乡。

而你依然故我，宁静而安详。

——致一棵树！

在希望的大地上

初夏的大地，万木葱茏，月季盛开，麦田如碧，一派生机勃勃。

一

"《共产党宣言》纪念馆"不止一次来过，这次的感受更新也更深。

装饰一新的展厅，丰富翔实的史料，声光物像的融合，形象生动、恰到好处地把马克思主义在世界、马克思主义在中国、马克思主义在广饶的起源、传播与意义进行了系统的阐释，让人们充分认识到马克思主义的科学性、中国共产党领导的必然性和中国坚持社会主义道路的正确性……看得庄重肃穆，听得热血沸腾。

九十五年前的那个春节，自共产党员刘雨辉从济南回乡把《共产党宣言》交到刘良才手中的那一刻起，它便如启明星，让在黑暗中苦苦摸索的广饶革命志士看到了希望；它便如火种，点燃了广饶大地革命斗争的熊熊火焰；它便如引擎，为一代代广饶共产党人前赴后继提供不竭动力。

每次都是庄严地来、神圣地回，心灵接受一次次涤荡与净化。同时又心存感激：感激历史，感激时代，感激那些在紧要关口为《共产党宣言》传承无私奉献的人们：刘雨辉、刘良才、刘考文、刘世厚、颜华，以及"《共产党宣言》纪念馆"的创建者和时时刻刻关注保护《共产党宣言》的人们……他们保留传承下来的不只是一本书，更是一种思想、一种信仰。他们就是这种思想的忠实信徒，更是这种信仰的坚定传播者和创造性的实践者。他们的执着与激情正是马克思主义在广饶大地生生不息的不竭源泉。

这次，为我们担任解说的是一位年轻姑娘。从进入馆门开始，她引领我们徐徐前行，从一楼到三楼，看实物、观影像，说故事、讲细节。她大方、沉稳、熟练、规范，时而慷慨激昂、时而舒缓柔情；时而沉郁苍凉，时而乐观坚定，完全沉浸在一幅幅波澜壮阔的历史画卷中，也深深感染打动着每一位参观者。

参观结束，在楼梯口分别时，我问讲解员从事解说工作的时间，她说"才一个月"。我一惊。文联刘老师补充道："人家是刚刚毕业分配来的大学生。"我啧啧称赞，夸奖她知识的娴熟和解说的从容，她微胖的圆脸泛上一抹羞红，摇摇手："不行！不行！"

一个月，大学生，年轻人……我想：这难道不正是"《共产党宣言》纪念馆"的希望？这难道不正是"宣言精神"一代代传承不息的希望？

二

汉字是中华民族文化传承的载体，而毛笔又是将汉字上升到艺术层面的主要工具。千百年来，在一代代书法大家名流手上，毛笔的功用被发挥到极致，创作了一幅幅驰名当世、泽润后世的汉字艺术精典范本，成为中华民族文化史上的瑰宝，为中华文明的发扬光大作出不可磨灭的贡献。

中国齐笔作为中国四大名笔之一，源远流长，质量上乘，名品迭出，深得书法名家及广大爱好者喜爱，享誉海内外，是广饶一张珍贵的文化名片。

大张淡村，大王镇西部的一个普通乡村，这里正是齐笔的发源地。村子东临淄河，南望临淄，历史上深受齐国之风熏陶，得齐文化真传。两千多年来，制笔业方兴未艾，至清朝道光鼎盛。后虽遇国难，几经波折，但执着的大张淡人，情怀不改，北上京津，西去济南，继续着自己钟爱的事业。一代代大张淡人孜孜不倦，承继传统，创新思变，涌现出许多身怀绝技的制笔大师，创造了许多新工艺、新产品，让齐笔艺术熠熠生辉。

郭明昌，是山东省非遗第五代传承人，一位睿智儒雅的齐笔手工艺制作大师。听到车响，他热情地把我们迎进家里。院子不大，屋里屋外都是笔：进门迎面左右两根柱子上各悬一支"龙飞凤舞"巨笔，长约两米。右手边，工作台、几案、地面上，琳琅满目的是各种成品笔和半成品笔。西面北面墙上，则是各种证书、奖牌，记录着郭先生齐笔制作的辉煌成就……应接不暇间，忽然记起刘禹锡的《陋室铭》："山不在高，有仙则名；水不在深，有龙则灵……"

一壶绿茶，清香沁心。大伙围在茶几旁听郭先生讲齐笔故事：从起源到发展，从先师到传人，从杆作到水盆，从笔尖用毛到笔杆材质，从"尖、齐、圆、健"四德到"散桌、披柱、铺叠"三法，从继承到创新，从书法大师到外国友人……宏观微观，来龙去脉，大情小节，点点滴滴，让我们大开眼界，领略了齐笔艺术的博大精深。

讲到齐笔的创新，郭先生更是如数家珍："黑檀木'梅兰竹菊'齐笔系列"，"'社会主义核心价值观'狼毫套笔"，象牙雕、骨雕、景泰蓝等高精古玩雕艺毛笔，胎毛笔，鼠须笔，储水储墨毛笔，独创动物毛脱脂技艺……一件件娓娓道来，自豪与喜悦溢于言表。

作为山东省"非遗"传承人，传承的是技艺，更是文化。郭先生深知，唯有文化，方得久远。因此，在不断钻研制笔工艺、筹划销售策略的同时，他把大量精力用在培养弟子、选拔传承人上。他积极捐赠助学、扶贫助残，参加中外文化交流、举办齐笔书法大赛，整理齐笔历史、提炼齐笔文化内涵，编辑《中华齐笔》书籍……一个齐笔传承人的文化使命和社会担当彰显无遗。

交谈中，郭先生一直面带微笑，透着满满的自信、乐观与豪迈。他对未来充满希冀，尤其对中青年一代如郭乐峰、于金兰、刘飞等骨干新秀的崛起倍感欣慰，他期盼"齐笔文化博物馆"早日建成……愿尽自己的绵薄之力，不负先辈，不负时代，不负齐笔，后继有人，薪火不息。

临别时，郭先生以水写布、齐笔相赠。大家也纷纷选购喜欢的齐笔以作纪念。

在车上，望着礼物，心里便有一股冲动：回去好好练字，不负郭先生！

三

李鹊很熟。1980 年前后，父亲曾在李鹊农机站工作过好多年。青黄不接时，我们兄弟曾吃过李鹊接济的粮食。后来工作交流、走亲访友，我也断不了踏上这片土地。

李鹊，地处广饶南部，沃野平畴，泰山水脉，万物蓬勃，美丽富庶，一直是全县的粮食主产区。

我自打离开老家进城后，几十年对农业生产逐渐陌生。虽对土地流转政策有所耳闻，对农场经营模式也略知一二。但是，今日一走进李鹊镇"张守凤家庭农场"，还是被震撼到了。

农场共流转土地 2100 多亩，种植优质小麦、红薯、萝卜，建有蔬菜大棚、小尾寒羊羊圈，还有 40 座红薯储藏窖、1.5 万立方米的蔬菜冷藏保鲜库。土地实行"六统一"耕作模式，种植实现了"畜—沼—菜"绿色生态循环。基地全部实现水肥一体化，引入了动态管理系统，远程监测病虫害、自动配肥灌溉、智能除湿杀菌。还上马了二维码溯源系统，把产品注册地理标识，实施电子商务销售……

高科技，高效率，高品质，高效益，完全颠覆了我对"农业"的已有认知，现代化的生产模式令我振奋不已。

更让我感慨的是，这样一个大型综合性的现代化农场，掌门人总经理刘超，居然是一个"80 后"女青年。

2015 年，"迷恋家乡泥土的味道"的她，坚信"在伟大的时代，青年人在土地上一样能书写奋斗青春，不负韶华"。于是，毅然辞去安逸、待遇优厚的工作，回乡创业。她要用激情和智慧去实现奋斗的梦想。

她积极上进、努力学习——向专家学习、向高校学习、向科技学习。学习让她开阔了视野、增长了见识，迅速掌握了农场管理和生产的知识和技能，保证了农场高点高效运作。

她充分发挥年轻人对新生事物感知快、接受快、运用快的特点，勇于打破传统，不断创新思路，将新理念、新手段、新方法，科学适时地引进到农场经营中，大大提高了生产品质和经营效益。

她具有深刻的社会责任感。她感恩时代机遇，感谢政府扶持。因此，在农场逐步发展壮大的同时，真诚回报社会：她的农场为300余名农村妇女提供了就业岗位，带动周边1000户群众通过蔬菜种植实现了致富。她担任广饶县"好青年"团工委书记，为广大返乡创业青年提供政策、资金、技术等多方扶持帮助，已有600余名青年人在各自行业脱颖而出，成为乡村振兴的重要力量……

"山东省乡村好青年""全国农村青年致富带头人""全国劳动模范"等一系列荣誉称号，就是对她模范作用最好的褒奖。

有理想，善学习，勤思考，勇创新，有担当，这就是刘超，也是当代优秀青年的共同品质。

她一路陪同，侃侃而谈，说过去、谈现在、畅想未来。她神采飞扬，青春活力，激情澎湃，坚定乐观，让我们看到了"张守风家庭农场"的美好明天，更看到中国乡村振兴农业腾飞的希望。

"弄潮儿向涛头立，手把红旗旗不湿。"刘超，"超越梦想一起飞……"

采风归来，心便同初夏的天气一样热烈。我深知，信仰的力量支撑，文化的传承不息，年轻人的朝气与创造，才是厚重的广饶大地青春不老的希望，它必然也会继续创造出前无古人的伟大业绩，奉献给时代，奉献给人民。

行思秋雨中

今秋雨多。

大早上，雨又蒙蒙地下起来。但天气总抑制不住人们的热情，采风仍然照常进行……

一

其实阴沉天，再滴滴答答地下点儿细雨，正适合凭吊古人，毕竟第一站去的是城西的倪宽墓。

说起倪宽墓，颇有几分惭愧。之前久仰倪宽其名，通过文献资料和传说对其经历也略知一二，遗憾的是从没拜谒过近在咫尺的倪宽墓。

倪宽与孙子，作为广饶（古称千乘、乐安）大地上一文一武历史名人的杰出代表，其品性、智慧、思想，如同两盏明灯，千百年来照耀着广饶大地，启迪着后世子孙心智，可谓泽被千秋、功德无量，成为故里广饶的文化坐标。

一行人在倪宽路下车，步行一小段土路去往倪宽墓。一把把撑开的雨伞，如一束束五颜六色的花儿，表达着对这位先贤的敬仰。

一圈红砖墙、一个大铁门将墓地圈在其中，似乎也将时空隔成了历史和现实。文友刘坤拍了张照片发在"文化下乡"群里，颇有匠心：照片中心是大铁门上那个圆形的供开门锁门用的洞，从洞里透视进去，是两边矗立着石人石兽的神道，神道尽头是被绿植覆盖的隆起的倪宽墓……

有个词叫"管中窥豹"，可以很好地比喻从现实观察历史的状态，尤其是久远的历史。遗迹也罢，文献也好，都不过是历史的一鳞片爪，就像这张照片所传达的，我们所看到的只是局部、表象，而不能洞察全部。

关于倪宽生平，较为权威、详尽的史料，来自班固的《汉书》，其中有《倪宽传》专门记述：他带经而锄，少年苦读；欧阳授书，经学大成；修渠迟税，勤政爱民；封禅修历，学识渊博……后人对倪宽的认知基本源于此。但仅凭这些，就足以让我们心生感慨、顶礼膜拜了。

倪姓人口现有约150万，分布全国各地，以苏浙徽为主，其次是沪楚粤川。在我县，如石村倪家（倪宽故里，位于倪宽墓西北八九公里处）、稻庄倪寨、码头北辛等村庄都是倪姓聚居地。从前，教育局有一位倪姓领导。现在，单位就有一倪姓同事。倪氏族人大多尊奉倪宽为得姓始祖，他们立祠建庙修亭造阁，以纪念这位先祖，缅怀其功业，宣扬其精神。

回望历史，广饶的星空是璀璨绚烂的，倪宽、孙子外，名人嘉士层出不穷，欧阳生及子孙博士、李焕章、綦公直、成其范等等，他们在各自的时空里，以突出的成就光耀当时，辉映着广饶的现在和未来。他们是家乡的骄傲，更是一座座宝贵的文化宝库。

比起放任于旷野，加一圈院墙可以起到一定的保护作用（尽管不见了"倪冢秋烟"的景致）。但是真正的保护，更应当是积极挖掘其有益的东西，不断汲取其精神营养，以化成我们及后世子孙绵延不绝的文化血脉。（在这方面，孙子研究是比较到位的。）

这是后辈的造化，也是先贤们所乐见的。

二

去石村兵圣烧饼的产地时，雨停了。说实话，做烧饼是不喜欢阴雨天的，潮湿的空气会使它快速失去焦脆感。

焦脆薄香是烧饼的特点，也是这种传统小吃深受喜爱的原因。记得 2020 年"孙武湖畔"年会上，每个桌上就都盛了一盘烧饼。人们不请自取，三下五除二就吃个精光。介绍得知，这烧饼是"兵圣"牌，他的主人叫吴连祥——一个憨厚朴实、言语不多的农民。吴连祥是带着烧饼和儿子一起与会的。儿子是一个十二三岁的文静少年，业余学习山东快书。现场表演了一段，有滋有味，跟烧饼一样可人。

吴连祥的家是一个普通农家小院，南屋是烧饼作坊，三四个工人在忙碌。冲着大门的展台上摆放着刚出炉的烧饼，有咸有甜，随意品尝。

我边咀嚼边想：一个小作坊、一片片薄薄的烧饼能产生多少利润呢？尤其是在物质极大丰富、饮食文化多元化、肯德基麦当劳店已连锁到乡镇、外卖即叫即到的当下，即便是烧饼，也是品牌众多，兵圣烧饼究竟还有多少胜算？

在参观"中国（东营）跨境电子商务综合试验区广饶园区"时，高大上的理念语汇，高精尖的技术手段，巨大的经济与社会效益，都深深震撼着我。走在它宽敞明静的现代化办公大楼里，我脑海里却浮现出吴连祥的烧饼作坊。比起这里，它一切都那么朴素，那么简单，那么原始，甚至有些卑微……那它的主人究竟是在坚持什么呢？沉思中，吴家大门上的那副对联赫然跃上心头：兵家圣地传承名吃历史，书香广饶弘扬美食文化。我恍然大悟，似乎一下子找到了答案：原来他默默坚守的是一份情怀，一份传承历史、弘扬文化的赤子之情。

在社会沧桑巨变的时代，留住乡愁是一个沉重的话题。留住乡愁即是留住传统。传统往往体现在人们的衣食住行、生产生活、物质精神的方方面面。一种美食，是传统；一口方言，是传统；一棵古树，是传统；一腔戏曲，是传统；一个村落，是传统；一座建筑，是传统……说起建筑，刚刚看过的"泉顺院"再次触痛我的心。这

263

座清末建筑，已有百年历史。实在讲，时至今日，保护效果并不好。二十世纪八十年代买下它的主人，当初拆掉老院的南屋，盖起了三间红砖红瓦的新房。几十年来，它就这样与周围灰砖灰瓦的老房子混居一处，不伦不类，看着如同一对掐架的叛逆孙女与封建祖母，眼神里充满不屑，满拧。如今，房屋主人对购房的两万块钱的耿耿于怀，对眼前这一堆"宝贝"的不以为然，以及绣楼木质楼梯、窗扇的朽腐，都让人对其前景感到担忧。

此刻，吴连祥正在济南参加"第二届中国国际文化旅游博览会"，推介他的产品。他给我们传回现场的照片：不大的展台，一个人，独自守着一包包兵圣烧饼……这份真诚与坚守，叫人怜惜，更令人感动。兵圣烧饼品相好，口感好，再加上主人那张天然朴实真诚的脸，更是一幅绝好的广告，相信他一定会载誉而归。

有匹夫大任的担当，有孜孜不倦的追求，兵圣烧饼定会走得更快更远，香飘万里。到那时，吃一口烧饼，忆几分乡愁，很多人可能不知道吴连祥，但你会记住烧饼的名字叫"兵圣"，它的故乡在广饶。

三

午饭后，雨下大了。上车时，一院子的水。车到时家文化大院，雨仍在下，也是一院子的水。

去时家，是探访吕剧的发源地。

一间不大的展室兼文化活动室，有图片、有剧本、有乐器、有道具，将吕剧从创始人时殿元的"共和班"起，如何由个人喜好发展成群众艺术，逐步从时家传遍广饶，而后唱响齐鲁大地，成为山东地方代表剧种，并数次进京演出，以致被文化部定为"中国首批非物质文化遗产"的历史，浓缩在此。令参观者片刻间，于咫尺斗室中，便领略吕剧百年演变。

不一会儿，等候多时的时家吕剧演出队登场亮相，都是地道的农民。伴奏的是几位六十岁以上的老人，调弦、对音、试奏，一丝不苟。准备就绪，三位女士和两位男士，均四十开外，素颜便装，依次上场，一曲接一曲地唱，声情并茂，韵味十足。同行的雪无恙，是吕剧爱好者，兴之所至，也欣然一试。其他人，三面围坐，边听边喝彩。

室内乐声悠扬、掌声时起，室外大雨下得正欢，雨幕把文化大院的热烈气氛包裹得严严实实。

小时候，吕剧接触得比较多。尽管那时样板戏独霸舞台，县吕剧团都改成了京剧团。但是，吕剧因其乐器伴奏简单、唱腔对白方言化、剧情接地气，深受老百姓喜欢，在民间有很大生存空间。大一点儿的村庄就能自行组团演出。四姨就是村文艺宣传队的骨干。四姨十八九岁，长相好，扮相更靓，嗓音洪亮，唱主角，很带劲儿。在那个年代，吕剧给一家人带来难得的快乐、平等和尊重。因为有四姨的戏，夏天的晚饭后，一家人便早早扛着板凳去村小学院子里占位子。汽灯银白的光照着戏台子上忙碌的演员，台下是一片乌压压的乡亲……

这些年，吕剧渐渐见得少、听得也少了。五十岁以下的人，大概对它都会有"想说爱你，并不是很容易的事"的感觉。连四姨现在都主攻京剧了。

艺术的生命在于观众，有人欣赏的艺术才会长久。在社会环境发生了巨大变化的今天，人们的文化生活丰富多彩，年轻人大多趋向于网络及现代风格的休闲娱乐形式，这些都使吕剧生存发展面临困境。"沉舟侧畔千帆过，病树前头万木春。"任何事物都不会永恒，新陈代谢是客观规律。但是，对吕剧这样一个起源于广饶、历时一个多世纪、有着辉煌过去的地方剧种，作为它的故乡人，是有责任倍加珍惜、认真保护、传承发扬的。

许多热爱吕剧的人们也正在为此不懈努力：他们编排新剧，从形式和内容上不断创新；他们组织专业团队进校园、下乡村，扩大宣传影响；他们将吕剧纳入义务教育校本课程，培养孩子的兴趣和欣赏能力……当然，还有像时家村这样的一群群热情似火、不离不弃的淳朴乡亲。

雨依然密密地下着，返程的大巴车行驶在乡村公路上，两旁是茁壮碧绿的玉米，呈现出一派丰收的景象。我慢慢从时家吕剧的优美旋律中回过神来，忽然想起表弟家的侄女妞妞。这孩子从小喜爱吕剧，有天赋，肯吃苦，又拜名师指导，进步很快，唱腔念白、一招一式，颇显专业，曾荣获全国戏剧"小梅花金奖"。如今，她是高二的学生了。

去乡下

一

再次走进乡村、田野，身也适然，心也怡然。

县城毕竟小，不像大城市，从繁华的市中心，需要很长的城乡接合部过渡，才会慢慢进入真正的乡间旷野。而在县城，乘车也就是三两句说笑间，再回头向窗外望去，已是一马平川、幽幽碧野。

城里舒适的日子久了，人就容易懒。下一次乡，还需以"采风"的名义，搞得那么有仪式感，似乎自己压根儿就不是乡下人一样。

话又说回来，几十年离开家乡、离开土地，开始所谓的城里人生活，偶有回乡，走马观花，闪去闪回，对乡村的了解也是浮皮潦草，真的连谦虚也不敢妄称是"乡下人"了。

每次都有这样的感觉：当汽车驶离柏油路，迈出车门，双脚踏上土地的一刹那，沉淀在血脉里的泥土因子，立马被庄稼的绿、微风的柔、阳光或细雨的温凉所激活，身体的僵硬、虚空立马消失，整个人一下子放松、踏实下来，好像鱼儿入水，鸟儿归林，牛羊漫步在无边的草原。人之初，本生于土（女娲抟泥），故而对土地就有天然的亲近感。

朴实、宽厚、奇妙的土地，永不停息地创造并滋养着万物生灵，周而复始，蓬勃绵延。万千年来，人类成为土地的宠儿，尽享它赐予的一切——五谷鱼肉、蔬菜瓜果、树木花草。东西南北、春夏秋冬，遵从着土地的旨意，应时而种，应时而收。种瓜得瓜，种豆得豆。顺天时、依地利、尽人为，代代相承，休养生息。

"一方水土养一方人。"人们依附于土地，也桎梏于土地。空气、水分、土壤、温度、天气等自然条件，在过去农业主宰的漫长时期，作为不可控因素，实实在在左右着土地的生产及品质。"十里不同天"，靠天吃饭，臣服于自然，是一切农民的宿命。

所谓"橘生淮南则为橘，生于淮北则为枳"（《晏子春秋》），就其本意而言，说的是水土等自然环境对植物生长的制约作用。那时，纵是一水一岭之隔，南橘北枳也是寻常的事。故而，因地制宜便是千年不变的自然规律。在北方，远的不说，三十年前，你见过大量的反季蔬菜吗？更不用说那些只能在南方生长的奇瓜异果了。

但是，今天不是这样了。

于蔬果而言，四季反悖、南品北种、洋为中用，早已不是新鲜事儿。农场模式、大棚种植正引领传统农业迈向现代化进程，展现着人类在利用自然、改造自然方面创新发展的无穷智慧。

花官镇是农业大镇，前些年，从传统粮棉种作到大蒜种植的转型，再到今天现代农业开发，代表着近半个世纪中国农业发展的进程和方向，而草刘村的"双进农场"则是其中一颗璀璨明珠。

走进农场第一间大棚，迎面是正在生长的大片香蕉树：碗口粗细的株秸，高及棚顶，宽大的叶子，翠绿纷披。天天去水果超市购买的香蕉，居然也能生长在脚下的土地上，着实让人惊奇。

作为农场主打产品的火龙果大棚，更是叫人振奋不已：一列列整齐矮壮的植株，挂着一枚枚鲜艳的果实，红彤彤的如灯笼般亮人眼目。农场工作人员摘几个切开来，色如胭脂。每人尝几片，汁水饱满，清凉甘甜，几位女士更是吃的唇腮飞红。

农场主人姓靳，是一位四十多岁的汉子，朴实憨厚。据他介绍，大棚种植的火龙果，不仅有通常紫红颜色的，也有黄皮的——还有引进厄瓜多尔的"燕窝果"。经科学培育，他的火龙果品种多，产量高，口感好，绿色环保，深受市场欢迎，大部分销往京津等大城市，带来了可观的经济效益。另外，他还进行名贵中草药"铁皮石斛"

大棚种植，获得成功。

这些南方亚热带水果和高山石壁上的植物，跑到这北温带的土地上，居然能落地生根，且长势喜人，品质更优，除了人的胆识与智慧、政策引领与扶持，科技保障才是关键。新式的大棚有足够的空间，补光灯弥补了太阳光照的不足，水肥一体的自动喷灌技术满足了湿度和营养需求……科技，创造出完全适应植物生长的生态系统，消除了时空、气温等环境条件制约，保证了"橘生淮北更胜橘"。

参观中，听到村第一书记喊"双进"，方才知道农场主人名字叫"双进"。用自己的名字来命名农场，也足见主人的实在和自信。其实靳双进也有这个底气——"双进农场"是"山东省示范型家庭农场""东营市新农校实训基地""绿驰工友创业园实训基地"……这些年，他发挥龙头带动作用，免费提供技术培训，开展生产合作，实行电商销售，带领大伙致富增收……

由"双进农场"，自然联想起李鹊的"守凤家庭农场"、颜徐的"玉荣家庭农场"……人与科技的力量，打破了自然条件的禁锢，充分激发出土地的创造力，把效益发挥到极致。他们以点带面，连点成片，渐成燎原之势，展现着现代农业的广阔前景，也为实现共同富裕目标探索出一条成功之路。

新时代，土地是可以大有作为的。充分发挥人的主观能动性，一切的不可能都可以变为可能。那一枚枚鲜艳的火龙果，难道不是古老的土地焕发生机后绽开的灿烂笑颜吗？

"双进"，大地赤子。愿技术精进，财源广进，小康路上与乡亲们一同前进。

二

庐山路通车后，去东营就又多了一条便捷、高标准的公路。深秋时节，驾车其上，双向六车道，平坦如砥，不免脚下油门一会儿就踩到80千米每小时的限速。路两旁红穗的高粱，低着醉醺醺的头。再往外，无边的玉米正摇曳着成熟的豪迈。田野里或远或近，是一座座绿树掩映下红瓦的村庄。随便一处，停下车，取出相机，都是极佳的取景地。

从綦公路进入庐山路，向北不远，路西一座石牌坊门赫然伫立，门楣正中四个鎏金大字：颜徐一村。

"颜徐"并不陌生。几十年来，尽管老家所属的行政区划名称不断变更，但每提及"籍贯"，脑海里都会先蹦出"颜徐"，然后，是思索，是修正，最终才确定最新的归属。毕竟从出生以至童年、少年，十八年，一直是"颜徐公社"一员。所以，"颜徐"也就和着四季的风霜雨雪、和着日子的酸甜苦辣、和着生命初期的鸿蒙与幻想，一同溶化进血液里，浓缩成故乡从此不可剥离的一种概念。

十六岁那一年，有了生命中的第一次远足，广码路从西向东把我引领到离村十二里的公社驻地高中——颜徐高中（广饶县第十一中学），开始了一种全新的人生体验。

学校在颜徐村的西北角，校园三面临坡（庄稼地），老旧的蓝砖院墙、大门，院内灰旧的老屋间夹杂着几排新建的红砖瓦房，新与旧，明与暗，那情景像极了那个正在慢慢苏醒的年代。隔着一条路，南面是初中部，没有院墙，东南上是一水湾——老牛湾，湾西北高土台上两排灰砖蓝瓦的老房子，透着历史的沧桑……这里曾是著名的兴远乡学旧址。

兴远乡学，是由颜徐店（颜徐村旧称）成氏十三世祖千总成思泰斥巨资，本族人出力，于道光癸巳年（1833年）春季至道光辛丑年（1841年）孟冬所建。据《兴远乡学记》碑文记载，成思泰先生并非家境多富有，土地仅七百八十余亩，毅然捐献出二成即一百六十七亩置为善田，倾囊尽费毫不可惜。他希望学子们能继承先人的遗志，潜心向学，万万不可辜负先人的立学心意——一个乡贤，以兴办教育回馈乡里，眼界高远，善心拳拳，着实令人赞叹。

为表彰成思泰的义举，咸丰五年乙卯（1855年），上司予以旌建牌坊，六年丙辰（1856年）入祀孝义祠。道光皇帝曾赐匾"拯我髦士"，以示褒扬。乡亲们则感激地把兴远乡学称为"大义学"。

至1913年，更名为"广饶颜徐店成氏私立兴远高等小学校"，七十余春秋，兴远乡学有王凤羽等众多学富五车、"望重山斗"的乡贤名流莅校授课，培养了一大批优秀学子，为当地各项事业作出了巨大贡献。

"真学问从五伦做起，大文章自六经得来。"历经近一个半世纪的社会风雨，几易其名后，兴远乡学已成为历史遗响，块块灰砖、片片蓝瓦尽显老迈与疲惫，但其做学问、成大事的校训昭昭，依然阳光雨露般滋养着这块淳朴的土地。

二十世纪七十年代末，我们的高中生活极其艰苦：透风撒气的宿舍，抵不住冬日纷飞的雪花；又咸又涩的井水，蹂躏着稚嫩干渴的喉咙；干裂的窝头就着咸菜条，填充着辘辘饥肠……

但这里却有着一群博学又敬业的老师，个性鲜明，学养深厚，让一群懵懂无知的农村孩子，在这个僻静孤独的地方，品尝到知识的甘露，打开了思想之门，心中升腾起一缕希望的微光。

来自本公社和大营的几十号同学，朴实而单纯，兄弟姐妹一般。每天送走夕阳，点上汽灯，夜以继日，专心地在考学的路上努力前行。

颜徐村的成象华、成素英、成美云、成凤英、去当空军了的汪良友等，热情友好，每每尽地主之谊，在困难的时候，给予了我们这些远道而来的同学许多力所能及的帮助。

高一第一学期，由于校内住不下，学校便为我们十几个男生去村里赁了一间民房。淳朴的房东大娘，每晚都给我们烧两暖壶开水放到屋门外，这让那个睡地铺的冬天，多了几分温暖回忆。

在这里，从颜徐村同学口里，知道了大名鼎鼎的"成兵部"，其父子刚正不阿的品行，令人敬仰；而父子双进士的佳话，更是激励我等学子孜孜不倦的楷模。

每年清明节，学校西南角上苹果园南头的那座长满青草的坟茔，都给以灵魂的洗礼，李保真烈士铮铮铁骨，让青春的我们热血沸腾。

以学校为圆点，我们的脚步曾屡次踏过颜徐村长长的东西大街，这条曾经弥散着历史烟尘的交通要道；我们的脚步曾延伸到周边的村庄——南西、肖家、柳家、东北西，以至更远；我们的脚步曾踯躅在淄河桥畔，见识了那条大河的汹涌咆哮……

两年在颜徐，四十年不曾忘。当年的情景无数次萦绕在梦中，或是坐在教室里上课、考试，或是独自走在颜徐大街上……模糊又清晰，匆促又深刻。颜徐，是我身心成长的一个重要节点，是我走向更广阔生活天地的厚实平台。

倏忽半个世纪，世界已天翻地覆。今天随县作协采风团再次走进颜一村。

步入高大的牌坊门，一条柏油路笔直地通向村里——这就是昔日的那条泥土大街。路两旁一拃高的麦苗儿依然透着葱茏的绿，赶在大雪覆盖前继续享受着自由的空气。路前方不远处是一排排整齐的房屋，白的墙、红的瓦，在清晨的细雨后，愈发的明亮整洁、静谧与祥和。

近些年，颜一村是出了名的，不断成长壮大的"齐成石化"像一块闪亮的金字招牌，让这片土地名闻遐迩。

有道是"志齐则成"。齐成人本着"齐高远瞩，诚泽天下"的理念，在董事长王兵带领下，和着改革开放的节拍，以敢闯、敢干、敢为人先的精神，审时度势，抢抓机遇，发愤图强，科学管理，短短十几年，就把一家名不见经传的小化工厂，做成了全国企业500强，辉煌的业绩，抒写了一个民营企业腾飞的传奇。

"鸦有反哺之义，羊有跪乳之恩。"企业强大了，身兼村党支部书记和村委会主任的王兵也深感肩上道义之重。土生土长的他，不忘几十年家乡的养育之恩，不负乡亲们的殷殷重托，引导帮助村民发展二、三产业，勤劳致富。绿化美化街道、空地，打造美丽家园。

规划排水系统、铺设人行道，改善村容村貌。借助企业力量反哺父老乡亲。目前，齐成控股集团吸纳了村里百分之七十以上的劳动力在公司上班。同时，公司捐资 2000 多万元，修建便民服务中心，为村民营造全方位方便舒适、积极健康的生活环境……真正履行了一个共产党员、一个优秀企业家的神圣使命和责任担当。

成汉斗，这个曾参加过乾隆帝"千叟宴"的 130 岁寿星，一直是颜徐村流传不朽的佳话，更是尊老敬老风尚的标志。"考量一个国家的文明程度，就看他如何对待老人。"具体到一个乡村也是如此。颜一村在壮大经济、提高村民物质生活水平的同时，把良好的村风建设作为工作重点来抓，尤其突出"尊老敬老"孝道文化在精神文明方面的核心地位。

在便民服务中心，我们穿过文化广场，漫步在"乡情记忆馆"，参观了老年活动中心，然后坐在"一元餐厅"结实的桌凳旁欣赏着墙壁上的"每日菜谱"……脑海里慢慢呈现出这样的画面：一群群两鬓染白、满面春风的老人，有的在广场上健身跳舞，有的在书画室挥毫泼墨，有的在演出大厅舞台上吹拉弹唱，有的在棋牌室切磋技艺……中午时分，他们陆续来到宽敞洁净的餐厅，围坐在餐桌旁，服务人员热情盛上一盘盘饭菜，有荤有素，有凉有热，有米馍有水果，花样丰富，营养可口。老人们边吃边聊，饭香和着笑声溢满餐厅……多么温馨的场景！多么幸福的老人啊！

在老年活动中心一面墙壁上，张贴着全村每户人家的"全家福"，数百幅图片拼成一个大大的爱心型。看着男女老幼人人都笑颜如花，你就能真切感受到颜一人幸福指数有多高！

这就是我所见识的新颜一：村容整洁、环境优美，家风优良、民风淳朴，人尽其能、共同富裕，饮水思源、知恩图报，老有所养、幼有所教……

思忖间，我耳边忽然传来一阵古诗文朗朗的诵读声："大道之行也，天下为公。选贤与能，讲信修睦。故人不独亲其亲，不独子其子，使老有所终，壮有所用，幼有所长，矜、寡、孤、独、废疾者皆有所养，男有分，女有归……是谓大同。"这齐整的童声，像来自身边的"颜徐学校"，又似从百年前"兴远乡学"的教室里飘来，一样的稚嫩，一样的纯净，袅袅不绝，绵延回荡。

颜一村石牌坊大门上有两副对联：正面是"惟精惟一子子孙孙共传承，至仁至善家家户户相和睦。"背面是"勤劳踏实守义有道家业兴，阖家敦睦承德扬善子孙旺。"精练、朴素、在理，诠释了颜一村村风家风的基本内涵，揭示出颜一村繁荣和谐发展的根源。对联用鎏金的隶书镌刻于石，也表明颜一人世世代代铭记传统并发扬光大的决心。

想当年，兴远乡学的校训不也是镌刻在石碑上的吗？"真学问从五伦做起，大文章自六经得来。"虽隔百年，于今，似乎也是一种穿越时空的呼应与承继。

村庄是大地哺育的孩子。它们就如同一棵棵大树，千百年来把根深深地扎进泥土之中，源源不断汲取营养；它们的枝干努力向上生长，尽情沐浴着阳光和雨露。而后，根深叶茂，干壮果丰。颜一村就是在不断地文化传承与创新中茁壮成长的一棵大树。

透过颜一村这个缩影，我们仿佛也看到千千万万个乡村正焕发出前所未有的蓬勃生机，美丽、繁荣、和谐、文明的新农村正成为广阔大地上一道道绚丽风景。前农业部长在描绘乡村振兴美好愿景时，曾说："农村将来会成为城里人向往的地方。"看今朝，这一预言不是已经变成现实了吗？

此行，大大充实更新了我对颜一村、对乡村的认知，过后倘若成梦，浮现的就不再只是老旧、贫困与悲凉，更多的将是新乡村世外桃源般的美好景象……

后半生，还要做个乡下人。

◎
第五辑

且行且思

还是让我们从头做起吧——
栽一棵幼苗，
然后浇水、施肥、剪枝，
让它在自然的环境中沐阳光、
经风雨，扎深根基，
而后花开灿烂，
而后果满枝头……

炒出一份母爱来

故事还得从学校食堂的大蒸包说起。

每周三中午，学校食堂里都蒸大包子。于是那些图省时省事的老师们就纷纷大包小兜地提回家，然后一家人大快朵颐。原来一向乐此不疲的小刘老师最近一段却不见了踪影。一日偶然聊起此事，她笑言："不吃包子，改炒菜了。"原来，小女所在的幼儿园规定，每周三中午家长要接孩子回家吃午饭。于是，周三上午放学时她便匆匆到食堂买上包子，再接上女儿赶回家，一家人就吃大包子对付一顿。可是后来她听幼儿园老师说，女儿在园里常常抱怨："妈妈天天让我吃大包子！"得知此事后，她便不再买蒸包了，而是赶回家给女儿炒菜。

对于大多数家有小儿的母亲来说，她们的神经都是很敏感的。小刘老师就是这样，她凭借母亲的那份细心，从女儿完全是无意的、甚至是滑稽的一句童言中，听出了一丝的不满和嗔怪，意识到在照顾孩子方面存在母爱的单调和缺位。因此她决定改变——通过亲手炒菜来让女儿品尝到母爱的滋味，感受到母爱的温馨。在这一点上，小刘无疑算得上一位称职的母亲。

是的，母爱其实是有温度、有滋味的。一个人，不管是朝气蓬勃的中青年，还是暮气沉沉的耄耋老人，每当回眸过往、忆及母爱时，往往都是由某个具体可感的事物生发出浓浓的怀念感激之情：要么是母亲亲手烹制的一种食品，要么是母亲亲手缝制的一件服饰，要么是母亲亲手制作的一个玩偶……这些事物之所以能给人留下深刻印象，成了母爱的象征，是因为它们是母亲"亲手"所为的，它已不再是单纯的一个"物"，而是有过程、有故事，沾染着母亲的体温和气息，包含着千姿百态的浓郁的舐犊深情。所以，这些事物就会通过孩子的各种感官真切地触摸、仔细地品味、反复地咀嚼后，融化进血液，扎根于内心，成为不可磨灭的母爱的具象，随时可以那么生动、那么饱满、那么鲜活地呈现出来，温暖且令人感动。

　　唐代诗人孟郊《游子吟》中，那件临行前母亲一针针密密缝制的衣服，就是永留游子心中的母爱的具象。清代周寿昌《晒旧衣》一诗也表达了同样的情感："卅载绨袍检尚存，领襟虽破却余温。重缝不忍轻移拆，上有慈母旧线痕。"那"余温"就是母爱，虽历"卅载"却依然温馨。美籍华裔作家严歌苓在忆及童年时，对母亲做的那些油煎小鱼依然馋涎欲滴；同样，诺贝尔文学奖获得者莫言在回首往昔时，最让他难以忘却的画面就是母亲一边嘴里哼唱着小曲一边捶打野菜的情景……母爱就是这样，带着温度，带着滋味，带着故事，一直温暖着他们的记忆，也芬芳着他们的人生。

　　小刘身上发生的故事用现代理念讲，属于亲子教育的问题。亲子教育的一个核心要素就是陪伴互动，以此促进儿童身心健康、潜能开发与个性培养。实践证明，亲子关系好的家庭，大多数孩子的成长与发展就会好。陪伴互动不仅仅是时间上的延长、空间上的贴近，更应是心灵的交汇、情感的融通。当今社会，随着工作生活节奏的加快，好多人不能沉下心来耐心地陪伴孩子一同成长；而经济的富足和物质的丰富，也使诸事必"亲手"去做变得不那么现实和必要。于是乎，"大包子似的"亲子现象比比皆是：家长来不及做饭，就给孩子扔下一些钱，让他们自己到外面去吃；周末、节假日、过生日，就带孩子到美食城美餐一顿，山珍海味，狼吞虎咽；穿的用的，只要需要，来者不拒，大牌名牌，一掷千金……家长企图用这样物质上的极大满足来弥补自己对孩子陪伴的缺失，但并未达到预期的目的，也未能形成良好的亲子关系，有的甚至适得其反，以至有些家长委屈地大呼："好吃好喝供着你，要啥买啥，你为什么不听话？

为什么不好好学习？"归根结底，这种所谓的"亲子陪伴"已经变味了，它由亲人与心灵的陪伴变成了金钱与物质的陪伴。德克士、肯德基们带来了味蕾的满足，却不能消除心理的饥渴；阿迪达斯、乔丹们营造了肌肤的舒适，却不能带来心灵的温暖。这样的爱，缺少了母亲的温度和滋味，因而不能抵达内心，所以也不能持久。

因此，在孩子成长的关键时期，忙不是借口，偷懒的心理更不能有。"不买或少买大包子"，尽最大可能亲自"下厨为孩子炒一炒菜"，在烟熏火燎中，在锅铲叮当中，在芳香袅袅中，让母爱悠悠，让小儿欢畅。

炒菜即母爱，其实就那么简单。

一剪眉

周一上午，第一节，语文课。

我边与学生讨论，边在教室里来回走动：一则可拉近与学生的距离，同时可以及时纠正个别学生比如小动作、说闲话、走神、打瞌睡等不良习惯。当踱到晓雪（化名）跟前时，发现她俯身垂头，眼睛与课本距不盈寸。我驻足注视她数秒，见其一动不动，断定她已"酣酣睡矣"。于是，走上前去，轻拍其前肩头两下。她猛一抬头，紧接着匆匆埋下，又作原来状。可就在她抬头的一瞬，我发现其额头及眉弓处颜色发青，似有肿胀的感觉。"是生病了？"我想。又寻思，一个平时很活泼很努力的孩子，上课是不会打瞌睡的，何况还是第一节课。于是不再理会，想等下课后到班主任处打听一下再说。

话虽那么说，可是事情一多，就把这事忘记了。以后几天上课时，见晓雪仍然不抬头，就认为是她身体不舒服、脸色不好，不方便见人。于是，便不再注意，更不去提问她，以免尴尬。

平时，我们的作文教学采用"周记展评模式"：即让学生周末在家写周记，把一周来的所见所闻所感真实地记录下来，待下周师生批阅后，在"展评课"上展示评价。这样的课，学生们积极踊跃，很是喜欢。题材多样、文笔活泼的一篇篇美文，听得大家掌声连连；精彩的点评、热烈的争论，更让每个人争先恐后、激情四射。一节课，既训练写作，又陶冶性情，口头表达、鉴赏评价、合作探究等能力得到全面提升。

星期三，我将学生小组批阅后的周记又诸篇进行批阅。当看到紫琪（化名）的周记时，心头猛然一震！这篇叫《一剪眉》的周记写的正是晓雪的故事——原来，前一段班主任发现个别女生刘海儿很长，挡眼又不好看，就要求她们把刘海儿都梳到后面用发卡卡住，露出额头。晓雪也照做了。可是，班里的同学都说她的眉毛不好看（应该不属于那种细长的柳叶形）。她一气之下，回家用剪刀把眉毛剪掉了。这一剪不要紧，眉毛没了，露出青白的眉弓，整个眉眼额头如同肿胀一般，自然更不好看了。来到学校，同学们见了，你一言我一语地奚落她，还送一外号"一剪眉"。她顿觉无地自容，吓得终日不敢抬头……于是便有了上课时的那一幕。

原来如此！

初中二年级的孩子已经很在乎他人对自己的评价了，又加上多感性，少思考，因之做出很多滑稽可笑的"蠢事儿"来，也属正常。关键是，教师要时刻保有一颗明敏的心，能及时发现，积极疏导，给予矫正，以保证他们健康成长。

我把这事反映给班主任后，她进行了调查，并利用班会时间组织学生对乱起外号的不良行为进行讨论，明确是非，统一认识。尽管紫琪的周记写得真实又生动，但为了晓雪，我还是决定不让它在周五的"展评课"上展示了。

好在眉毛是长得很快的，不久，晓雪便活泼如初了。

事情过去已有一段时间。一天，晓雪去办公室拿作业，我就盯着她眉毛看，她红着脸躲闪着。我微笑着说："这不挺好看吗！""不好！不好！"她头摇得像拨浪鼓一样。我接着说："哪有什么'不好'？一切都好！每一个孩子来到世上，尽管千差万别，但都是上天的杰作，都是独一无二的，应该好自珍惜。作为学生，要通过勤奋学习，修炼内涵，提高品位，才能成为最美的人。而不能把注意力放在'眉毛'等外在的东西上，整日去做'用剪刀修修补补'的事情。你说对不，晓雪？"晓雪点点头，快步走出办公室。

一会儿，走廊里就传来晓雪跟同学爽朗的欢笑声。

花很美，草很旺

　　级部办公室的窗台上摆放着许多花草：有婆娑的吊兰、常绿的一叶兰，有艳丽的旱莲、蓬勃的擎天树，也有玲珑别致的满天星……花虽不名贵，但翠绿的枝叶、嫣红的花朵也为办公室平添了几分温馨与生气。

　　花的来路，大致有两条：一是同事弄来几个空花盆，然后插几根枝条或埋几粒种子培育而成的；另一种是大伙从自己家里搬来的现成的。就这样，你一盆，我一盆，他一盆，慢慢地南面向阳的三个窗台上便摆满了各式各样的花呀草呀。

　　每天大伙来到办公室第一件事便是先看望一下花草们，给它们松松土，浇浇水，剪剪枝，然后便投入到工作之中。闲暇或疲乏时便围在窗台前，边侍弄，边观赏，边品评。下班后也不忘为花草关好窗、道声别。也许是得到了太多的关爱，不知不觉中种子钻出了嫩芽，枝条长出了新叶，连那些原本"在家中不长不开"的花也都冒出骨朵、绽开笑脸，与窗外的春色应和着……这一切变化无不使大家兴高采烈，工作时的紧张疲倦一扫而光，脸上挂满了笑容，心中也仿佛盛开着美丽的花，溢满了醉人的芬芳。周而复始，觉得日子每天都是新的、香的、美的！

　　交作业的几个女生，每每放下作业后，也总是跑到窗台前，先"哇"地慨叹一声，然后用手轻轻抚弄一下嫩叶和花朵，继而埋下头嗅一嗅，深深地吸一口气，笑着跑开了。那灿烂的笑脸简直就是一朵朵绽放的花儿！

　　我时常站在花草前，思绪翩翩……

曾经读过一篇文章《心中的腊兰》，其中有这样一句话："给每一棵草以开花的时间。"非常耐人寻味。细细想来，我们的教育不就像培育花草一样吗？而我们的学生不就是那一棵棵初萌的小草吗？而给以时间的过程，实际上不就是用耐心、细心、爱心、赞赏与期待精心呵护的过程吗？

养花需了解花的习性，不能揠苗助长；教育学生要了解学生的身心发展规律，循序渐进，不急不躁。

养花需关注花草生长的每一个环节，方法因花草而异，宜水则水、宜肥则肥，宜修则修、宜放则放，不能一刀切；教育学生要关注学生成长过程的每一个细节，尊重差异，因材施教。

养花要照顾好每一棵，无论名贵的还是普通的，不能厚此薄彼；教育学生要公平无私地关爱每一个孩子。

赏花要善于变换视角发现花的美点；教育要学会赏识每一个孩子，努力放大其优点，从而避短扬长，使其"成为最好的自己"。

养花时埋下一粒种子就是埋下一线希望，时刻期盼着它生长、发芽、开花、结果；教育要有"皮格马利翁"似的饱含深情的期待，让学生在期待中自我激励，增强自信，从而发愤实现人生价值。

是的，教育如养花，有时需要太多的付出，很累，甚至会很苦。但是，它更需要艺术。每个教育者都应有一个绚丽的梦想，用心经营，悉心呵护，共同成就一个姹紫嫣红的美丽春天。

相信，"心中有花，定会花满世界"。

看眼前，花很美，草很旺，一派好春光。大家很快乐，学生在成长，足矣！

杜郎口印象

乘车疾行三个多小时，才到达了远在鲁西南的聊城茌平县杜郎口中学。从环绕四周即将收获的大片麦田一望便知，这是一所地道的农村学校。

简单，朴素，实在，农民一样的杜郎口中学，是我此行的深刻印象。

进入校门，迎面矗立一块巨石，背面书一红色大字：实。取石之谐音，寓踏实、扎实、实在、实效之意。甬路的两边多种植青杨，碗口般粗细，葱郁而茁壮。少有花木，角落里几棵月季在艳阳下独自吐露着幽香……

校园不大，三层的办公楼、教学楼方方正正，没有雕梁画栋，没有廊腰缦回，一如一位质朴的农民结实稳当地站立在广袤田野上，呼吸着泥土的气息，沐浴着热烈的阳光。

教学楼走廊较窄，仅可容两人并行。但是从横梁、墙壁到地上却被各式各样的小黑板、手抄报、小纸条、标语口号张贴得满满的：有反思，有学案，有班级管理总结，有教师违规通报，有学生作品……多手写，少打印，朴实无华，像一位珍惜土地的老农沟沟岭岭到处栽种下瓜果疏菜，舍不得一分闲置。

教室是开放的，参观者络绎不绝。然而上课的师生却旁若无人一般，完全沉浸在紧张热烈的课堂情景之中，如农民犁田一样专注而用功。他们时而分散自学，时而聚拢研讨，时而上台板演，时而轮流讲解。教室里，走廊外，自始至终流动不息的是学生积极主动合作学习的勤奋身影。橘红色的校服犹如即将成熟的一片滚滚麦田，而老师和同学们满脸的汗水，也告诉人们为了收获他们正在付出的辛苦。

看杜郎口的教师，一色的白衬衣、青裤子，言谈举止间透露出十分的纯朴。交流中，说起他们的教学改革，如数家珍，几多自信，几多豪迈。没有套话，没有花架，原汁原味原生态，扎实有效的做法和经验，给参观者以真诚的指导和深刻的启发。

大半天的时间匆忙而又充实，临行前留个影，以作纪念。"杜郎口中学"五个大字，疏朗方正，稳重敦厚，嵌在深红的墙体上如农民脸上汗水泛出的光。

汽车行驶在颠簸的乡村公路上，学校渐渐隐没在身后麦田与绿树之中，透窗而入的风送来大自然的芳香，传递着一派丰收的希望……

"接地气"

　　与司机小张去淄博火车站接从北京来的专家，一路上聊起现在的孩子，自然回忆起我们小时候的生活。虽然我俩相差十岁，但好多记忆与感受是相同的。

　　那时，一家至少俩孩子，一般三四个，多则七八，像一群羊羔。大人们忙于养家糊口，无暇顾及，基本呈散养状态。读书的，课程潦草，作业稀松，不讲成绩（有推荐一说），所以自在悠闲。这样就给了孩子们自由成长充足的时间和空间，有了与大自然须臾不离、亲密接触的机会。

　　尽管粗茶淡饭、破衣烂衫，可孩子们很快乐。上学之外，更多的玩耍、劳动，使他们认识了各种庄稼蔬果，认识了各种野草野菜，认识了各种花卉树木；能分清哪是骡马、哪是驴子等大牲畜，更叫得出形形色色的鸟兽昆虫的名字。会熟练背诵"权耙扫帚扬场锨"的农具歌，也会唱"燕子低飞蛇过道，大雨不久就来到"的天气谣。剜过菜，割过草，偷过瓜，摸过果；捡过麦穗儿，掰过棒子；推过小车，抬过粪筐；下过湾，捉过鱼；玩过迷藏，开过战；制过弹弓，造过火枪；养过狗，养过猫；喂过兔子，喂过鸟；刨过茅根，摘过榆钱；燎过青麦，烧过麻雀；找过蝉蜕，粘过知了；戳过蜂窝，追过花蛇；爬过树，上过房；白天窜出十多里，晚上不喊不回家；夏天淌水满街跑，冬日冰上旋陀螺……丰富多样的活动，带来无限的乐趣，丰富了知识，锻炼了技能，强健了体魄，自由了思想，更陶冶了一份自然淳朴的情怀。

　　有人称现在的孩子"不接地气"。的确，如今家与学校两点一线，其间有校车相连。上学无非是从一栋楼上下来，被车运到另一栋楼里，来来回回，循环往复。星期天、节假日作业、补习班占去多半。空余时间，出于安全考虑，绝少远足、游戏，多数拢在家里靠电视、网络打发时光。过去嘲笑城里的孩子韭菜、麦苗分不开，而今的孩子如果谁能分清哪是麦苗哪是韭菜，简直可以当植物学"博士"了！因此，骨子里缺乏自然之气的他们，就没有了孩子应有的纯真、多样与生动。

想起古希腊神话中的安泰。他是海神波塞冬和大地母神盖娅之子。他的身体一接触到大地就能吸取大地的力量，所以他从来不会感到疲劳。后来赫拉克勒斯来到了安泰的地盘。两人较量时，尽管赫拉克勒斯不断将安泰击倒在地，但每次大地母神盖娅都会使安泰重新恢复力量。最后，赫拉克勒斯发现了安泰不断得到力量的秘密。他抓住这可怕的巨人，让他双脚离地，紧紧把他勒在怀里，最后终于把他勒死了。

我想，今后"不接地气"的孩子们会不会成为双脚离地的安泰呢？

于是，在这春暖花开的时节，每到周末，我都给学生们布置一项特殊作业："接地气"——就是至少要有半天时间到田野、公园去活动，近距离观察植物变化，感知春天的美丽，丰富自己的内心世界，同时激发写作的灵感。孩子们自然欢天喜地。因此，下周的周记里，就会出现很多去"接地气"的文章，更希望他们借此获得无限成长的能量。

种树

去年秋天，某单位在新建办公楼的拐角处种上了两棵高大的塔松。为保证成活率，先在偌大的树坑内垫上厚厚的底肥，填埋好土后，又用挺风绳从四角牢牢地固定住，然后悉心养护……四月，春暖花开的日子，万木吐绿的时节，两棵树却逐渐干枯，然后慢慢死去。园林工人只得将死树移走，又弄来两棵粗大的柿子树。仍然是厚厚的底肥，仍然是用挺风绳从四角牢牢地固定住，然后悉心养护……

如今漫步在许多城市的大街小巷、公园广场，随处可见一株株合抱之木：或参天耸立，或虬曲盘旋，或俊逸疏朗，或古朴拙雅……蔚为壮观。然而它们皆不是土著，属高价移民。绿卡办好后，自然身价倍增，格外受宠：天旱了，有充足的自来水；风来了，有绳索木架抵御；冬来了，则为它搭起房子、穿上厚厚的棕衣……然而人们的眷顾却并未换来所期望的回报，大多"移民"，在第二年春天，从一根根被截肢的手臂上可怜兮兮地抽出几片枝叶后，又干死回去，很快一命呜呼。

俗话说"十年树木"，又说"合抱之木，生于毫末"，"不经一番寒彻骨，怎得梅花扑鼻香"，都表明树的生长是需要漫长的时间的，是需要遵循一定的生长规律的，是需要经受风吹雨打的。时间必须等待，规律必须遵循，风雨必须承受。这样树木才会根深蒂固、枝繁叶茂、健康茁壮。然而在一种浮躁的风气下，现代植树者们急功近利心态膨胀，"速生心理"作祟，植树动机不纯，让一棵棵大树承载了太多的"形象"重任、"文化"负荷，痴想让路人从那一个个"移民"的身上读出一个新城市厚重的历史文化底蕴。殊不知，欲速不达，砍掉根须的大树不能吸收水肥，剪去枝叶的大树没法接纳阳光，光合作用不在，其结果只有一个：死亡。

树木生长需要时间，文化底蕴需要积淀，教育更需要循序渐进。

在如今一个以成人生活为中心的社会环境中，孩子的童年被提前结束，不是件好事。早熟的儿童，似药物催生的豆芽儿，颜色亮如美玉，食则有害。弹不了三天钢琴，就梦想儿子变成郎朗；摸不了两天的画笔，就渴望女儿成为齐白石。笼罩在教育者制造的虚幻泡沫里，如断线的风筝，犯晕的只会是孩子。揠苗助长，只能加速它的枯萎。

还是让我们从头做起吧——栽一棵幼苗，然后浇水、施肥、剪枝，让它在自然的环境中沐阳光、经风雨，扎深根基，而后花开灿烂，而后果满枝头……

写仿·书法

2011年8月26日教育部网站发布通知，我国将在中小学校通过有关课程及活动开展书法教育。通知要求，在义务教育阶段语文课程中，要按照课程标准要求开展书法教育，其中三至六年级的语文课程中，每周安排一课时的书法课。

这让我想起了自己上小学时的"写仿"（学写毛笔字）。

那还是二十世纪七十年代初。村小学就两个老师：一个姓李，一个姓蒋；一个带高年级，一个带低年级。语文、数学、音乐、体育、劳动……所有科目全教着。

记得高年级每周都有写仿课。每当有课的一天上午或下午，学生们就一手提着书包，一手托着毛笔和墨水瓶来到学校。教写仿的老师，书法也不是科班，教来自然不甚专业。但在小孩子眼里，已经觉得很厉害了。

练书法需要文房四宝。当时我们用的纸，就是三五分钱一张的普通白纸。买回来，用小刀裁成十六开大小，一张张的用。没有宣纸，更没有现在这种专用练字本。

墨，用的是七八分钱一瓶的现成墨水，盛在小玻璃瓶中，开盖即用，倒也方便。方便归方便，有时不注意也会出事故。比如夏天，有的学生认认真真把字写完，撂下笔等待墨迹风干。忽然发现字的笔画上渗出许多弯弯曲曲的细线，像小河的支流，像小树的枝杈……诧异间定睛凝视，原来是很多小虫子在蠕动。于是恍然大悟，是墨水瓶有时盖不及时，苍蝇趁机把卵下到了里面。

笔呢，大概一两毛钱一支。新笔的头硬硬的，用前需先用清水泡软；用后再用清水涮净，戴上笔帽。记得那笔杆上有的写着"小狼毫"，有的写着"小羊毫"，甚是纳闷。

砚台，是不多用的。一来研磨太麻烦，二来一般家庭没有那玩意儿。印象中，前街的乃泉是用过砚台的。因为他的祖父是村里为数不多的几个识文解字的"先生"之一，自然少不了笔砚。他受家庭熏陶，字自然也写得不错。每次写仿，一帮人就围在乃泉的课桌四周，看他揭开砚台的盖子，在砚池里倒上清水，然后，拿出墨块在里面研磨起来。随着墨块不停地旋转，一会儿，一池清水便变成了浓浓的墨汁，甚是有趣！

那时写字是没有现成的字帖可以临摹的。上课时老师给写个样子，然后学生就照葫芦画瓢。这样，字写来自然是千奇百怪、五花八门，不成"体统"。但是，学生感觉能用软的笔将黑的墨在白的纸上涂成大大的字，就已经很有成就感了。作业交上，老师就在写得"好"的字上画一个红圆圈。于是，作业发下后，比一比谁的红圈多，便成了写仿的最大乐趣。既然仅仅是作为一种乐趣来对待，那书写水平的提高就可想而知了。

到了八十年代初，弟弟们读初中时已经有了统一的书法字帖，记得是柳（公权）体，但是却没见过他们的书法作业。后来，随着学习、考试、升学压力的越来越大，书法课便在中小学中销声匿迹了。

近些年来，很少有学校将书法课列入学生必修课。思想上的轻视以及部分教师特别是语文教师书写水平不过关，最终导致学生从小养不成良好的书写习惯——坐姿不规范，握笔不正确，字不成体，五花八门，甚至基本的笔画、笔顺都掌握不住，致使错误连篇。加上电脑打字的盛行，更使学生缺少了汉字书写的实践，使学生书写水平的每况愈下。很多大学生、研究生写字难看、错误频频现象的发生，正是基础教育中书法教育缺失的必然结果。

而今，教育部下发通知，要求在基础教育阶段开展书法教育，非常及时而必要。

书法，作为中华民族传统文化的鲜明符号和重要载体，有着极其丰厚的内涵。书法教育不仅仅是培养学生正确的写字姿势，养成良好的书写习惯，更重要的是让学生在点横竖撇的凝神摹练中，锻炼一份宁静儒雅的气度，感悟民族文化的博大精深，习得艺术的鉴赏能力，浸染历代书法大家的人格修养（比如，苏黄米蔡，颜柳欧赵，第一行书王羲之，等等）……

所以说，书法教育更大意义上是学生文化素养的熏陶提高。让每一个学生都写一手规范的汉字，让书法艺术一代代传承下去并发扬光大，是基础教育义不容辞的神圣责任，一定要认真抓好！

把日子过得像旅游

　　这几年空闲时间多了，于是假期周末或户外，或随团，或自驾，远远近近地到处转转，确也强身健体、颐心养性。同时也慢慢生出一些感悟来，比如，"把日子过得像旅游"就是之一。

　　说走就走的任性毕竟是少数，大多数的旅游还是需提前计划的。当然不必像有的人信誓旦旦的"这辈子，我要游遍全世界"那样的豪言壮语，但是三年五载，至少年终岁末，再退一步，提前一个月或一周，国内国外，天南海北，春夏秋冬，什么时候到哪里去看看还是要计划好的。有了计划，就铺就了一条通往远方的路，心中就多了一份期盼。居家过日子也是这样，"凡事预则立，不预则废"。比如什么时间买房、什么时间买车、什么时间生孩子，孩子大了怎样教育、工作、婚嫁，老人如何赡养……方方面面都需要有一个计划。可以是十年八年的中长期规划，也可以是一年半载短期计划。在大方向指引下，把长期计划与短期计划配合适当，同时佐以微计划，让目标变得有大有小，有远有近，丰富多彩。这样，计划有了，生活有了方向和目标，日子也就生动有趣、有奔头，从而避免浑浑噩噩混一天半晌式的单调与乏味。

　　一旦制订了出游计划，那就需要着手准备。而今外出旅行，身份证、人民币、手机（照相机）三要件，不可或缺。再像，南方北方，冷暖不同，需带什么衣服；大海高山，地势各异，需穿什么鞋子；国内国外，风土人情千差万别，需要注意什么事项……老人，孩子，吃喝拉撒，事无巨细，都要考虑周全，一一备好，这样才会避免因为疏忽而带来的出行尴尬。同样，过日子也是如此，一切成功都属于有准备的家庭。不管干什么事，物质是基础，首先要解决财力储备（钱）的问题。或挣、或攒、或借、或贷、或接受援助，要逐步落实到位。然后是人力储备问题。即家庭成员要围绕计划，明确责任和义务，丈夫干什么，妻子干什么，子女干什么，然后各司其职；当然，外部关系处理好，调动能用的人脉，也会起到事半功倍的效果。另外，还有重要的一点就是精神储备。人心齐，泰山移。一家人要戮力同心，信念坚定，矢志不渝。不管遇到什么沟沟坎坎，都要以乐观的心态、昂扬的斗志积极应对。切忌说风凉话，甚至扯后腿。

　　旅行途中常见这样的画面：举家出游，男人们往往背着包，提着兜，拖着行李箱；跑前跑后，扶老携幼；高处拉一把，险处搀一下；冬遮风雪，夏挡酷暑……这样虽然辛苦，但却为家人营造了一个安全温馨的旅行环境，保证大家玩得高兴。在日常生活中，一个家庭几口人，每个人都是其中一分子。要定位好自己的角色，同时要履行好自己的职责。特别是男人，现今社会，依然是多数家庭的顶梁柱、主心骨，家庭的安危兴衰系于一身，因此更要多一份责任担当。除了精神的引领，危急重难面前要挺身而出，用自己坚实的臂膀为妻儿老小搭建一个安宁的避风港。当然，和谐美满的家庭离不开每个人的努力，其他人同样要扮演好自己的角色：妻子温柔体贴，细致入微；老人明理大度，宽厚仁慈；孩子们听话懂事，活泼向上。试想，一个这样的家庭能不团结和睦？能不兴旺发达？

　　手机智能化让旅行途中的拍照、录像变得轻松自在。于是，不管是风景秀丽的名山大川，还是深邃厚重的文物古迹，每到一处，拍照留念，记录自己的游踪成了一项重要任务。他们选取最美的风景，摆出最美的姿态，力争让每幅照片都展现出自己最美好的一面。回到家，首要任务就是挑选照片：角度、光线、色彩、距离一一比照，留下最满意的以作纪念，把那些感觉不理想的全部删除。然后，或制成电子影集，或编成美篇；或留存，或发到朋友圈里。在一片点赞声里，自己心神得到极大满足，也为人生旅途留下一份美好恒久的记忆。"人性中最深刻的禀赋就是被人赏识的渴望。"在家庭成员中，性格脾气各异、思维行为方式也不一样。那么，在看待对方时，就要有旅游拍照的心态，多用赏识的眼光，去发现他人的美，放大他人的美。尽量忽略缺陷与短板，给以充分的包容和尊重。切忌"哪壶不开提哪壶"，以免产生龃龉与矛盾。这样，一家人在宽容、欣赏、悦纳中日子就会越过越美好。

行程结束，乘兴而归，收获满满。静下来，总要好好想一想：这一趟，哪些地方做得好，甚至很得意，记下来，总结经验，以后继续发扬光大；哪些地方做得不够好，甚至很失败，也要记下来，吸取教训，避免以后重犯。不断总结才会不断进步。平时过日子，一家人过一段（岁末啊，学期末啊，节假日啊，周末啊）也要坐下来认真总结总结：生活中有什么老问题、新情况；有什么进步长处，有什么缺点不足；大家需要如何做，个人又该怎么办……这样不断矫正家庭这艘小船行进的方向，保证它能够顺利抵达幸福的彼岸。

世界很精彩，要多出去转转。其实，生活本身也很精彩，只要有计划，早准备，敢担当，会赏识，勤总结，日子定然像芝麻开花——节节高。

蒋老师，您好

一口气读完了蒋兰英老师的自传《感悟人生路》，心想：如果改编成电视剧剧本，一定是一个好剧本；如果再拍成电视剧，一定会获得"飞天奖"的。

蒋兰英老师也是我的老师（论辈份该叫姑），虽然不记得她是否直接教过我。我1970年入本村小学，1976年毕业，其间，蒋老师曾在此任教。我们两家隔一条窄巷，她每天上下班都从我家门前经过。模糊的记忆中，蒋老师中等身材，一张圆脸，一双明亮的大眼睛，说话办事很严谨的样子……后来随丈夫去了孤岛……有个女儿叫海燕……这就是她留给我的零星记忆。今天读了她的书，才对她有了一个完整的认识，也因此更加肃然起敬。

真实，是我读后的第一感觉。书中基本以白描的手法，客观记录了蒋老师从童年到退休六十多年的人生历程——童年的艰辛，读书的幸福，工作的波折，亲情的厚重，恩师的难忘，弟子的成长，夕阳的霞光……一幕幕历历可数。一个真实可感、令人景仰的好女儿、好学生、好老师、好同事、好母亲的形象，伴着社会前行的步履，在历史的风风雨雨中缓缓走来，渐渐丰满完美起来，令人倍感亲切与温馨。

读后的第二感觉是朴素。没有华丽的辞藻，如同聆听一位长者在讲述过去的故事，从容的、娓娓的、朴素的话语却道尽人间酸甜苦辣；没有虚浮的情愫，一切如同慢慢舒展开一幅画卷，缓缓的、平整的、朴素的情感却蕴含无尽的感恩与热爱；没有惊天动地、轰轰烈烈，一切如同一条山林中涓涓的溪流，静静的、浅浅的，朴素的事业，在点点滴滴的用心中获得成功；没有名利的刻意，犹如秋日夕阳下一片红叶——静美、淡泊，朴素的人生却是至上的幸福。

文如其人，蒋老师的人品也是真实、朴素的。因为真实而可亲，因为朴素而愈显高尚。书中所记是蒋老师大半生真实的写照，是新中国教育发展的亲历，更是那个时期许许多多平凡而又伟大的劳动者的缩影。中华人民共和国正是因为有了他们，才经过千辛万苦一步步走向辉煌。

为师为人如斯，当是一种纯粹的境界，蒋老师为我们树立了一个很好的标杆。如今我也是一位有二十多年教龄的教师了，比照蒋老师，始觉自己的渺小。我将努力，力争做一个像蒋老师那样的好老师！

蒋老师，祝您永远健康、快乐、幸福！

谁是沃尔特的女朋友

读完了西奥多·雅各布斯（Theodore Jacobs）的《沃尔特的女朋友》，我心里一次次地问：谁是沃尔特的女朋友呢？

沃尔特，一个生活在社会下层贫困的小人物：孑然一身，卑微的职业，每天不变的邋遢打扮，怪异的走路姿势。他是母亲恐怖的对象，避之唯恐不及；是孩子们捉弄的"白痴"，常拿没有女朋友来嘲笑他。是外婆的出现，改变了这一状况。

外婆是一个喜欢"所有人""对无人关爱的人尤其感兴趣"的人。她批评母亲对待沃尔特的错误做法，主动让他上门送货。她接近他、关心他，为沃尔特"要找女朋友"的想法"喜笑颜开"。告诉他诚实才能赢得女孩子的芳心，与女孩子交往举止一定要绅士，要注意衣着礼节。甚至为他勾画出结婚及婚后的美好生活场景……在与外婆交往的这段日子里，沃尔特慢慢地改变了：不再封闭，不再孤独，心扉敞开，有人倾诉，生活平添了欢乐，生命焕发了生机。总之，外婆已经成了他离不开的人。

外婆的过世，给沃尔特带来了极大的痛苦（"惨白"的脸色），但是外婆的教化影响却已经根深蒂固：他每天一身虽然破旧但依然整齐的"绅士"打扮，微笑着同人说话，语言礼貌得体。只是当"我"问他"你女朋友怎么样了"时，他的举止突然变得歇斯底里：猛地抓起我的衬衣，将我拽到他面前，呵斥道："她还活着！她还活着！"

谁还活着？显然是外婆在沃尔特心里还活着；那谁是沃尔特的女朋友呢？显然是沃尔特把外婆当作了他的女朋友。这里的外婆实际上已经成了善与爱的化身，成了沃尔特精神的依托。正是这个"女朋友"给了他这个被侮辱与被损害的弱者以同情、关爱和尊重，引导他建立起诚实、自尊的品质，去努力做一个风度翩翩的"绅士"。这让他在冷漠的环境里感受到一缕阳光般的温暖，在艰辛的生活中充满对美好未来的向往。

故事很短，但发人深省。细细想来，在我们的身边不也有着许许多多的"沃尔特"似的人物吗？对待弱势群体，我们是不是更应该像故事里的"外婆"一样去关心、尊重、帮助他们，做他们知心的"女朋友"呢？生命不易，本没有高低贵贱之分。尊重每一个人，特别是尊重那些处在社会底层的人们，不忽视、不漠视、不歧视、不敌视，让他们平安而且有尊严地活着，才是构建和谐社会的基础。

外婆死后，母亲又将沃尔特拒之门外了。故事结尾，沃尔特哭泣着"渐渐消失在顽童的嬉闹声中"，颇令人深思：沃尔特心中的梦想和生活的热情，在依然冷酷的环境中究竟能保持多久？他还能寻到外婆一样称心的"女朋友"吗？如若不能，他会不会重新变回原来的自己，以致沉沦甚至堕落呢？令人忧心忡忡……

但愿沃尔特的"女朋友"永远活着。

让我们每个人都美丽一次（外二篇）

在花红柳绿艳阳朗照的初夏时节，东营市出现了一个"最美游客"董萍萍。这让同为东营人的广大市民感到无限的自豪和光荣，她的行为也再次印证了我市作为"全国文明城市"当之无愧。

董萍萍的"事迹"，无非就是在旅游途中路遇一位昏迷的游客，她主动上前运用自己的医护常识加以救助，直至这位游客脱离生命危险后才悄然离去。没有波澜起伏的情节，没有惊心动魄的壮举，更没有豪迈激昂的话语。而就是这一平凡的举动，却为她赢得了"最美的"赞誉。

可见，美丽并不是可遇不可求的事。当他人遇有危难时出手相助，主动一点；待到别人完全脱离困境后才离开，负责一点；事情做完了悄然转身而去，低调一点……正是这一份主动、一点责任、一种低调，成就了一个"最美的"董萍萍。

每个人的生命轨迹各不相同，或平坦，或曲折；或凡俗，或辉煌……但不管怎样，总要让自己的生命之花美丽一次：洁身自好是一种美丽，干好本职是一种美丽，助人为乐是一种美丽，文明礼貌是一种美丽，遵规守纪是一种美丽，尊老爱幼邻里和睦也是一种美丽……只要我们心存大爱，善待一切，多沐浴阳光而远离黑暗，多滋润清泉而摒弃污浊，生命之花就会开得绚丽明艳。

让我们每个人都美丽一次，鲜艳自己，芬芳他人，为东营这座大花园增光添彩，让文明之风吹遍黄河入海口。

学习董萍萍！

伸出你的双手

继杭州"最美妈妈"吴菊萍，徒手接住坠楼孩子的故事感动无数人之后，龙年正月初五，黑龙江双城"80后"青年谢尚威，在一名十五岁少年从五楼坠落的一瞬间，毫不犹豫地冲上前将他接住，再次演绎了一出徒手救人的英雄壮举。他的事迹在依然隆冬的大地上涌动起一股暖流，更给春节的祥和气氛增添了无限温情。

人生在世谁都免不了会遭遇困难与险恶，危难之际急需他人的援助，尤其是在命悬一线的时候。举手之劳，一臂之力，即可解困顿于倒悬，拯危难于水火，让生命得以延续。其功高七级浮屠，善莫大焉，也正是见义勇为高尚之所在。

见义勇为一大特点是"勇"。"勇"即勇敢。勇敢更多凭借的是激情与胆识。

所谓"激情"该是出于善良本能的、瞬间迸发出的果敢情怀。它容不得片刻的犹豫、彷徨，甚至于缺少所谓"理性的"成分。就像见老人摔倒毅然上前搀扶，如同扶起自己的尊长；见有人坠楼毅然伸出双臂承接，如同去接住自己的孩子一样自然。一个壮举瞬间完成，而施救者脑子里"一片空白"才是真实的心理状态。

所谓"胆识"即无私无畏的胆量与气魄。行动时绝不患得患失，甚至不惜付出生命的代价。不会有扶人时是否是假摔的顾虑，更不会有伸手接人时自身是否会受伤的胆怯。火海敢下，刀山敢上，除恶救弱，扶危济困，全凭心中的一份大义。

伸出一双手，接住的是一个生命，托起的是一份道义。吴菊萍、谢尚威们的行为就像一面鲜艳的旗帜，它启迪我们：人与人之间要少一些冷漠与旁观，多一些善良与热情；少一些悲观与哀怨，多一份果敢与行动。勇敢地伸出你的双手，在别人需要的时候扶一把、拉一把、接一把。也许个体的力量微不足道，但千千万万双手连到一起，将比泰山更坚实，比太阳更温暖。它必将托起一个关爱互助、温馨和谐的新未来！

请伸出你的双手！

雨中有朵美丽的花

今夏雨多，自然雨中的故事也多。

一位摄影者8月17日在苏州某街头拍下了这样一幕：滂沱大雨中，一个女孩正在撑伞护送一位残疾老人回家……

从摄影的角度讲，这幅照片毫无艺术性可言，但它的确又是最美的一幅。

首先它美在照片主人公一颗美好的心灵——见残疾人不嫌弃，危难之时施以援手。她的质朴、她的善良，都在那把轻轻撑开的雨伞上淋漓尽致地表现出来；她的形象犹如雨中盛开的一朵粉色的莲花，那样的纯净而美丽，且馨香四溢。她的美，是那些所谓的"郭美美""卢美美"们永远不能理解，也永远不可比拟的。

其次，它美在摄影者选景的视角——选择生活中的真善美，弘扬美好的社会风气。当很多摄影家把镜头对准大事件、大人物、名流时尚、新奇偏怪，寻求一鸣惊人的大手笔时，本照片的作者却抓住了寻常生活中一种寻常景象。而这种寻常景象却带来了一种真感动，让人们在世态炎凉中感受到真善美的温馨，坚信世上还是好人多啊！

雨中有朵美丽的花，那是爱心吐芳华……

随想录四则

不可或缺的四季

不知从何时起，四季分明的北温带，逐渐变得不甚分明起来。

度过了漫漫的严冬，春的脚步蹒跚而至。正当满园春色正浓时，忽然便是三十几度的高温，夏天猝然到来，一夜间恨不得剥光人们的衣服。看那遍地冒出的灿烂的裙子与短裤，如怒放的鲜花。然后便是如火般难当的日子。

好不容易盼来立秋，还未来得及欣赏那蓝天白云，回味那细细的凉风，接二连三的几场雨便消灭了秋的痕迹，几分清冷让人又拽出了棉衣，如企鹅般臃肿起来。不久又卷着漫天的乌云，吹着尖利的呼哨，寒流如期而至——冬天又近了。

春秋短了，冬夏长了，四季不再等分。大自然好像没有了舒缓、温凉的过渡，只剩下残酷、极端的冷热两季，犹如忽然而至的金融风暴，令人措手不及。

四季不可或缺。只有春的孕育，才有夏的繁盛；只有秋的成熟，才有冬的从容。如此，才是和谐的大自然。

人生何尝不是如此呢？

备份人生

备份，即备用的一份。但除非万一，又是无用的一份。这便注定了备份大多是孤独寂寞的结局。

同样的流血流汗、同样的千锤百炼、同样的炉火纯青，当其他人都去展示英姿、接受欢呼喝彩的时候，备份却只是躲在一角成为一名旁观者，那份心境是难以言表的：羡慕、嫉妒、怨恨、凄凉，都是人之常情，也是可以理解的。但此时如果能有一份坦然与自豪，那才是弥足珍贵的。

　　国庆阅兵中的刘吉安们就属于后者，他们就是一些"超级备份"。在部队（装备）即将接受检阅前的一瞬间，他们却默默地向后转身，完成使命，悄然退出，把掌声与荣耀留给战友，自己甘心做一名观众。

　　也许在训练之初，他们就明白了自己备份的角色，也清楚地知道这最后的结局。然而他们却无怨无悔，全力以赴，甚至付出更多的心血与汗水，只为了自己心中的目标——做一个合格的备份，一旦需要便挺身而出。可贵的是他们退出后不抱怨、不灰心，以坦然之心为战友喝彩，更为自己曾经的努力而欣慰。

　　是的，舞台再大，终究容不下所有的人。粉墨登场、占尽风光者毕竟是少数。大千世界，绝大多数人都可能或正在成为备份。关键是做主角时不自傲，做备份时不气馁；既不艳羡别人的荣光，也不自卑于自己的平淡；以平和的心态为别人的精彩喝彩，更应为自己曾经的付出鼓掌。

　　人生亦是如此，也要做好备份。生命有轰轰烈烈的时候，而更多的是平平淡淡的日子。夏花般的灿烂固然明艳夺目，秋叶样的恬淡静谧何尝不是一种美丽？如日中天时不倨傲，平平淡淡时能耐得住寂寞；门可罗雀时，就捉几只麻雀哄孙子；茶凉时，干脆加点糖放进冰箱制成一杯清爽的冰茶。闲看云卷云舒，静听花开花落，唯有如此境界的人生，才是真实完美的人生。

　　[注：刘安吉，2009年国庆阅兵直升机编队备份飞行员。阅兵开始后，驾机随编队飞向天安门广场。在距离天安门还有一分半钟的路程、在确认其他飞机没有问题后，掉头飞回基地。]

蓝天中国

雄壮于军威的雄壮，欢欣于国民的欢欣，但我更震撼于北京的蓝天。

早就闻知为保护京城的环境，政府采取了很多措施：植树种草，防风固沙；关矿迁厂，净化空气。特别是 2008 年北京奥运会的召开，更使北京的环境治理迈上了一个新的台阶。

国庆节这天，早早地便聚精会神在电视机前，观看着北京阅兵、群众游行的宏大场面，心潮激荡外加欢呼雀跃、手舞足蹈……当摄像机的镜头摇向空中时，我禁不住惊叹一声："好蓝的天啊！"

蔚蓝的天空犹如一块巨大的蓝宝石，蓝得那么深！蓝得那么纯！蓝得那么净！蓝得我的心也要融化到其里面去了！

看，蓝天下的天安门更加金碧辉煌，蓝天下的人民军队更加威武雄壮，蓝天下欢庆的群众更加快乐幸福，蓝天下飘扬的国旗更加鲜艳夺目，蓝天下洁白的鸽子更加振翅高翔……

此时，我心中忽地冒出了许多词语，什么"湛湛天空""青天白日"，什么"河晏海清""清明政治"，什么"以人为本""科学发展""和谐社会"，等等。韩红的《天路》也在耳畔响起："像一片祥云飞过蓝天，为藏家儿女带来吉祥……"

是的，六十年来中国的天空曾经乌云翻滚，曾经沙尘漫天，曾经狂热浮躁。但是，雨过天晴终究是自然法则，乌云遮不住太阳，躁动也代替不了理性，追寻发展、进步、自由、幸福，才是人类社会存在的本质。

三十年来，一场场春风化雨滋润出万物葱茏，一次次变革创新促进着民众觉醒，一代代伟人用智慧与良心把中国引向了世界，亿万人民也用勤劳和智慧将祖国的天空擦拭得更加明净。

看那一架架战机带着轰鸣、拉出彩烟，翱翔在蓝天，也再次把我的心带进了那高渺的天空……

啊，中国的蓝天，自由的蓝天！

啊，蓝天中国，进步的中国！

表情

云彩是天空的表情，波浪是大海的表情，花朵是草木的表情，雪花是冬天的表情……世间万物以各自不同的方式表达着自己丰富的情感，展示着大千世界的多姿多彩。而作为万物灵长的人类，更是在漫长的进化过程和复杂的生存环境中，衍生出其他任何生命所不能企及的种种表情：或喜笑颜开、乐不可支，或怒发冲冠、横眉竖目，或愁眉不展、涕泗横流，或冷若冰霜、神情漠然……

情表于脸，本是让人看的。他人望其色而知其心，喜怒哀乐自然应对。你高兴，别人也手舞足蹈、喜上眉梢以和其乐；你伤心，别人也谨言慎行、劝慰安抚以解其忧。当喜则喜，当怒则怒，表情自然真实，他人可据此实现与之情感的同步互动，而不至于出现因误判造成的尴尬，以维系正常的人际交往。

表情很重要，但环境很复杂。那么，复杂的环境便催生出复杂的表情。表情不怕多，最怕的是看了表情你却猜不透对方的心思，即所谓知人知面不知心。这样的人，表情成了一种伪装，用来掩饰其真实的心理，以实现其不可告人的目的。这样的情形大致有二种：一是表里不一，即脸色一回事，感情另一回事，两者正好相反。比如，有的人对某人某事不满、甚至愤怒，但表情却显得十分轻松，依然面含微笑地与你称兄道弟，亲切异常；再比如，有的人春风得意、踌躇满志，但见人却是一幅愁眉苦脸、郁郁寡欢的样子。这些阴阳两面的人，容易使人为其表象所迷惑。倘若他乐你也跟着乐，他愁你也跟着愁，那就恰好落入对方的心理陷阱。另一种是无表情，即常讲的喜怒不形于色。这种人用终日不变、长年不改的不喜不怒不哀不乐模式化表情，把自己真实的感情包裹得很深、很严，秘不示人，让人搞不清楚他心里到底想什么。这种人往往城府很深、工于心计，其不冷不热的表情令人惮于交际，因而敬而远之。

表情本为展示生命的生动与美好，如果演变成伪装、防御，甚至陷害的手段，岂不是人类进化的悲剧？

李苦杏甜

南朝刘义庆《世说新语》中有一个大家熟知的故事，是说"王戎七岁，尝与诸小儿游，见道边有李树多子折枝。诸儿竞走取之，唯戎不动。人问之，答曰：'树在道边而多子，此必苦李。'取之信然。"故事称赞王戎的少年聪慧，同时启示人们要学会留心观察，并能根据事物的表面现象推断出其内在的联系。

然而，每次读到这个故事，我的眼前总是晃动着那几株杏树的影子。

出小区向东不远，在马路南侧的绿化带中种植着五六株杏树，与青葱的草皮、婆娑的连翘和远处挺拔的青桐，构成错落有致的自然景观。杏树就像几位年轻的女子，娴静却充满活力，苗条卓越的风姿，每每引来路人的注目。

自去年开始，它们不辜负人们的厚爱，春天里便绽放开满树的花朵，鲜艳又有几分娇羞。花儿落尽，枝头挂满了青豆般的杏子，在和风与暖阳的沐浴下，渐渐由小到大，由青变白变黄。

然而，就在人们期盼着那满树金黄的景象出现的时候，某一日清晨，路人惊讶地发现杏树惨遭浩劫：满地落叶狼藉一片，树枝肢断臂折，半熟的杏子了无踪迹……

同样是树，同样的开花、结果，却由于果实味道不同，而遭遇了不同的命运：王戎遇到的李树是幸运的。由于其果实味苦，因而躲过被摇晃、被杆打、被攀折的一劫，纵生路边，而得以保全性命，发芽、开花、结果，周而复始，逍遥自在。我所见到的杏树却是苦命的。由于其果实味甜，因而招致了不仁者的残暴屠戮和肆意凌辱，无端遭受伤痛的折磨。这种虐待又往往发生在一年中杏树即将释放出它所有甘美的时刻，且会年复一年永无止息地发生下去。想来，怎不令它不寒而栗？

　　树本无过，李苦杏甜，只是人的味觉不同而已。然而，正是人的这一嗜好却令奉献甜美者横遭祸殃，而制造苦涩者却安然无恙。想来，这是自然界多么滑稽的生存悖论啊！

"斗牛"与"斗人"

　　一提到斗牛，自然就想到西班牙。

　　作为西班牙的国粹，斗牛已经有好几个世纪甚至上千年的历史。现今，在这个伊比利亚半岛上，斗牛被视为一种高贵的艺术。诺贝尔文学奖得主海明威曾经说过："斗牛是唯一使艺术家处于死亡威胁之中的艺术。"也有人说："斗牛的魅力，在于这是一种冒险的运动，过程充满了惊险血腥和美丽崇高。斗牛士与公牛之间的纠缠，不愧为一场华丽的艺术之舞。"

　　把斗牛视为"一种高贵的艺术""美丽崇高""华丽的艺术之舞"，实在不敢苟同，但说它"惊险血腥""残忍"还是很准确的。首先是斗牛方式的残忍。人牛力量不对称，斗牛士加观众成千上万人对一头牛，明显的恃强凌弱。其次是斗牛手段的残忍。公平的斗牛应该是徒手相搏，可是斗牛士手持一把利剑，甚至有无数把剑，而牛却是身无寸铁。再次是斗牛结果的残忍。斗牛不以制服为目的，而是以牛被杀死为最终结局。一头头生猛的公牛在斗牛士的戏耍中，颈背被利剑一次次刺中，鲜血四溢，最后踉跄倒地，一命呜呼。还有，就是目睹了牛被活活杀死全过程而欢呼雀跃的观众们，所表现出来的畸形嗜好，更是残忍异常。

　　说白了，斗牛以及斗牛活动的大行其道和广受追捧，实则折射出人类自恋自大的膨胀心态。自以为世界主宰，凌驾于其他一切生灵之上，把它们看作是可以征服、奴役的仆从，任意践踏、破坏、杀戮，以满足虚荣傲慢之心。有人曾为西班牙作曲家玛奎纳创作的进行曲《西班牙斗牛士》填词道："我是上帝我是天，我是佛祖我是天，我是真主我是天，我是宇宙我是天。我是天。你是畜牲逞凶蛮，狡猾无用处，愤怒也徒劳，哀伤也徒劳。我要主宰你生死，智慧在剑尖，胜利在今朝，风云在今朝。"真切暴露出人类的这种心态：自大、轻慢、不尊重。

世间万物平等，人与自然和谐，是简单不过的道理。人类只有爱护大自然，尊重一切生命的存在，并与之共生共荣，才是大自然的法则，也是作为最高智慧生命的一种责任。每次见到斗牛那双血红的眼睛、那死命的抵踏，就可想见公牛对人类的仇恨，它们也想在这场不公正的决斗中置人于死地。2010 年 5 月 21 日在马德里斗牛场上就发生了一场意外，四十一岁的西班牙王牌斗牛士朱利奥·亚帕里奇奥被狂牛戳穿喉咙，牛角从嘴里穿出，斗牛士血溅当场。斗牛变成了活脱脱的"斗人"。看到那幅血淋淋的图片，我心里生出对牛和斗牛士相同的感觉：可怜，可悲！违反自然法则，肆意戕害其他生灵，必然会遭到报复。现在，频繁发生的自然灾害、动物对人类发起的各种攻击，不正是人类为此付出的惨重代价吗？人类斗来斗去，最终却逃脱不了被"斗"的命运啊！

好在朱利奥·亚帕里奇奥大难不死，捡了一条小命，可惜没了舌头与下巴。只希望人类能从这场绝妙的讽刺中，低下高昂的头颅，审视自己的行为，以便改恶从善！

小号演奏的《西班牙斗牛士》从此听起来不再高亢、嘹亮了……

2010 世界杯絮语

关于呜呜祖啦

如群蛙齐唱，似黄蜂轰鸣，但呜呜祖啦却是世界杯上最美的声音。尽管有人建议禁止，尽管发生了南非十四岁少年吹呜呜祖啦被邻居枪杀的悲剧，但是，它注定会与本届世界杯一起永远留在人们的记忆里，响彻人们的心底。因为它属于南非，属于那片生生不息的土地。单调的有些刺耳的呜呜声中，流露出的是最原始、最本真的欢乐，传达出的是最淳朴、最真诚的祝福。

关于眼泪

世界杯，一群钢铁般男儿的游戏。激情碰撞中，有铿锵的声音，有四溅的火花，也有簌簌的眼泪。先是郑大世升旗时的泪流满面，后有韩国、日本、巴西、阿根廷等出局时的痛哭流涕。但这不是软弱，不是悲泣，咸涩的泪水里流淌的是男儿的自尊，泪眼迷离中看重的是国家的荣誉。世界杯烽火硝烟中，因为有了眼泪更增添了它的壮美，更加令人肃然起敬。

关于误判

布拉特云："误判是足球比赛的一部分。"但哪一个球队又会心甘情愿地接受误判的结局呢？如果一方手球后将球攻进另一方的大门，如果自己一次绝妙的进攻被判越位，如果攻入对方大门的一个好球被判无效，如果对手恶意伤人却逃脱惩罚，如果……误判的结果是损害了比赛的公正，进而挫伤了守规则一方队员的信心，使违规乱纪者有利可图。所以，一切为误判开脱的理由都是荒谬可笑的。制定规则，执行规则，严格执法，违者必究，公平公正，才是竞技体育的要义，才会给观众带来真正的快乐。

关于内讧

法国队是本届世界杯上最难看的球队。原因不在于它作为上届亚军，在本届小组赛即遭淘汰，而是因为其内讧。孙子曰："故知胜有五：知可以战与不可以战者胜；识众寡之用者胜；上下同欲者胜；以虞待不虞者胜；将能而君不御者胜。"这其中，全队上下团结如一、齐心协力当是最重要的制胜法则。而法国队却犯兵家之大忌：队员辱骂教练，足协开除队员，球员集体罢训……内部纷乱，离心离德，不战自溃。据说英国、巴西内部也有问题，看看他们的表现当是可信的。

关于流言

大凡有人聚集、有事发生，必然会有流言相随，凡人小事如此，名人大事亦然。世界杯同样不乏此类"消息"。先是关于朝鲜队的：什么踢不好就流放、挖煤啦，什么每月仅十二元的工资啦，什么"隐形手机"、金大人亲自指挥啦，等等。连FIFA老板布拉特也难逃攻击："日韩出局赛前早已内定，为能竞选连任布拉特政治阴谋打压亚洲，讨好非洲"等等，传的可谓有鼻子有眼，不由你不信。不知为什么，总是有那么一些人，看球不往球场里使劲，专门盯着比赛之外的事情，且不惜造谣惑众，无事生非，在比赛之外另搅一股浑水。然而流言毕竟是流言，虽能掀一时风浪，但在事实面前终会被戳穿。这不，朝鲜队回国非但没有被流放，还受到热烈欢迎；日韩虽然出局，实因实力不济；非洲加纳最终也是止步八强……

所以，今后再闻流言，且莫信以为真，甚至以讹传讹，最好一笑了之。

关于预测

"保罗"，一只来自德国奥伯豪森水族馆的小章鱼。它对比赛结果八测八中，成为世界杯头号大明星，一时声名鹊起，万众敬仰。它令老贝利无地自容，"乌鸦嘴"的绰号更加名副其实。尽管有人认为"保罗"的背后有一个高智商的智囊团支撑，甚至有人"科学解读章鱼保罗预测原理"，但我觉得都是无稽的笑谈。他们这样炒作，不管出于何种动机，无非是想为世界杯增加一些情趣罢了。除非做手脚，否则，"保罗"百分百的测中率就纯属"瞎猫碰上死鱼虾"……再聪明的章鱼难道连误判、越位、球员受伤等不确定因素都能预知到？岂不神哉？如果相信章鱼的话，倒还不如听听伊朗外长关于英美法出局新说："法国、美国与英格兰足球队在世界杯比赛中接连遭淘汰出局，是三国对伊恶劣态度的报应。今天我们在国际政治舞台上看到的一切，全部通过第十九届世界杯显示出来了。世界杯夺冠热门之一巴西则顺利晋级八强。在联合国围绕制裁伊朗决议案的投票中，巴西投了反对票。"

哈哈，你是相信贝利、"保罗"，还是穆塔基？但不管怎样，德国奥伯豪森水族馆今后一定会游人如织，赚它个钵满盆溢的。

关于中国

由于中国队无缘南非，所以世界杯期间关于中国的消息很少，零零星星攒到一块，有：

——加纳主教练有意执教中国队……

——中国记者受辱，被斥不懂球……

——国内球迷为阿根廷失败裸奔……

——失意而归，朝鲜世界杯主力中卫欲投中超……

——郑大世抱怨中国鞋不防滑……

——世界杯赛场中树立一中国广告牌："中国英利"……

——欧美记者吐露心声：世界杯和奥运应固定在中国……

……

关于曼德拉

一位备受尊重的老人。

本来本届世界杯是世界赠送给老人的一份快乐大礼，但是天有风云难测，亲人的意外罹难，让曼德拉与世界杯虽近在咫尺却失之交臂。开幕式不见他的身影，比赛中不见他的身影，闭幕式、决赛仍不见他的身影……一位为理想奋斗一生而今已是耄耋，正该含饴弄孙的老人是陷入了怎样的巨大悲痛之中啊！而这也恰是他作为伟人的另一面——平凡人的情怀。记得他说过一句话："如果不能忘记伤痛和怨恨，其实我们还在狱里。"衷心希望老人家能早日走出悲伤，快乐、健康地生活。

——别了，曼德拉！

——别了，南非！

——再见，世界杯——五彩缤纷的世界杯！

擦不净的"黄油"

看完英国与美国、斯洛文尼亚与阿尔及利亚的比赛，也学到了一个新词"黄油手"。它是说英国和阿尔及利亚队的守门员，手上像抹了黄油一样，太滑，逮球不牢，让对方本不该进的球滚进了自家的大门。从电视一遍遍重放的镜头和解说员调侃的话语中，能感受出这个词充满了讥讽。

守门员是一支球队防守的中坚，是抵御对手攻击的最后一道屏障。他的水平发挥好与否直接关系到球队的胜负。由于角色特殊，所以特别引起人们的关注，也对他提出了近乎苛刻的要求。其他十名队员都可以犯错，哪怕是天大的。但守门员不能，哪怕是一次小小的过错都可以让全队的努力付之东流。所以在比赛中，守门员是心理压力最大的，尤其是在激烈的如世界杯这样的大赛中。他既要面对对手一波紧似一波的集团攻击，又要提防对手的单兵偷袭；既要严防远近高低立体式的狂轰滥炸，还要时时小心同伴防不胜防的自摆乌龙；顺风时要时刻警醒，被攻破大门后还要顶住观众的"喝彩"、队友的白眼……在如此紧张瞬息万变的情境中，在圆溜溜的足球不知何时、从哪个方向、以怎样的方式飞来的前提下，偶有失误，出现"手抹黄油"的情况是完全可能且可以理解的。因此，是不应该加以嘲笑的。

想一想我们每个人的生活中，谁没有出现过"黄油手"的情况呢？做任何事情都不可能一帆风顺、十全十美。由于主客观因素中存在着诸多变数，"黄油"就不可避免，也是永远也擦不净的。因而出错、甚至失败就是常态，它会如影随形地伴着我们每一天，因此也才有了生命的丰富多彩。所以，当自己遭遇"黄油手"的时候，不必沮丧，不要气馁，应振作精神，汲取教训，倍加谨慎，以利再战；当别人遭遇"黄油手"的时候，不要取笑，不能指责，应给以安慰，施以援手，扶危济困，引以为戒，勿蹈覆辙。

记住，"黄油"是永远也擦不净的。

足球与中考

持续下了两宿一天的雨停了。八点十五分，云缝间又洒下明亮的光，清凉的风带着雨后的清新迎面吹来，花草树木尽情展示着自己梳洗后的风姿。

6月11日，是一个重要的日子：八点三十分，一年一度的中考将拉开序幕；二十二点，四年一届的足球世界杯也将在非洲南端的约翰内斯堡燃起战火。一南一北，一冬一夏，一文一武，一中国一世界，太多的不同里又包含共通的道理，邂逅今天，值得期待，值得欢呼。

四年磨一剑，霜刃今朝试。对参加本届世界杯的这一拨运动员来说，运动寿命的有限，决定了2006年来的四年当是黄金般的四年，不容许分秒的耽搁。同样，今日中考的学生，初中四年正值花季，当是人生宝贵的一段，弥足珍惜。四年里可能有风和日丽，有鲜花烂漫；四年里可能有艰难坎坷，有风风雨雨；四年里可能有欢歌笑语，有美好憧憬；四年里可能有眼泪哭泣，有困惑迷失……但是，经过四年的磨砺，你们已经蜕去天真和幼稚，克服脆弱和冲动，身体变得坚强，心灵趋向成熟。从此，乘着知识之舟，扬起智慧之帆，荡起激情之桨，在人生的大海中，向着目的地起航。

足坛有一句名言："足球是圆的。"是说比赛有太多的偶然性，存在很大的变数。但是，没有过硬的本领就不会取得最终胜利却是不争的事实。过硬的本领来自于勤奋刻苦，来自于心血和汗水。任何的投机、懒惰与侥幸，只能与胜利失之交臂。人生路漫漫，有太多的机遇，但机遇总是垂青于有准备的人。谁付出，谁就有回报。

趁着青春年少，扑下身子，脚踏实地，出大力流大汗，练就一身好本领。那么，你人生的"足球"就会接连不断地飞进成功的大门。

用"一人为大家，大家为一人"来形容一支成功的足球队再恰当不过了。足球是一个集体项目，只有十一个人团结如一，齐心协力，恪尽职责，配合默契，方能有所发挥，有所创造，踢出高水平的比赛，战胜一个个对手。学校是学生向社会的过渡，集体的意义在这里体现得十分充分而真实。每一个学生都应该认识到自己只不过是集体的一分子，要心为集体所系，力为集体所出，荣誉为集体所争取。要走出自私与自我，要克服固执与封闭，以阳光般的心态，积极豁达的精神融于集体之中，在集体的进步中共同成长。实践证明，任何游离于集体之外，想通过个人奋斗获得成功的人，其结局都是悲惨的。

群雄逐鹿，"大力神杯"只有一座，它是每一支参赛球队所神往的。未来的一个月，各支队伍为了"大力神杯"将八仙过海，各显其技，为我们呈现一场场精彩的体坛盛宴。学习、生活、事业也是如此，用尽心力，站在最高领奖台上的往往只有一个。但是，我们不能因为不能折桂就放弃比赛。结果固然重要，过程会更加精彩生动。只要心中有理想，努力了，奋斗了，心胸坦然，无怨无悔，享受人生，何乐不为？

预祝世界杯精彩！祝中考学子们如意！